講談社文庫

新装版

七回死んだ男

西澤保彦

JN259048

講談社

七回死んだ男——目次

登場人物関係図

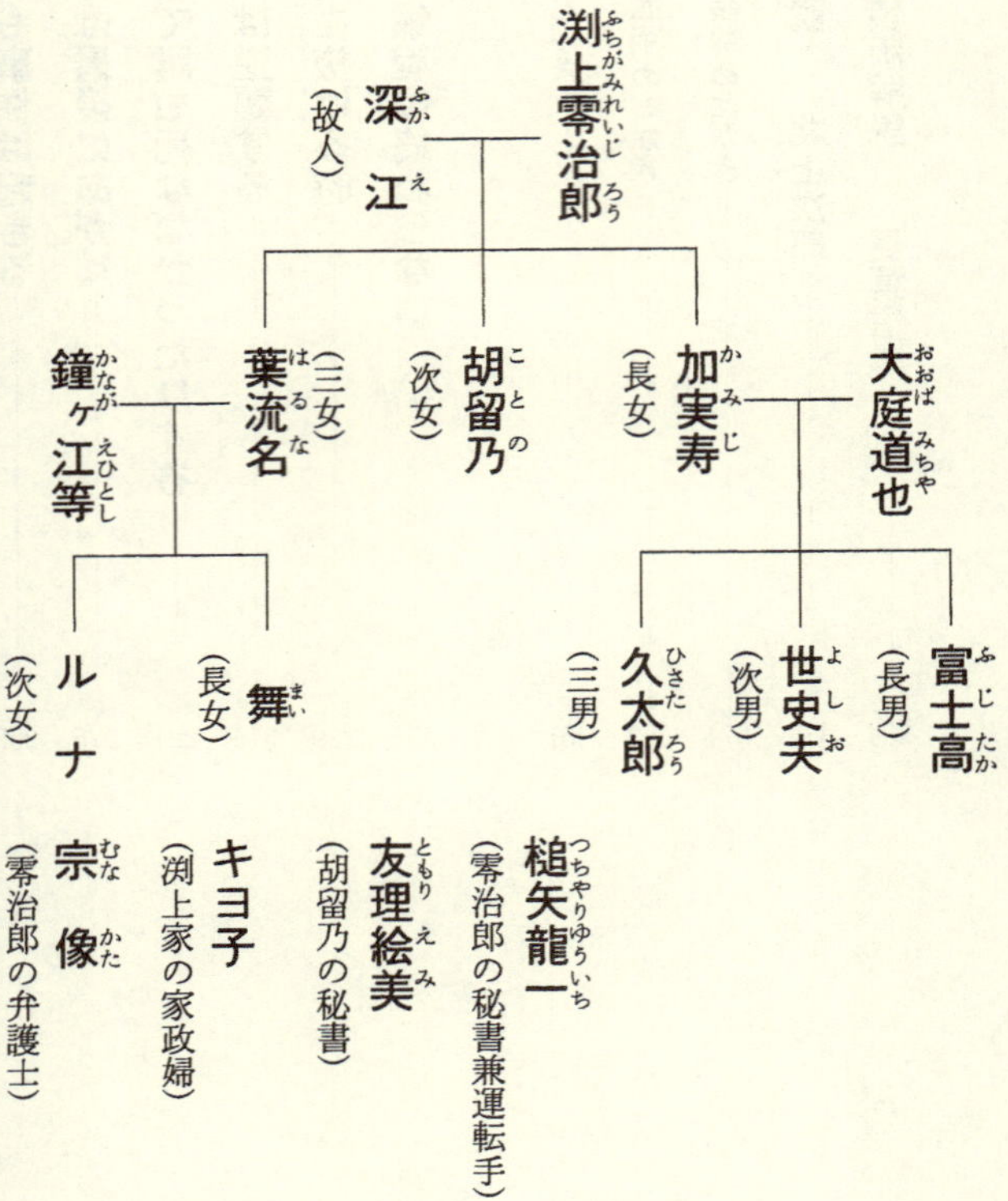

淵《ふち》上《がみ》零《れい》治《じ》郎《ろう》
深《ふか》江《え》
（故人）
大《おお》庭《ば》道《みち》也《や》
加《か》実《み》寿《じ》
（長女）
胡《こ》留《と》乃《の》
（次女）
葉《は》流《る》名《な》
（三女）
鐘《かな》ヶ《が》江《え》等《ひとし》
富《ふ》士《じ》高《たか》
（長男）
世《よ》史《し》夫《お》
（次男）
久《ひさ》太《た》郎《ろう》
（三男）
舞《まい》
（長女）
ルナ
（次女）
槌《つち》矢《や》龍《りゅう》一《いち》
（零治郎の秘書兼運転手）
友《とも》理《り》絵《え》美《み》
（胡留乃の秘書）
キヨ子
（淵上家の家政婦）
宗《むな》像《かた》
（零治郎の弁護士）

七回死んだ男

とりあえず事件のさわりだけでも

六畳ほどの広さの屋根裏部屋に祖父は倒れていた。大学ノート並みのサイズの小さい窓がひとつあるだけの昼間でも薄暗い部屋だ。裸電球がぶら下がり中央には布団が敷きっぱなしになっている。

祖父の渕上零治郎《ふちがみれいじろう》はその布団の上でうつ伏せに倒れていた。誰かを抱き止めようとして逃げられたみたいに左腕を腹の下に敷き右手で畳を掻《か》きむしっている。その先に日本酒の一升瓶が転がっていた。少しだけ残っていたらしい中味がこぼれて畳が変色している。

後頭部に綿埃《わたぼこり》並みに申し訳程度しか残っていない白髪が点々と赤黒く染まっていた。その祖父の横顔を隠すみたいにして転がっているのは銅製の花瓶だ。季節外れの胡蝶蘭《こちょうらん》が畳の上にぶちまけられている。友理《ともり》さんが買ってきたものだ。胡留乃《ことの》叔母さんへのお土産《みやげ》として。叔母さんが胡蝶蘭を好きだからということで。だから本来は胡留乃叔母さんの部屋にあるべき筈《はず》のものだった。この花瓶は。

あの花瓶で頭を殴られたのか……その考えが頭に浮かんだのはもちろん僕だけではなかった筈だ。しかし誰も動こうとはしない。母も富士高《ふじたか》兄さんも世史夫《よしお》兄さんも胡留乃叔母さんもキヨ子さんも葉流名《はるな》叔母さんも舞《まい》姉さんもルナ姉さんも誰も。槌矢《つちや》さんや友理さんでさえも余りの出来事に硬直してしまっているようだ。ただ狭い入り口で互いにひしめき合って息を殺しているだけ。

どれくらい凍った時間が経過しただろう。僕は我知らず屋根裏部屋に足を踏み入れていた。あるいは本家に泊まる時にいつも自分があてがわれている部屋だということで妙な義務感が働いたのかもしれない。とにかく誰も止めようとしなかったので僕は倒れている祖父の傍《かたわ》らに跪《ひざまず》いていた。

祖父のしぼんだハムのような手首を取ってみる。脈はない。死んでいる。やはり。倒れている姿を見た時から判っていたことなのだが改めて衝撃が襲ってくる。いや衝撃というよりも改めて途方に暮れたと言う方が正しいかもしれない。

僕は入り口から覗《のぞ》き込んでいる母や兄たちを振り返った。こんな時に何を言っていいのか何をしていいのか全然判らない。さぞかし間が抜けた阿呆面を晒《さら》していたことだろうが誰も笑わない。皆感情が磨耗《まもう》したみたいに引きつった顔を並べている。僕は逆にそれを見てヒステリックに笑いたくなった。何せキヨ子さんを除いた全員が色とりどりのトレーナーにちゃんちゃんこという渕上家に滞在する際に義務づけられている〝制服〟姿なのだから、この状況下では滑稽《こっけい》の極みである。いっそグロテスクなくらいに。

友理さんの立ち直りが一番早かった。どうやら僕からの無言のメッセージを受け取ってくれたらしく、踵《きびす》を返したかと思うと階段を駆け降りてゆく音がけたたましく響き渡る。警察に電話をかけてくれるのだろう。

友理さんが動いてくれたことで呪縛が解けたのか僕たちは一斉に吐息をついていた。それが合図だったかのように母や胡留乃叔母さん、そして葉流名叔母さんたちの愁嘆場《しゅうたんば》が始まっていた。お父さん。お父さん。ああ。いったいどうしてこんな酷《ひど》いことに。云々《うんぬん》。凍りついていた分を今取り返そうとでもするみたいに悲鳴と号泣が交錯する。

祖父の死体に取りすがろうとする母たちを世史夫兄さんやルナ姉さんがかろうじて押し留める。駄目だよ。警察が来るまで現場は保存しておかなくちゃ。

どういうことよ。現場ってどういうこと。そう喚《わめ》いたのが母なのか葉流名叔母さんなのかも区別がつかない。狭い屋根裏部屋は阿鼻叫喚《あびきょうかん》の坩堝《るつぼ》と化している。

見れば判るだろ。世史夫兄さんは必死で説明している。この状況はどう見たって。どう見たって。どう見たってこれは。これは。殺人事件じゃないか。殺人事件。世史夫兄さんのそのひと言で一同は再び凍りついていた。殺人事件。殺人事件だって。まさか。まさか。どうしてそんなことが。どうしてそんな非現実的な出来事が自分たちの身に起こる筈があるの。全員の怯《おび》えた瞳がそう文句を言っている。そんなことが起こる筈がない。そんなこと善良な市民である自分たちには絶対に起こり得ない筈なのに。

殺人事件——そのひと言はしかし他の者たちとは全然違った意味と衝撃を僕にもたらしていた。そんなことが起こる筈がない。あってはならないことだと。何だ。それでは他の者たちの言い種《ぐさ》とまったく同じではないか、とは言わないで欲しい。僕が言う、そんなことが起こる筈がない、とは単なるレトリックではなく文字通りの意味なのだ。

今日この日。一月二日。この日にこの渕上家で殺人事件など起こってはいけない。起こる筈がないということを僕は既成事実として知っているのだ。現に〝昨日〟——いや正確に表現すれば一周目の一月二日には何事も起こらなかった。平穏無事に一日が終わっているのだ。なのに二周目の〝今日〟——同じ一月二日に祖父が殺されるなんて事件が起こり得る筈がないではないか。

混乱した思考を持て余していた僕とルナ姉さんの眼がふと合っていた。しかし姉さんの方は僕の視線には気づいていないようだ。ただひたすら怯えたように瞳を祖父の死体に据《す》えている。

こんな時だというのに僕はルナ姉さんがイアリングを外していることに気づいたりしていた。いつ外したのだろう。確か昨日——本物の昨日、つまり一月一日の元旦——は、ちゃんとしていた筈なのに。もちろんルナ姉さんも本家に年始に訪れた時点で例の〝制服〟に着替えさせられている。ルナ姉さんのトレーナーは黄色だ。その上に青いちゃんちゃんこを羽織ったらイアリングなんかとても場違いで似合ったものじゃない。それなのに姉さんは何かポリシーでもあるのか外そうとはしなかった。だから余計に印象に残っていたのだが……

主人公は設定を説明する

僕が自分の〝体質〟を認識したのは小学校の低学年の頃だった。といってもその頃にそれが始まったという意味ではない。これは生まれついてのものだと思う。記憶が曖昧《あいまい》ではあるが、意識が自立していない幼児の頃にもおそらく同じことが起こっていた筈だ。ただそれに気がついていなかっただけで。

僕の名前は大庭《おおば》久太郎《ひさたろう》。といってもヒサタロウとまともに呼んでくれるひとは余りいない。大概がキュータローとしっかり呼び間違えてくれる。しかも苗字が大庭だから略してオバキューだなどと年配の方ほど異様にはしゃぐ。昭和四十年代に大流行した国民的漫画の主人公の名前らしいが僕らの世代には馴染《なじ》みがない。どちらにしろ余りひとの名前で遊ばないで欲しい。

僕は現在十六歳。安槻《あつき》市にある私立海聖《かいせい》学園という中高一貫教育の学校に通っている。高等部一年生だ。県下では有数の進学校で海聖の制服を着ていると道往く大人は大概、ほう、という顔で見てくれる。中学校は市内の公立に通っていたのだが母の希望というか命令で高等部から編入試験を受けてそれに合格したのだ。そう打ち明けると十人のうち九人までが口を揃えて、頭がいいんだね、と感心してくれるのだが実は僕はそんなに頭がいいわけではない。というよりも相当悪いと言った方が正確だ。その証拠に僕の成績は学年で下から数えてひと桁《けた》のところにしっかりと鎮座ましましている。

有名校に合格した安堵《あんど》と反動でつい怠《なま》けてしまって成績が落ちるという話はよく聞くけれど、僕の場合はそうじゃない。最初から頭が悪いのである。それなのに何故そんな偏差値の高い学校に入れたのかというと実はこれが例の〝体質〟に関係してくるのである。

他人が僕の人物像を訊《き》かれた時に必ずと言ってよいほど頻繁に使うフレーズがある。それは、歳のわりには老《ふ》けている、である。会って話しているとまるで縁側で日向《ひなた》ぼっこをしながら番茶を啜《すす》っている老人と向かい合っているような気分にさせられるんだそうな。思わず自分もお茶請けの沢庵《たくあん》なんか齧《かじ》りたくなったりして。その評はまことに的を射ていると言わざるを得ない。何故なら僕は生物学的には弱冠十六歳なのだが精神年齢はおそらく三十歳、あるいはそれ以上であるからだ。念のために言っておくとこれは単なるレトリックではない。ちゃんと数字の上でそう計算できるという意味なのである。

　自分の〝体質〟に気づいた最初のきっかけは食事だった。昔から喰い気だけで生きていたらしい。どうも毎日同じメニューが続くなあと子供心にも不審に思ったのである。また玉子焼きにポテトサラダ？　ついそう呟《つぶや》いたのを母に咎《とが》められた。何言ってんのよ。昨日はハンバーグだったでしょ。

　その時の僕の記憶ではハンバーグを食べたのは数日前のことだった。おかしいなあと思いながらも腹は減るので全部平らげたら翌日また玉子焼きとポテトサラダが出た。またこれ？　ついそう呟きたくもなるではないか。すると母はまたしても眼を吊《つ》り上げた。何言ってんのよ。昨日はハンバーグだったでしょと。

　喰い気だけであとは何も考えずに生きていた小学生も、さすがに不審な出来事はテーブルの上に並ぶメニューだけではないと徐々に気づくようになる。食卓での会話に耳を傾けてみると両親や兄たちが前日と同じことを話しているのだ。どうも欧米人ちゅうのは他人が喰うものにやかましくていかんな、クジラ喰おうがマグロ喰おうが勝手だろうが云々。どうも喰いものの話題であったため僕の耳に入ったような気がしなくもないのだが、それはともかく父や兄たちはその翌日もそのまた次の日も同じことを話しているのだった。どうも欧米人ちゅうのは他人が喰うものにやかましくていかんな、クジラ喰おうがマグロ喰おうが勝手だろうが云々。しかも一語一句前日のそれとは違《たが》えずに。

気づいてみると家族だけではなかった。学校の先生や友人たちも皆前日と同じ科白《せりふ》を喋《しゃべ》り同じ行動をとっているのだ。

「いいですか皆さん」黒縁のメガネをかけた四角顔の女性教師はクラスの生徒たちを睨《ね》め回す。「学校の裏の山の神社には絶対に近寄ってはいけませんよ。いいですね」

「何故ですか先生」当時通っていた小学校でクラス一の天然ボケを僕と争っていたオダ君という生徒が不審そうな声を挙げる。「オバケでも出るからですか」

「そんな非科学的なことを言っちゃいけません」

「ヒカガクテキって何ですか？」

「馬鹿馬鹿しいということです。いい。裏山の神社にはオバケなんかよりももっと怖いこわあいひとがいるんですよ」

「怪獣ですか」

「怪獣なんかこの世にはいません。オダ君。駄目よ。変なアニメばっかり観てちゃ。人間です。人間。可愛い男の子や女の子を見つけるとイケナイことをする悪いわるういオジさんがうろついているからです。とっても危ないからです。とっても怖いからです。いいですね。皆さん。裏山の神社には行ってはいけませんよ。でないととんでもないめに遇《あ》ってしまいますからね」

「イケナイことって何ですか？」

「そ。それは。その。つまりですね。あの。そうだ。この前もよその学校の女の子が神社で遊んでいてそのオジさんに捕まってしまったのよ。怖いですね。恐ろしいですね。そして可哀相に無理矢理パンツを脱がされてしまった」

「何故パンツを脱がされたんですか先生」

「そしてオジさんも自分のパンツを脱いだんです。ここまで言えばその後で何があったかは判るでしょ」

「パンツの交換ですか？」

念のために断っておくとオダ君は別に先生をからかっていたのではない。本当に判らないから訊いていたのだ。実際その先生の謎かけの意味が判る早熟な生徒は当時クラスの半分にも満たなかったと思う。僕だってパンツを交換したのかなと勘違いしたクチだった。今思うととんでもないことなのだけれど。ちょっと横道に逸《そ》れてしまったが、某日の朝一番の授業でなされたこのやりとりは翌日もしっかりと繰り返されることとなる。

「いいですか皆さん」先生は〝昨日〟と同じく餌《えさ》を奪い合いしている獣みたいに真剣

な形相で小鼻を膨《ふく》らませる。「学校の裏の山の神社には絶対に近寄ってはいけませんよ。いいですね」

「何故ですか先生」オダ君の茫洋《ぼうよう》とした口調も〝昨日〟のまんまだ。「オバケでも出るからですか」

「そんな非科学的なことを言っちゃいけません」

「ヒカガクテキって何ですか？」

「馬鹿馬鹿しいということです。いい。裏山の神社にはオバケなんかよりももっと怖いこわあいひとがいるんですすよ」

「怪獣ですか」

「怪獣なんかこの世にはいません。オダ君。駄目よ。変なアニメばっかり観てちゃ。人間です。人間。可愛い男の子や女の子を見つけるとイケナイことをする悪いわるういオジさんがうろついているからです。とっても危ないからです。とっても怖いからです。いいですね。皆さん。裏山の神社には行ってはいけませんよ。でないととんでもないめに遇ってしまいますからね」

「イケナイことって何ですか？」

「そ。それは。その。つまりですね。あの。そうだ。この前もよその学校の女の子が神社で遊んでいてそのオジさんに捕まってしまったのよ。怖いですね。恐ろしいですね。そして可哀相に無理矢理パンツを脱がされてしまった」

「何故パンツを脱がされたんですか先生」

「そしてオジさんも自分のパンツを脱いだんです。ここまで言えばその後で何があったかは判るでしょ」

「パンツの交換ですか？」

そんなふうにこの次の日もそしてその次の日も必ず朝一番に先生が裏山の神社には行ってはいけませんよで始めてオダ君のパンツの交換で落ちるやりとりが続いたのだった。そして繰り返されるのはパンツの交換の一件だけではない。前日に起こった全てのこと、朝の食卓に並んだメニューから始まって学校で先生が言ったこと、休み時間のドッジボールの内容から勝敗、誰と誰が喧嘩《けんか》してどっちが泣いたのか、下校の途中で誰が犬のウンコを踏んだのか、夕食のメニューから放映されているテレビ番組までがまるで同じように繰り返される。

そして唐突にその繰り返しは終わり、本物の翌日がやってくるのである。本物の翌日がやってくると、もちろん食卓のメニューは玉子焼きとポテトサラダではなくなっているし、父たちが交わしている会話は欧米人がクジラとマグロを喰うことに文句を言うなという義憤ではなくなっているし、オダ君のパンツの交換という天然ボケも既に昨日の出来事としてクラスの間で話題に上るのみ。

お判りだろうか。つまり同じ日が何度も繰り返されるのである。しかしそれを認識しているのはどうやら僕独《ひと》りで周囲の誰もそのことに気がついていない。ごく当然のように前日と同じ言動を繰り返すその光景はまるでよくできた機械仕掛けの人形のようだが、彼らにとっては何度繰り返されようともその日は他の日と同じように普通の一日でしかないのである。ましてや録画されたビデオテープさながらに繰り返されているなどとはまったく気がついていない。ただ僕だけがその反復を認識している——そういうことなのだ。

この現象を僕はひそかに〝反復落とし穴〟と呼んでいる。つまりこの落とし穴に一旦落っこちるとそこから這い上がってこない限り何度もその同じ一日が繰り返されるわけである。ちょうど傷がついたレコードをかけていたら針が飛んで同じパッセージが何度も何度も繰り返されるようなものだ。

この〝反復落とし穴〟はある日唐突にやってくる。これまでの経験から言うと〝落とし穴〟にいつ落っこちるのかという規則性はどうやら存在しないようだ。多い時には一ヵ月の間に十数回も落っこちるのだが少ない時は二ヵ月に一回といった具合。

ただし〝落とし穴〟のサイズとそこに落ちている期間には明白な規則性がある。〝落とし穴〟のサイズはその日の夜中の十二時から次の夜中の十二時まで。つまりまる二十四時間。そして落っこちている期間は九日間。もちろん九日間というのはあくまでも僕の主観であって、実際に経過しているのは一日だけであるから、厳密には九回と表現するのが正しいかもしれない。〝落とし穴〟に落ちている間は昨日とか翌日とか言っていると本物の昨日や翌日と混乱してしまうので一周目、二周目というふうに形容するようにしている。

当然のことだが〝落とし穴〟に落ちている間、僕以外のひとたちは基本的には一周目も二周目も同じ言動を反復する。この基本的にはという点がポイントで一周目と二周目ではまったく違う言動を意図的にさせることも可能なのである。誰の意図によってかと言えばそれはもちろんこの僕のである。

あたりまえのことだが一旦世界が反復落とし穴に落っこちてしまったら〝前周〟と違う言動を自分の意志としてとれるのは僕だけなのである。何故なら僕だけがこの反復状況を認識しているからだ。そんな僕が一周目と二周目では違うことを誰かに言ったりやったりしたとする。当然相手の反応も違ったものに変わらざるを得ないわけだ。例えば僕が、また玉子焼きとポテトサラダ？　と文句を言わなければ母が、昨日はハンバーグだったでしょと余計な反論なぞしなかったことになる。この〝しなかったことになる〟というのが実は僕のこの〝体質〟のミソなのだ。本来起こる筈だった現実を意図的に変更することが可能なのである。

僕がこの利点に気づいたのは父や兄たちとテレビでナイター観戦をしていた時だっ

た。巨人阪神戦をやっており結果的には巨人が勝ったのだが、その勝ち方が半端ではなかった。投手戦が予想されたその試合で、巨人は何と五回裏の攻撃中に一番打者から九番の投手まで九連続ホームランという未曾有《みぞう》の大記録を達成しそのまま逃げ切ってしまったのである。巨人ファンの父は狂喜乱舞しアンチ巨人の世史夫《よしお》兄さんは転げ回ってのたうち回りロッテファンの富士高《ふじたか》兄さんは鼻毛を抜いて欠伸《あくび》した。とにかく騒々しい夜だった。

僕は特にどのチームのファンということもなかったので頭を掻いて屁をひってその夜はおかしくもなく寝たのであった。ところが眼が醒めてみるとこの騒乱の日が〝反復落とし穴〟に入ってしまっていたのである。

〝前周〟と同じくナイター中継が始まる。ビールと枝豆を前にして父はわくわく。世史夫兄さんは当時中学生のくせにそのビールをこっそり盗み飲み。富士高兄さんは耳掻きで耳をほじっている。とにかく全体的にはテレビの前でかなり盛り上がっていたのだが僕は独りしらけていた。だってそうではないか。結果は判り切っている。九対ゼロで巨人の圧勝。おまけに九連続ホーマーというビッグなおまけつきだ。

つい口が滑《すべ》ってしまった。どうせ巨人が勝つよと。父は喜んだが世史夫兄さんは激怒した。何言ってんだ勝負はやってみなきゃ判らない。そしてやってみたら九対ゼロ。悲喜こもごもの様子はだいたい〝前周〟と同じであった。ただ富士高兄さんは鼻毛を抜かず欠伸だけをした。僕が口を挟んだことでありうべき現実が少し変わったのかもしれない。

その〝翌周〟、僕はふと悪戯心《いたずらごころ》を起こした。ねえねえ皆、とナイター観戦に入ろうとしている父と兄たちに言った。何か五回裏に波乱が起こるような気がするなあと。何だそりゃノストラダムスの予言の真似かと揶揄《やゆ》されたが結果は御覧の通り。

それでも父や兄たちが余り感心してくれなかったものだから僕もついムキになってしまった。そのさらに〝翌周〟、今度は具体的に五回裏の攻撃でホームランが何本も飛び出すとはっきり予言してやったのである。結果九ホーマーが飛び出して父は喜ぶのに忙しかったが世史夫兄さんはどこか胡散臭《うさんくさ》げに僕を睨《にら》んだ。富士高兄さんも驚いたのか鼻毛も抜かず欠伸もしなかった。

調子に乗った僕はその〝翌周〟、今度は僕が魔法を使って巨人の選手全員にホームランを打たせるなどと宣言してしまったのである。父たちは最初こそ嘲笑していたもののの結果を見て沈黙してしまった。父の喜び方も妙に中途半端だし兄たちに至ってはまるで化け物でも見る眼で僕を睨んでくる。それが少し怖くて僕は本来なら出てしまう筈の屁も引っ込んでしまった。

さすがにちょっとやり過ぎたと反省した僕は六、七、八周とおとなしく観戦しておいて最後の〝周〟で父に賭《かけ》の提案をすることにした。もし巨人がこの試合を完封で勝ったらお小遣いを頂戴と。せこいこと言ってやがるなとでも思ったのか世史夫兄さんは、バカヤロもし巨人が完封勝利したら俺の漫画全部おまえにくれてやらあ、と太っ腹に放言したのである。

結果、臨時収入と世史夫兄さんの漫画コレクションは僕のものになった。もしこれがまだ三周目とか五周目だったら、また元に戻ってしまって最初からやり直しになり臨時収入も漫画も僕の手元から消えてしまうところだが九回目の最後の〝周〟だったため、これがこのナイターを巡る一日の〝決定版〟になったからである。

つまりこういうことだ。反復落とし穴は都合九回繰り返されると言った通り、最初の〝周〟は言わばオリジナルの日。これが一周目である。そして二周目、三周目、四周目、五周目、六周目、七周目、八周目ときて最終周がやってくる。二周目から八周目までは何をやってもまた元へ戻るが、最終周に起こったことが僕以外の周囲の人間たちにとっては本来的な〝その日の出来事〟——僕にとっては最終的な決定版——となるのである。

当然、最終周の僕の言動によってその日の内容はオリジナルのそれからは著しく変更されることになる。もちろん僕さえその気になれば最終周すなわち決定版をオリジナル周とまったく同じ内容にすることも可能だ。ありうべき現実を意図的に変更することができるというのはこういう意味なのである。

僕がどうして海聖学園という偏差値の高い学校の編入試験をクリアできたのかもうお判りであろう。そう。この反復落とし穴の利点を最大限に利用できる場が学校のテストだ。そしてたまたま偶然にも問題の編入試験当日がこの反復落とし穴に入ってしまったのである。一旦テストを受けてしまえばどんな問題が出るかは判り切っているから次周には答えを丸憶《まるおぼ》えしていけばいい。しかも最終周まで都合八回も復習するチャンスがあるのだから良い点が取れないわけがない。

よせばいいのに僕は全教科満点を取ってしまった。どれくらいの点を取れば合格ラインに入れるのか見当がつかないので安全策を取ったということもあるが結局見栄を張りたかったのであろう。その結果大騒動になってしまった。海聖学園の編入試験は全国的にも難関中の難関として有名なのだ。それを全教科満点ときては学校創立以来空前にして絶後の秀才が入ってきたと大騒ぎになったとしても無理はない。

しかしである。この反復落とし穴という現象はあくまでも僕の〝体質〟であって〝能力〟ではない。もしこれが〝能力〟なら僕は自分が好きな時にいつでも反復落とし穴に入れるだろう。そして秀才の称号もほしいままにできたであろう。しかし単なる〝体質〟である以上いつこれが起こってくれるのか自分でもまったく予測がつかない。当然のことながら定期考査に合わせて反復落とし穴に入ることなぞできっこないし、また仮に偶然運良くテストの日が反復されたとしても、数日あるスケジュールのうちのたった一日分しか利用できないのである。

学校での僕の株はたちまち暴落し空前にして絶後の秀才はただのボンクラに堕してしまった。編入試験の結果とその後の成績の落差が余りにも凄まじいので一時は不正行為があったのではないかと論議が沸騰したらしい。誰かが試験問題をリークしたのではないかと実際に職員の間で犯人捜しまで行われたというのだから思えば罪なことをしたものだ。

編入試験だけではない。小学校、中学校を通して僕の成績はいつも両極端だった。ずば抜けて良いか、それとも眼を覆《おお》いたくなるくらい悪いかである。前者は言うまでもなく反復落とし穴の御利益だ。だからいつも通信簿には、能力はあるのですがやる気にムラがあります、もっと広く浅くを心がけましょう、とか何とかそういった意味のコメントを書かれることが多いわけである。

反復落とし穴の御利益は何も学校のテストだけではない。説明したようにオリジナル周と最終周に挟まれた二周目から八周目の間は何をしても元へ戻ってやり直しができる。言ってみればテレビゲームを〝リセット〟する感覚で何でもやり放題なわけだ。だから例えばこの間にちょっといいなと思う同級生の女の子に次々とインタビューを試みる。生年月日とか家族構成とか趣味その他初恋談義に至るまで八周の間訊けるだけのことを訊き出しておく。そして最終周に彼女に運勢を占ってあげようと持ち出すわけである。女の子は大概占い好きだから次から次へと彼女のプロフィールを言い当てる僕にびっくり仰天するというわけだ。もちろんそれらは全て彼女本人から予《あらかじ》め堂々と訊き出している事柄ばかりなのだが〝リセット〟されているが故に彼女はそのことを憶えていないのである。

色気づく歳頃の中学生の頃は特にこのインチキ占いをやって僕は随分女の子たちの気を惹《ひ》こうとしたものだ。しかし段々虚《むな》しくなってくる。何故かと言うと後が続かないのだ。占いや判じ物で相手の気を惹くのはいいのだが女の子たちはそれ以上僕に対して興味を持続してくれないのである。これは彼女たちを責めるわけにはいかない。せっかくきっかけがあって積極的に興味を抱こうとしてくれていても、相手の男の子つまり僕にそれ以上の中味というものがなければ彼女たちの熱意だって早晩冷めようというものだ。

テストだって同じである。偶然定期考査の一日が反復されることで良い点数が取れても、所詮《しょせん》それは僕の実力ではない。インチキである。詐欺《さぎ》みたいなものだ。だからたとえ百点満点取れたとしても心の底からの満足というものが湧いてこない。最初はこの〝体質〟の利点を単純に面白がっていただけの僕も徐々にそのことに気がつき始めた。そして虚しくなってしまうのである。

虚しくなってはいても必要に迫られればテストや女の子に対して今でも〝体質〟の

利点を利用している。その典型的な例が海聖学園の編入試験だったのだ。不合格にでもなれば母の形相が般若《はんにゃ》のそれに変貌することは判り切っていたので、編入試験の日が偶然反復落とし穴に落ちた時は狂喜したものだ。何ともあさましい限りである。

僕がよく歳のわりには老けているとか爺むさいとか評されるのは多分ここいら辺りに原因があるのだろう。達観しちゃっているのである。何だか何やっても虚しいんだよなーみたいな。そのくせ反復落とし穴に頼らずに自分の実力を試してみようという覇気もないのだから困ったものなのである。

おまけに反復落とし穴は前述したように多い時では一ヵ月の間に十数回も起こる。厳密な計算ではないが平均すれば月に三、四回は起こっているのではないかと思う。一回につき〝決定版〟を除いた八周ずつ。つまり主観的に八日間も他の者たちよりも余分な時間を過ごしていることになる。合算すると一ヵ月につき約一ヵ月間もの余分の時間を僕は過ごしていることになる。つまり肉体年齢のほぼ二倍。精神年齢が三十歳以上と言ったのがあながちレトリックではないことは充分御理解いただけるであろう。

反復落とし穴の厄介な点はその利点を面白がれないと単なる苦痛にしかならないという事実なのだ。だってそうではないか。同じ日が余分に八回も繰り返されてみなさい。いい加減に嫌になります。反復される事柄が心楽しいことなのかそうでないことなのかは余り関係がない。反復すること自体が苦痛なのである。だから反復落とし穴に落ちるとオリジナルの日とまったく同じなのはつまらないので二周目からついあれこれ変更したくなる。その二周目とまったく同じなのはまたまたつまらないので三周目は三周目であれこれいじりたくなりそして四周目もという具合だ。そして結局虚しくなって最終周をオリジナル周とまったく同じ内容に戻して決定版にしてしまったりするわけである。俺は何をしてるんだと徒労感とも虚無感ともつかぬものをその都度味わうわけである。

他人が僕に変に老成した雰囲気を感じ取るのも多分そんなところに原因があるのではないだろうか。実際できることなら僕はもう隠居して縁側で猫の蚤《のみ》取りの合間にひがな一日居眠りして暮らしたいくらいなのだ。同じ反復落とし穴に度々《たびたび》落ちなければいけないのであれば。

だが僕はまだ高校一年生。隠居するなんて世間が許してくれない。達観とも諦観《ていかん》ともつかぬものを持て余しながらも何とかやっていく他ない。

ひとつだけ反復落とし穴に普遍的な利点があるとすれば不慮の事故を回避できるということだろう。もちろん偶然その事故の当日が落とし穴に落ちればの話であるが。

小学校からの下校途中に犬のウンコを踏んだのは誰だったのかというと、実は他ならぬこの僕で、何だか毎日毎日同じ場所で踏んづけてしまうなあと不審に思い始めた頃に食卓のメニューや家族の会話が反復されていることにも気がついたのである。しかしこの時は何周反復されれば本物の翌日がやってくるのかとか最終周が決定版になるとかいう法則性を完全に把握していなかったために、結局サラピンの運動靴には洗っても洗っても取れない黄土色の染みが付着することになってしまった。

犬のウンコを避けることはできなかったが、今や僕は法則性をきちんと理解している。だからもし重大な事故に巻き込まれたとしてもその日がたまたま〝落とし穴〟に落ちた日だったとしたら文字通り運命を変え助かることができるわけだ。例えばそれがトラックに撥《は》ねられる事故だったとしたら、撥ねられる地点には二周目からは近寄らないようにしてそのまま最終周まで同じことを繰り返せばいい。自分だけではない。同じ要領で他人だって助けることができるわけである。

しかしこの普遍的利点を僕はこれまで余り活用できる機会には恵まれていない。小学校の時に犬のウンコを踏んで以来余り突発的な事故というものには巡り合わないのである。自分もそうだし他人のそれにも全然遭遇しない。どうやら僕は目撃運というものと縁がないようである。

もちろん僕が直接目撃せずともこの世に事故・事件の類《たぐ》いは毎日起こっている。それは新聞を読めば判る。だから〝落とし穴〟に落ちた日の新聞に悲惨な事故の記事が出ていたりすると俄然使命感に燃えていた時期もあった。こういった〝体質〟を持って生まれたのも世のためひとのために役立てよという神の意志かもしれないではないかと。

だがすぐに僕は自分の身の程知らずを悟ることになる。例えば話を交通事故に絞るとすると、たまたま新聞に出ていた事故の記事が一件だけならいいが複数起こっている場合はどちらを優先するのかという問題に先ずぶち当たった。余り時間を置かずにそれぞれ離れた地点で起こった事故を同時に未然に防ぐのは物理的に不可能なのだ。どちらか一方あるいは多い時には二件以上のそれを諦《あきら》めざるを得なくなる。

それでもひとりだけでも助けられるのならば全然手をこまねいて傍観しているよりはましじゃないかと思われる向きも当然あるだろう。しかし問題は何を基準にしてどちらを選ぶのかということなのだ。死亡事故の方を優先すればいいではないかと最初は思ったりもしたのだが、考え方によっては死ななくても植物人間になったりする方がずっと悲惨だと言えなくもない。一旦こういう迷いが生じるとわけが判らなくなってくる。それに記事に載るのは交通事故だけではない。海や山で遭難したのとかはどうするのだ。火事で焼死したのとかは。ガス爆発とかは。台風や地震などの災害による被害とかは。殺人事件だって起こる。それともこういうのはいかにも自分の手に余るから最初から優先順位には入らないのかとか。

自問自答と煩悶《はんもん》を繰り返した挙げ句、ついに僕は諦めた。自分独りにできることには限界があるのだと。だから自分や自分の身近の人間あるいは他人に起こったことでも自分が直接目撃した事柄についてのみ活用することにすると。反復落とし穴の普遍的利点はこういうわけで結局のところ全然普遍的ではなかった。利己的利点と呼ぶのが正しい。落とし穴に入った日の新聞記事を眺める度に僕はそのことを実感し、助けようと思えば助けられたひとたちを見殺しにする罪悪感をやり過ごす。起こってしまうことは起こるべくして起こってしまうのだし、その理由を知る立場に我々人間はいないのだと運命論や不可知論を総動員しながら。かくして僕にはますます爺むさい雰囲気が染みついてゆくというわけである。

　人間は利己性故にその存在が立脚されているというのが〝体質〟によって僕が得た結論である。自己正当化めいて聞こえるかもしれない。だけどそれはあたりまえなのである。自己正当化に聞こえることこそがこの結論を論証し裏打ちしているわけなのだから。というわけで甚《はなは》だ遺憾ながら僕は自分しか救うことができないのだと開き直りの宣言をせざるを得ない。救う範囲を拡げてもせいぜいが家族や身近な知人止まりだ。それにしたって最終的には誰よりも自分自身が優先される事実に変わりはない。

　幸いなことにと言っていいのかどうかは判らないが、前述したように僕は目撃運とは縁がないせいか自分自身も重大な事故に遇わないし身近な人間が巻き込まれることもなくこの十六年を過ごしてきた。従って反復落とし穴を有効に使ったことはこれまでになかったと言っていい。強いて言えば高校の編入試験くらいのものだが長い眼で見ればこれだって弊害《へいがい》の方が大きいのかもしれない。

あるいはこんな厄介なだけの〝体質〟を有効利用しようと思う方が間違っているのかもしれない。〝能力〟ではなく〝体質〟なのであってこれはどちらかと言えば〝疾《しっ》病《ぺい》〟に近い。つまり一生この〝症状〟に悩まされながら生きていかなければいけないわけだ。有効利用しようなんて風邪をひいたから何とかフランス料理を食べられないかと全然脈絡の無い思案をするようなものなのだ。

　悩まされこそすれ利用しようなんて心得違いをしないことだ。そう思っていた。高校に編入したその年が明けるまでは。

登場人物たちが一堂に会す

「どうもあけまして」祖父の秘書兼運転手である槌矢龍一《つちやりゅういち》さんはひとの好《よ》さそうな笑みの残像を宙に留めたまま頭をぺこりと下げた。「おめでとうございます」

「おめでとうございます。まあ。おめでとうございます。旧年中はほんとにまあ大変お世話に」母は自分の息子と同年輩の槌矢さんに卑屈とも言えるくらいぺこぺことお辞儀を繰り返し型通りの挨拶を述べている。何だか祖父の家に年始に訪れる度に母の腰は低くなってゆくようだ。「今年もよろしくお願い致しますわ」

「こちらこそ――」

「ほんとにほんとによろしくお願い致しますわ。おほほ。あ。そうそ。これ」声を低めると押しつけがましく熨斗《のし》袋を槌矢さんの手に握らせる。どうやらお年玉のつもりらしい。「ほんのちょっとだけど」

「いえ奥さま」困ったような表情をしながらも槌矢さんの手の動きは既にどこに仕舞おうか迷っているそれだった。ポケットの無い服装だから困っているのだろう。「こんなことをしていただいては」

「ほんとにほんとにちょびっとだから。ね。ね」ちょっとなんて言いながら息子の誰に渡すよりも多い額のお年玉であったとしても僕は驚きませんけどね。「時に——」

「葉流名《はるな》さまですね」

母屋《おもや》を窺《うかが》うような母の仕種で訊きたいことを察したのか、槌矢さんは先回りして母の妹の名前を出した。まだ若いが祖父の懐刀《ふところがたな》と呼ばれているだけあって頭はよく切れる。

「もうお見えですよ。お嬢さま方と御一緒に。それはそうと」母の背後に控えている僕たち三人兄弟をそっと見比べる。「今日は御主人さまは……？」

「え。あ。あ。ちょっと。ちょっとね」

うろたえ気味に母は腕をぶんぶん振り回す。すぐ背後に控えていた富士高《ふじたか》兄さんの腕に当たってしまった。兄さんは痛そうに顔をしかめたが全然お構いなし。

「何ですか。まあ具合が悪いとか言っちゃって。おほ。おほほほ。だらしのない」

「と言いますと御病気か何かで？」

「そんな大袈裟《おおげさ》なものじゃないんですよ。何でもないの。なあんでもないの。ほんとに。ほんとに。まあ何ですか。歳っていうことかしらねえ。おほ。おほ。おほ。おほほほ」

「珍しいこともあるものですね」母のわざとらしくも甲高《かんだか》い笑い声に槌矢さん顔をそっとしかめる。「葉流名さまの御主人も今年はお見えになっていないんですよ実は」

「んまあ。鐘ヶ江《かながえ》さんが？」

この情報は自分にとって良い知らせなのか悪い知らせなのか素早く値踏みしているみたいに母は虚空《こくう》に眼を遊ばせた。「どういうこと？　お具合でも悪いのかしら？　それとも……」

「ははあ」さあと首を傾げる槌矢さんを遮《さえぎ》るみたいにそう呟いたのは富士高兄さんであった。「あのことで――」

「何。何なの？　富士高」自分の所有物であるべき息子如《ごと》きが畏《おそ》れおおくも親である自分に隠し事なぞするのは許さないとでも言いたげに母の眼が三角に吊り上がった。「何か知ってるの？　ならさっさとおっしゃい。黙っていないで」

「それはともかく奥さま」雲行きを案じたのか槌矢さんが助け船を出した。「中へお入り下さい。会長も社長もお待ちです」

「それはいいんだけど。やっぱり」と母は改めて槌矢さんの頭から爪先までを無遠慮に見下ろす。槌矢さんはゆったりとした黒いトレーナーの上下に紺色のちゃんちゃんこを羽織っている。ユーモラスと言えばユーモラスな恰好《かっこう》だが上司の家族を迎えるには間が抜け過ぎていると言えなくもない。「その恰好をしなけりゃ入れてもらえないんでしょ？　ほんとにもう。それさえなけりゃあねえ。何とかならないの？」

「申し訳ありません。着替えをしないのなら中へお通しするなと会長から厳重に注意されているものですから」

「困ったものね。お父さまの気まぐれにも」そう文句を垂れながらも母は予め着替えやすいように普段着姿である。「まあいいわ」

「どうぞ奥さまはあちらの方へ」と母屋の方を手で示す。「友理《ともり》がおりますのでお世話致します」

「それじゃあんたたちも」と母は僕たちを振り返ると槌矢さんに対して卑屈になっていた分を取り返そうとでもするみたいに一転独裁者の口調で命令していた。「さっさと着替えてきなさい。さっさと」

まるで僕たちがぐずぐずしているのが全ての元凶みたいな口調で一方的に叱咤《しった》すると自分はさっさと母屋の方へと消えてゆく。僕たち兄弟も槌矢さんに先導される形で中庭を挟んで母屋の向かい側にある別館へと入っていった。こちらが男性用の更衣室になっているのである。

「やーれやれ」用意された黄色のトレーナーに着替えながら世史夫《よしお》兄さんは溜め息を

ついた。「何だってまあいちいちこんな垢抜けない恰好をしなきゃなんないんだろうね。毎年毎年。お正月と言えばさあ皆もっとこう華やかな恰好するべきだと思わない。ねえ槌矢さん」

「そうかもしれませんね」同意を求められたものの槌矢さん困っているようだ。曖昧に頷《うなず》く。「男性はともかく女性の方は――」

「そう。そうだよ。年に一度のことだもの。どうせなら艶《あで》やかな恰好を拝見したいじゃないか。なあ。それなのにそれなのに」盛大に溜め息をつき続けながら世史夫兄さん青いちゃんちゃんこを羽織る。「何だってまたこんな泥臭い、ちょっと気軽にコンビニに買い物に行けもしないような阿呆な恰好をして酒を飲まなくちゃいけないのかねえ。独り暮らしの学生じゃあるまいし。ああ。やだやだ。ルナのきもの姿が見てみたい」

そのひと言で妙な緊張感が更衣室に漲《みなぎ》った。おやおやと僕は思う。ルナというのは葉流名叔母さんの次女で僕たちにとっては従姉妹《いとこ》に当たる。世史夫兄さんが彼女に御執心だということは本人が隠さないこともあってよく知っていたのだが、どうやら富士高兄さんも口に出さないだけで同じように彼女のことを憎からず思っているらしい。いや富士高兄さんだけではない。何と槌矢さんも彼女の隠れ信奉者だったようだ。ふたり揃って妙に怖い眼で世史夫兄さんを盗み見ている。

「兄さんはまだいいです。与えられているトレーナーが黄色なんですから」妙にピリピリした空気に巻き込まれてもつまらない。僕は雰囲気を和《やわ》らげようとそんな話題を持ち出した。「僕のは赤ですよ。赤のトレーナーにちゃんちゃんこ。世紀末的ですね何だか」

僕たち大庭《おおば》家の家族が祖父である渕上零治郎《ふちがみれいじろう》宅に年始に訪れるようになったのはこの数年のことである。それ以前はある事情から僕たち一家は祖父とは疎遠になっていた。大庭家だけではない。三女の葉流名叔母さんの嫁ぎ先である鐘ヶ江一家も祖父とはまったく交流がなかった。祖父の御機嫌伺いに年始に通い始めたのは僕たち一家同様この数年来のことだ。

ここで祖父の渕上零治郎と彼の会社であるエッジアップ・レストラン・チェーングループについて簡単に説明しておこう。祖父はもともと安槻《あつき》市郊外の片隅で妻の深江《ふかえ》とふたりだけで小さい洋食屋を経営していた。コックとしての腕はなかなかのものであったらしいのだが祖父は所謂《いわゆる》飲む打つ買うの三拍子が揃った遊び人でもあった。特にギャンブルは店の売り上げを平気ですってしまうほどのめり込んでいた時期もあり祖母の深江は相当苦労させられたという。

祖父母には三人の子供がいた。僕たちの母でもある長女の加実寿《かみじ》。次女の胡留乃《ことの》。そして三女の葉流名である。おそらく三人が三人とも母親や自分たちに苦労ばかりかけて極貧を強いる父親をそれぞれの立場から嫌悪していたものと思われる。ろくに洋服などを買い与えてくれないばかりか子供たちの食費さえ賭《か》け事《ごと》に注ぎ込んでしまう父親を尊敬しろと言ってもそれは無理な話だ。おまけに零治郎は三人の娘たちに誰かひとりは婿《むこ》養子を取って渕上の名前を継ぐようにと事あるごとに厳命していたという。苦労ばかりかけさせられた上に借金以外は何の財産もない名前ばかりの家を継がされてはたまったものではない。こんな家やこんな父親からは一刻も早く逃げ出したいと切望したとして誰が彼女たちを責められようか。

母の加実寿は学力だけは優秀な娘だった。高校なんか通ったって無駄だ、そんな暇があるのなら店を手伝えという零治郎の厭味《いやみ》や叱責に耐えながら公立高校を首席で卒業し国立安槻大学での奨学金を獲得した。

穿《うが》った見方をするなら、母にとって学力は家を出るための絶対条件だったのだろう。ただ闇雲に家を飛び出しても別の苦しい生活が待っているだけだ。自分で仕事をするにしても生活力のある男をつかまえるにしても先ず大学へ行かなければ話にならない。その思いが母の努力を支えていたものと思われる。

母のその執念に呼応するかのように母が大学を卒業する直前に祖母が急逝《きゅうせい》した。脳《のう》溢血《いっけつ》であったという。祖母の葬儀を済ませた母は二度と実家には戻らずに大学で見つけた同い歳の男と結婚した。それが僕たちの父である大庭道也《みちや》である。式には零治郎どころかふたりの妹さえ招《よ》ばなかったという。よほど渕上家とは縁を切りたかったのであろう。未来永劫義絶するという決心の表れであった。

さて慌てたのはふたりの妹たちである。多少なりとも自分たちの味方であると思っていた母親が死んだ上に長女までが家を飛び出してしまったのだ。零治郎というお荷物を押しつけられた恰好である。

冗談じゃないと思ったのであろう。三女の葉流名は当時無理をして高校に入学したばかりだった。公立の偏差値は余り高くない女子校である。姉のように自分も大学へ奨学金で入るのだという気持ちがあったのかどうかは定かではないが、彼女はいきなりこの高校を中退した。そしてどうしたかと言うとその学校の若い男性教師の家に転がり込んでしまったのである。現在の夫の鐘ヶ江等《ひとし》だ。同年輩の男の子なんかと同棲したって生活力がないから先行き不安だと計算した結果なのかどうかは判らないが、目先が利く彼女らしい選択であったと言えよう。正式に式を挙げたのは長女の舞《まい》が生まれた後だった。もちろん零治郎は招待されなかった。

こうして渕上家の零治郎のもとには次女の胡留乃だけが独り取り残されてしまった。完全に逃げ後れた恰好である。当時胡留乃は十九歳。中学校を卒業した後は進学もせずに洋食屋を手伝ってきた。自分は次女だからまさか家を継がなくてもいいだろうと油断していたふしもある。長女や三女に比べると要領の悪い娘であった。

胡留乃は三人の娘の中では一番温厚な性格であったが、姉と妹に裏切られ厄介者の父親を押しつけられたと悟ってからは情緒不安定気味になりやたらに怒りっぽくなったらしい。奇怪な言動がめだつようになり、一時は精神科に通院したりもしたという。

さて妻に先立たれた零治郎はさすがに落ち込んでいた。うるさい女房がいなくなってこれで心置きなく遊んだかというと全然そんなことはなくて、逆にまったく遊ぶ元気を喪失してしまったという。ま、男ってそんなものなんだろうな。おまけに長女と三女は父親に愛想を尽かして家出同然に男のもとに走るわ独り残された次女は絶望してノイローゼに陥るわでもう四面楚歌。これも全て俺の不徳が招いた結果かと反省したが既に後の祭り。

零治郎は売れるものは全て売り払い胡留乃を連れて旅に出た。といっても帰郷する当てのない旅であった。借金を踏み倒しての夜逃げである。全てに絶望して無理心中する心づもりであったという。持ち物を売っ払ったなけなしの金で、これまでのせめてもの罪滅ぼしにと胡留乃に美味《おい》しいものを食べさせたり綺麗な洋服を着せたりのひと時の贅沢《ぜいたく》三昧。その後に彼女と一緒に海に身投げでもするつもりであった。

ところが運命はここから急転直下する。死ぬ前に持ち金は全部使い切ってやろうと決めていた零治郎は、ふと馬券を買う気になった。もちろん以前のように遊ぶためではないから勝つもりは全然なかった。ただ金は使い切っておこうと思っただけである。だから予想を無視した滅茶苦茶な大穴狙いの連続。

しかし。しかしである。これが当たってしまったのである。ことごとく。使い切るどころか金は何十倍にもなってドカッと返ってきた。零治郎は眼を回した。何だ何だこりゃ。ひとが必死こいて万馬券狙いにいっている時にゃ、ちーっとも当たらねえくせに。

これは悪魔が自分を誘惑しているに違いない。祖父はそう思ったそうだ。まだまだ人生には楽しいことがあるんだよと。この金でもう一回放蕩《ほうとう》するがよいと。そしてもう一度今度こそ完全に破滅すればよいと。そう意地悪く囁《ささや》かれているような気がしたという。

腹立ちまぎれに零治郎は今度は株を買うことにした。むろん今度もドブへ捨てるつもりだったから逆張りに次ぐ逆張り。上がりそうにもない株を片っ端から買ってゆく。ところが何という皮肉であろうか。これらの株は買うそばからことごとく値上がりし、結果的に零治郎の手元にはひと財産と呼べるほどの金が転がり込んできたのである。

ひと時にしろ父親らしい愛情に接したお蔭で精神的にも安定してきた胡留乃と相談した結果、零治郎は安槻に帰ってきた。そして株で得た金で残っていた借金を清算し、胡留乃と一緒に無国籍風洋風料理の店を開いたのである。しばらく忘れていた料理人の血が騒いだのであろう。胡留乃の協力もあって零治郎は遊びにうつつをぬかすこともなく身を粉《こ》にして働いた。

次から次へと新しいメニューを開発し卓越したその味と洒落《しゃれ》たセンスで若い女性客たちの心を摑《つか》んだ。もちろん店は連日の大繁盛。最初は市内の雑居ビルのテナントでひっそりとやっていたのが国道沿いに煉瓦《れんが》作りの店を構えるまでになった。後はもう一気呵成《いっきかせい》。あれよあれよという間にチェーン店を一軒また一軒と増やしていったその結果、三十七店舗を全国展開するという一大企業に成長してしまっていたのである。それがこの十年間のことだ。

さてこうなってくると腰がそわそわと落ち着かなくなったのが母と葉流名叔母さんである。零治郎は現在八十二歳。第一線から身を引いてエッジアップ・レストラン・チェーングループの会長におさまっている。その経営権から不動産に至る資産は莫大のひと言。ところがこのままでは零治郎が死んだ後その莫大な遺産はエッジアップ・グループの現社長におさまっている胡留乃が全てを相続することになりそうなのである。

もちろん民法には相続権というものがあるから零治郎が遺書を残していない場合は母も葉流名叔母さんも自分の分はしっかりと受けとることができる。だがそんな期待を嘲笑するかのような話が聞こえてくることになった。祖父は毎年正月に遺書を書き換えるのがここ十年ほどの慣例となっているという。もちろんそれが胡留乃独りに全てを譲るという内容であるとは限らないのだが、何と言っても母と葉流名叔母さんは祖父を一方的に義絶している身だ。びた一文もらえなくても文句は言えない。

かくして母と葉流名叔母さんは揉み手をせんばかりの勢いでそれぞれ祖父との仲直りを画策することとなった。それに対して祖父はしばらく頑《かたくな》な態度を崩さなかった。自分と胡留乃をあっさり見捨てたくせに今頃何だということであろう。しかしそんな祖父もしばらくすると態度を和らげることになる。察するにその原因は胡留乃叔母さんに子供がいないという事実に尽きる。

父親の事業拡張に協力することに忙しかったのか、現社長である胡留乃叔母さんは独身である。結婚歴もない。従って当然持ち上がってくるのが後継者問題である。祖父が死に胡留乃叔母さんが死んだ後どうするのかと。胡留乃叔母さんは現在四十八歳。至って健康だから事故にでも遇《あ》わない限り今日明日に死ぬということもないわけだが、後継者問題はなるべく早めに処理しておかなければいけない課題ではある。

母と葉流名叔母さんはそこにつけ込んだ。母がウチには三人も息子がいるんだから養子候補はよりどりみどりと売り込めば葉流名叔母さんも負けてはいない。ウチにだってふたりも娘がいるんだからどちらかを胡留乃姉さんと養子縁組して婿養子をとらせたらいいですわと欲望丸出しの泥仕合。

我が娘たちながらその浅ましさに辟易《へきえき》したのだろう。祖父はしばらく母と葉流名叔母さんが自宅に来るのを許さなかった。揉み手と猫撫で声で玄関に擦《す》り寄ってきてもにべもなく追い返していたのである。

それが数年前ようやく年始の挨拶に訪れることだけは許可が出るようになった。ところが祖父はその年始に当たって奇妙な条件をつける。自宅へ入るに当たってはこちらが指示する服装に着替えてもらうと。そして滞在期間中はずっとその服装で通してもらう。その条件が守られない限り敷居を跨《また》ぐことはまかりならんと。その服装というのが他でもない色とりどりのトレーナーにちゃんちゃんこというわけなのである。

「富士高兄さんは青です。ちゃんちゃんこと最高のコーディネートだと思います」僕は自分の赤のトレーナーの裾を情けなさそうにつまんでみせた。着てきた普段着と一緒に財布や腕時計などを外して用意されている籠《かご》の中に入れる。別に私物を持ち込むなと言われているわけではないけれど、財布なんか持っていても使う機会はないし、第一トレーナーにはポケットが付いていないのだ。身軽になるついでについ腕時計も外してしまうのが僕の場合癖になっていた。「僕だけです。真っ赤なトレーナーを着せられるのは」

そう。僕たちは自分が好きな色のトレーナーを選べるわけではない。これも全て祖父の指示で決められているのだ。先ず祖父本人は茶色。秘書の槌矢さんは黒。胡留乃叔母さんも含めて母たち三人姉妹とその連れ合いは全員緑色。胡留乃叔母さんの秘書である友理絵美《えみ》さんは槌矢さんと同じ黒という具合だ。

「あのなキュータロー。赤っていうのは考えようによってはお洒落な色なんだよ」世史夫兄さん妙に分別臭く諭《さと》してくる。「それに赤といや還暦祝いの色じゃないか。爺むさいおまえにゃぴったりだよ。ぴったり。俺なんか黄色だよ。おまえ。黄色。女らともかく男が着たら気色悪いだけだぜ」

「いいではありませんか。ルナ姉さんと同じ色ですし」うっかり口が滑ってしまった。ルナ姉さんを巡る男たち三人の間に蟠《わだかま》る緊張感を緩和しようとしてトレーナーの色の話題を振ったつもりだったのに、これでは藪蛇《やぶへび》になりかねない。ちなみに従姉妹ではあるが僕はふたりのことをそれぞれ舞姉さんルナ姉さんと呼ぶことにしている。「ま。まあ。その。とにかく、ものがトレーナーだけに色には関係なくお洒落からは程遠いものと察する次第であの」

「祖父《じい》さん」へどもど取り繕《とつくろ》っている僕を無視して富士高兄さんはぼそりと独り言みたいに呟いた。「ボケてしまっているんじゃないか、ひょっとして」

「え」世史夫兄さんは少しうろたえていた。どこか槌矢さんの手前を憚《はばか》っているようでもある。「どういうことそれ」

「ボケて孫の顔の区別もつかなくなってしまってるんじゃないか」面倒臭そうに富士高兄さんは相変わらず独り言みたいな趣《おもむ》きでぼそぼそと口の中で呟き続ける。僕たちの誰をも顧みようとしない。どこか焦点の定まっていない眼だった。「この前偶然街で会った時に、俺のこと世史夫と勘違いしてた」

「へえ。そんなことがあったの？」どちらかと言えば〝全盛期〟の父に似て豪放磊落《ごうほうらいらく》な世史夫兄さんはたちまち槌矢さんの手前を憚ることも忘れて露骨な興味を示した。

「つまり何。ボケが出始めていて孫たちの顔の区別がつかなくなっているから、皆に色違いのトレーナーを着せて区別しようとしてるんじゃないかってこと？」

「それはないんじゃないでしょうかね」遠慮がちながら何か義務感でも覚えているみたいな表情で槌矢さんがきっぱり否定する。先刻母からもらったお年玉袋を自分用の籠の中に入れてあるスーツの内ポケットに仕舞っていた。「だってそれならばふたり以上に同じ色のトレーナーを着させては意味がないじゃありませんか」

「だけどさ。いくら何でも男と女の区別くらいはつくんじゃないの？　色がダブっているのは兄さんと舞の青。そして俺とルナの黄色だろ。同性同士で重複しているというのはないじゃないか」

「でもお嬢さまたちは」この場合のお嬢さまたちとは母たち三人姉妹のことを指す。本人と接する場合は奥さまで通す槌矢さんもいろいろ考えているのだ。「皆緑色ですけど」

「だから孫たちの顔の区別さえつけばいいわけ。でも俺たちにだけ色つきのトレーナーを着せたらそれぞれの区別がつかなくてボケていることがバレるかもしれないから、カモフラージュのために全員に着替えさせているってわけさ。槌矢さんや友理さんも含めて。その証拠に」喋っているうちに自分の考えに自信が深まってきたらしい。世史夫兄さん勢いよくポンと手を打った。「ほら。キヨ子さんだけは普通の恰好のまんまだろ」

キヨ子さんというのは渕上家の家政婦である。死んだ祖母の姪に当たるひとらしい。十年ほど前に身寄りがなくて路頭に迷っているところを祖父に拾われたという話だ。

「トレーナーの色で孫たちを見分けてるなんてナンセンスもいいところだ」意外や自信満々の世史夫兄さんの鼻をへし折ったのは富士高兄さんだった。「どの色が誰なのか判らなくなってしまったら同じじゃないか。どの色が誰なのか混乱せずに憶えていられるくらいなら最初から顔の方を憶えてるよ」

「で。でも顔よりも色の方が単純で憶えやすいと思うし」反論しかけて世史夫兄さん呆れたように首を振った。「それに第一これって兄貴が言い出したことだろ。そもそも」

「俺はトレーナーの色がどうしたこうしたなんて言っていない。祖父さんボケが始まってるんじゃないかって言っただけだ」

「何だ。関係ない話だったのか。それはそうとさ」世史夫兄さん立ち直りが早い。「兄さん何か知ってんの？　鐘ヶ江の叔父さんが今年は来ていないことについてさ。ね？　知ってるんだろ？　ね？　何なのさ。教えてくれよ。な」

槌矢さんの先導で僕たちは別館を後にして本館に着いていたためにこの話題はしばらくお預けとなった。旅館みたいに広い玄関から上がると大広間と続きになっている待合室兼応接室みたいな部屋にはもう母がいた。もちろん緑色のトレーナーにちゃんちゃんこ姿。どこかの団地住まいの生活に疲れた主婦といった趣きである。何をぐずぐずしてたの遅いわよという顔を槌矢さんを通り越して僕たち兄弟の方へ向ける。

待合室といっても結構広い。三十畳以上あるだろう。ソファには葉流名叔母さんとその長女の舞姉さん。そして次女のルナ姉さんは窓の傍らに佇《たたず》んでいる。

「どうもあけましておめでとうございます」愛想がよいのかそれとも悪いのか咄嗟《とっさ》には判じかねるニュートラルな笑顔でそう頭を下げてきたのは胡留乃叔母さんの秘書の友理絵美さんだ。「どうぞ」とワゴンを押しながら皆に飲み物を配ってくれる。キヨ子さんが大広間で宴会の準備をしている間のお手伝いということらしい。

もちろん友理さんも槌矢さんと同じ黒のトレーナー姿だ。こんな恰好でお洒落をしても仕方がないと割り切っているのか化粧っけがまったくない。それが逆に造作が整ったノーブルな顔だちを際立たせている。それなのに不思議と美人なのか不美人なのかよく判らないひとだ。

もちろん僕は普段の友理さんがどういうひとなのかまったく知らない。祖父の家に年始に訪れる時しか会ったことがないのだから当然だ。従って黒のトレーナーとちゃんちゃんこ姿以外の彼女を見たこともない。あるいはカメレオンがその身体を状況によって変色させるように、彼女は接する相手によって無意識に自分を変えているのかもしれない。仕事の一環として無難に距離を置かなければいけない相手、すなわち僕たちのような者たちに接する時には愛想が良いのか無愛想なのかとか美人なのか不美人なのかという境界を曖昧にして隙を覗《のぞ》かせないニュートラルな状態を保てる。もちろん恋人などと接している時には無防備に大輪の花の如く美しく変貌できるのであろう。そんなことを想像させてしまう独特の雰囲気を持ったひとである。

その友理さんから水割りのグラスを受け取ると、世史夫兄さんは早速よおよおと気軽に声をかけながらルナ姉さんのところへ近寄っていった。富士高兄さんは少し迷ったみたいだったが結局別のソファに腰を降ろすことを選んでいた。槌矢さんは何か用事があるのか大広間の方に消えていった。ルナ姉さんの方をしっかりと気にしながら。

「あら」葉流名叔母さんは僕たち三人兄弟を見比べながら母を横眼で見やった。いつ会ってもどこか投げやりで無気力な微笑を浮かべているひとだ。「今年はどうしたの道也さんは？　何かあったの」

「等さんこそ」母は母ですぐに眼が三角に吊り上がるので、平静を装おうとするだけ無駄な抵抗だ。〝何か〟があったと大声で告白しているようなものなんだもの。「どうしたの今年は。風邪でもひいたのかしら」

「ちょっとね」

「ちょっとってなあに？　やっぱり風邪なの？　それとも何か急な用事？」

「だからちょっと」

「ちょっとちょっとって何よ。その言い方」母は早くも声が軋《きし》み始めている。「もっとはっきり言って頂戴よ。赤の他人じゃあるまいし。気になるじゃない」

「だから大したことじゃないのよ」相変わらず私、顔で笑って心で泣いていますと暗にアピールしているみたいな無気力な笑顔を崩さない分だけ葉流名叔母さんの方が余裕である。「ちょっとね」

「な。なあに。随分もったいぶっちゃって」周囲の眼を憚っているのか母はわざとらしく鼻で笑った。本当は喚《わめ》きちらしたいのを必死で我慢しているのであろう。「変なの。ほんと。変なの。実は何か凄《すご》く深刻なことがあったりして。ね。そうなんでしよ？」

「ちょっとね」

徹底的にコケにされていると思ったのだろう。母の顔色が変わっていた。口を開けば妹を面罵《めんば》してしまうことが自分でもよく判っているせいか、怒気を孕《はら》んだ顔をひきつらせて押し黙る。

待合室には異様な緊張が漲っていた。それは先刻のルナ姉さんを巡る兄たちと槌矢さんの間に蟠ったそれとは比較にならない。憎悪剝《む》き出しの骨肉の争いであった。何しろ長女と三女どちらの子供が胡留乃叔母さんの養子の座を射止めるかで今後のお互いの立場というものがまったく変わってくる。

葉流名叔母さんが祖父の元から逃げ出して現在の夫のアパートに押しかけ女房で転がり込んだ時、それを知った母は嘲笑したという。あの娘も血迷ったわねと。三流女子校の教師相手じゃ先が知れていると。それに比べてこの自分は見つけ得る限り最高の夫を選んだのだと。

僕たちの父である大庭道也は確かに母が自慢するだけのことはあるエリートサラリーマンだった。大学卒業後に地元の大手商社に就職。企画事業部を皮切りに営業へと移り、持ち前の押し出しの強さでむつかしい商談を次々にとりまとめて着実に実績を積み出世の階段を上がっていた。四十代で営業部長にまで昇りつめた時には母はそれこそ狂喜乱舞したものだ。やはり自分の男を見る眼は確かだったのだと。まだまだ夫は偉くなるのだと。そして夫が偉くなった分だけ自分はその恩恵にあずかることができる。もちろんそんなことはあたりまえなのだ。自分は幸せになって然《しか》るべきなのだ。人間の出来が妹とは違う。この程度の幸福は自分にとって当然甘受すべき権利なのだと。母は葉流名叔母さんに対して一層の優越感を深めた。

父はそんな俗物根性丸出しの母とはある意味で相性ぴったりの男である。父はもともと細かいことを気にしない天衣無縫な性格で人生を遠大なゲームのように捉えているふしがあった。出世欲ももちろんひと並み以上にあったが、何より父の快進撃を支えた原動力は出世をひとつのゲームとして楽しんだことだろう。

ちなみにこの父の性格を一番如実に受け継いでいるのが次男の世史夫兄さんである。世史夫兄さんは現在コンピュータのソフト開発会社に勤めている。最初はシスオペ担当で少々腐っていたのが営業に回されてからは水を得た魚のようになっている。

だが人生良いことばかりは続かない。父の次なる夢と野望は役員昇進であった。もちろん本人も母もそれが現実のものになると信じて疑わなかった。実際内示まで得ていたのだから父はもとより母までもが天下を取ったも同然の心境であったとしても無理はない。そのために背広を新調までした。しかし父も母もある意味ではひとが好過ぎた。組織というものの残酷さを甘く見ていた。

役員昇進どころか父はこの秋いきなり物品管理調査係というそれまで聞いたことも見たこともなかった閑職に格下げされてしまったのである。不況の折もろにリストラの暴風雨に晒《さら》された恰好だ。一応は管理職だったが仕事は無いも同然。待遇も露骨に平社員並みになった。

それからの父の変貌ぶりは無惨のひと言に尽きる。以前は接待以外では余り飲まなかったのが毎日毎日酒浸《びた》りとなった。そして息子たちの前で幼児のように身も世もなく泣きじゃくるのである。あんなに会社のために尽くした俺に対してどうしてこんなむごい仕打ちができるのかと。身も心も捧げていただけに会社の裏切りは父の存在の根底を揺るがしてしまったのだ。家族の前だけではない。見知らぬ他人の前でも酒が入ると所構わず泣き喚く。余りの醜態に母はたまりかねて父を神経科の医者に見せたほどだった。診断の結果は情動失禁。ショックを克服できずに感情の抑制が利かなくなっているということらしい。現在父は休職中だが辞めるのは時間の問題だろう。会社は実に的確にリストラの一環を成功させたというわけだ。

こうして父の〝全盛期〟は終焉《しゅうえん》を迎えた。父は無明《むみょう》の闇のように真っ暗な性格になり果てて何だか富士高兄さんの方に似てきた。いや正確に言うと表面に出てこないだけでもともと具《そな》えていた父のネガティヴな資質を富士高兄さんが受け継いでいると言うべきか。ちなみに富士高兄さんは未だに就職せずに大学院に籍を置き量子物理学の研究をしている身だ。

一方、父の元の方の性格を受け継いでいる世史夫兄さんはというと、父の破綻ぶりを見ても明日は我が身と不安に陥る気配を一向に見せないのが弟としては少し気になる。対岸の火事というのか親父は結局無能だったからあんなめに遇ったんだくらいの認識しかないらしいのである。

ともかく父は失墜した。母にとって自慢の夫では最早なくなってしまったわけだ。当然のことながら葉流名叔母さんに対して優越感を抱く根拠も消失してしまっている。母がいかに焦っているか御理解頂けるものと思う。こうなったら何が何でも息子たちの誰かひとりを胡留乃の養子にしてエッジアップ・レストラン・チェーングループの後継者に据えるしか自分の面目を保てる道は残っていないのだと。もしここで後継者に妹の娘たちのどちらかが選ばれでもしたら、葉流名は積年の恨みとばかりに自分に対して優越感を思うさまひけらかし真綿で首を絞めてくるだろうと。そんな恥辱には耐えられない。死んだ方がましだと。

これまでの数回の年始は何とか財産のお零《こぼ》れにあずかれるように祖父との仲を修正しておこうという言わば余技に近い懐柔だった。しかし今年はその意味合いが全然違う。母はぜひとも息子のうちの誰かひとりを祖父に売り込まなければならないのだ。そのためには酒が入ったらすぐに泣き出す夫なぞ邪魔なだけだからとばかりに姑《しゅうとめ》に押しつけてきたというわけだ。

そうして意気込んで渕上家に乗り込んできたら、ライバルである妹が自分と同じようにやはり今年に限って夫を連れてきていない。いったい何があったのかと母が疑心暗鬼にかられても無理はない。自分の眼が届かないところでどういう事態が進行しているのか、それは自分にとって有利なのか不利なのかと必死で想像と計算を巡らせているのであろう。それなのに葉流名叔母さんは詰問をのらりくらりとごまかすばかりなのだから母の苛立《いらだ》ちは募るばかりというわけだ。

「キュータローさん」気がつくと友理さんが僕の前にワゴンを押してきていた。念のために断っておくと彼女は僕の名前がヒサタロウだということを知らないでこう呼んでいるのだ。他の皆が何の躊躇《ためら》いもなくキューターローキューターローと呼ぶものだから、それが正しい読み方だと信じて疑っていないらしい。「何になさいますか？　お飲みものは」

「お茶をお願いします」

「ウーロン茶でよろしいですか」

「できれば熱い緑茶がいいです」

「何抹香臭《まっこうくさ》いこと言ってんのよ。キューちゃん」ふいにルナ姉さんが割り込んできた。溶けた氷だけになったグラスを友理さんに手渡しながらロックのお代わりをねだっている。「お正月くらいがーっと飲みなさいよ。がーっと」

「そう。そうだよ。おまえ」ルナ姉さんに金魚の糞よろしく付いてきながら世史夫兄さん早くもテンションが高い。ルナ姉さんに同意できるのが嬉しくてたまらないという顔をしている。「がーっといけ。がーっと。あ。絵美ちゃん。俺も水割りお代わりね」

「ちょっと。何よそれ。馴れなれしい」世史夫兄さんを睨みながら振り返った拍子にルナ姉さんのイアリングが大きく揺れた。薄い黄土色といい細長い印鑑のような形状といいアスパラガスみたいなデザインだ。トレーナーに着替えさせられると大概の女性はお洒落の意欲を失うのか装飾品は更衣室で外してくるのが常なのに、ルナ姉さんは何かポリシーでもあるみたいにいつもイアリングはもちろん指輪も時計も付けたままである。「何が絵美ちゃんよ。友理さんでしょ。失礼ね。ね。友理さん」

「いいじゃないか。そんなに怒るなよ。な。ルナちゃん」

「張り倒すぞ。なんであたしがあなたにちゃんづけされなきゃなんないのよ。言いたかないけど。あたしはあなたよりひとつ歳上のお姉さんなんだからね」

「んもう。ルナちゃんたらあ」切れ長の眼で睨まれても世史夫兄さんには蛙の面《つら》に何とやらである。「怒った顔もかあいいんだからもう。この。この」

ルナ姉さんは普段はイベントコンパニオンの仕事をしている。うりざね顔の美人で怒るとその笑顔との落差故結構怖い。膨れているその頬をつんつんとつっ突ける勇気があるのは世史夫兄さんくらいのものだろう。

嫌そうにその手を振り払いながらもルナ姉さんはこの場から動こうとしなかった。それはそうだろう。母と葉流名叔母さんは睨み合いの姿勢のまま塑像《そぞう》のように固まってしまっているし、富士高兄さんは何かの宗教の修行をしているみたいに独りソファに胡座をかいて虚空を睨んでいるし、舞姉さんはそっぽを向いてヘッドフォンステレオを聴いている。どれもこれも泥が染み込んだ和紙みたいにべったりと暗く重苦しい。ルナ姉さんにしてみれば世史夫兄さんが少々鬱陶《うっとう》しくてもここで友理さんや僕と一緒に喋っていた方がましというものであろう。

膝でリズムを取りながらも舞姉さんは時折こちらに混ざりたそうな視線を向けてくる。だが僕や誰かと眼が合いそうになると途端にそっぽを向く。ふんだ。いいじゃない。あたしのことなんか放っておいてよね。そう全身で拗《す》ねているようだ。

公平に言って舞姉さんは余り器量が良くない。決して不美人というわけではないのだが、妹のような華やかさに欠けるためどうしてもルナ姉さんに対するコンプレックスから脱却できないでいるようだ。いいわよいいわよ。皆してルナばっかりちやほやして。どうせあたしなんかブスったれですよだ。ふんだ。周囲の者たちもつい無意識にルナ姉さんと比較してしまう負い目があるせいか、舞姉さんにまるで腫《は》れ物でも扱うように接してしまう。それがさらに本人を傷つけるという悪循環に陥ってしまっているのである。

「そういやさあ」世史夫兄さんは唐突に声をひそめた。内緒話かと耳を近づけてくるルナ姉さんの髪に鼻を近づけてくんくんと香りを嗅《か》ぎ足を思い切り踏まれていた。まったく大した根性である。「等叔父さんはどうしたの今日は。どうして来てないの」

「道也伯父さんこそどうしたのよ。どうして来てないの」

「いやあ。今ちょっと具合が悪いんだわ」

父親がリストラの嵐に翻弄されて半分廃人になりかけているという経緯を世史夫兄さんは何の屈託もなく面白可笑《おか》しく説明する。もちろん母たちには聞こえないように充分声をひそめてはいたが。

「てなわけでさ。ほんと。まいっちゃってるんだ。何かといや赤ん坊みたいにおんおん泣きまくって」

「へええ。偶然ってあるものね」

「何だい。偶然ってのは」

「ウチの父も今ちょっとノイローゼ気味になってんのよ」ルナ姉さんの口調も世史夫兄さんに負けないくらい屈託がなかった。「といっても自業自得なんだけどね。高一の生徒に手をつけちゃって」

「へぇえ。高校一年生」何だか羨《うらや》ましげな声だなと思っていたら世史夫兄さん、はたしてこう言った。

「いいね。一年生というと十六歳くらいか今。いいねいいね。十六歳って聞いただけでもう勃《た》っちゃうよ俺なんか」

「何がいいのよ。馬鹿ね。こっちはそれどころじゃないんだから。学校側に知れる前に生徒の間にぱあっと噂が拡がっちゃって。PTAが聞きつけて騒ぎだして教育委員会にまで飛び火して。最後まで知らなかった校長は大恥をかいた。それがまずかったのよね。もう怒り心頭に発しちゃって。結局父は懲戒免職処分に」

「ていうと馘首《クビ》?」

「そうよ。クビ。退職金もパア」

「そりゃ大変じゃないか。それじゃあ」

「そうよ。大事《おおごと》よもう。だから今ウチの母はピリピリしてんのよ。こうなったら何としてでもお姉ちゃんかあたしを胡留乃伯母さんと養子縁組してもらってエッジアップ・グループの後継者にする他ないって」

何と時を同じくして大庭家と鐘ヶ江家のそれぞれの大黒柱が職を失っていたというわけか。ウチの父の場合は正確には失いつつある途上だが実質的には同じことだ。暗《あん》澹《たん》たる気持ちになる。ただでさえ憎悪剝き出しの母と葉流名叔母さんの骨肉の争いがさらに一層熾烈《しれつ》を極めることになるのは眼に見えているではないか。嫌な予感がしてきた。今年の新年会はいったい無事に終わってくれるのだろうかという。

しかしそれにしても鐘ヶ江の叔父さんも馬鹿なことをしたものだ。高一で十六歳といえば葉流名叔母さんが叔父さんのアパートに転がり込んだのと同じ年齢ではないか。歴史は繰り返すというべきか。あるいは葉流名叔母さん自身が三十年近く前に叔父さんに〝道をつける〟ことによって既にその時に未来に災厄の種を蒔《ま》いていたというべきか。

「皆さん」妙な感慨に耽《ふけ》っていると槌矢さんが待合室に入ってきた。「準備ができましたのでどうぞこちらの方にお入りください」

僕たちは一斉にぞろぞろと大広間の方に移動した。何畳くらいあるのだろう。エッジアップ・グループの役員や支店長などを全員集めて会議に使うこともあるらしいから、高々十人やそこらの新年会に使うのは気後れしてしまうくらい広い。

「まあまあ。皆おめでとう。おめでとう」

眼鏡をかけた温厚そうな中年女性が腰の低い仕種でひとりひとりに頭を下げた。現社長の胡留乃叔母さんだ。ぎりぎりと軋みそうなくらい眼が吊り上がっている母や投げやりな薄笑いを浮かべることで虚勢を張っている葉流名叔母さんと同じ姉妹であるとは思えないほど泰然自若《たいぜんじじゃく》としている。やはり環境がひとをつくるというのは本当のことらしい。

「社長」友理さんがリボンが巻かれた重そうな銅製の花瓶を両手に持ってきた。餃子の皮みたいな花弁がお辞儀するみたいに行儀良く並んでいる。胡蝶蘭だ。胡留乃叔母さんが大好きな花である。「申し訳ありません。これをお持ちするのをすっかり忘れてしまっていて――」

「あらあら。友理さん。今年も買ってきてくれたのね。嬉しいわ」

「お部屋へ運んでおきましょうか？」

「ううん。いいのよ。いいのよ。そこら辺に置いておいて。後で自分で持っていくから。それより早く。友理さんも座って頂戴。あ。そうそ。キュータローちゃん。キュータローちゃん。ちょっと」世史夫兄さんの隣りの座布団に座ろうとしていた僕を胡留乃叔母さんは手招きする。「はいこれ」と袋を手渡してくる。どうやらお年玉らしい。

「あ。いいな。いいな。キューちゃんたら」座りかけていたルナ姉さん腰を浮かせた。本気で指を咥《くわ》えてこっちを見ている。「伯母さま。あたしも欲しい。お年玉」

「あ。俺も。俺も」とルナ姉さんの尻馬に乗っかったのはもちろん世史夫兄さんである。「俺にも頂戴」

「何言ってんの」胡留乃叔母さんはさも可笑しそうにころころと笑う。母や葉流名叔母さんが青ざめそうなくらい上流社会婦人の物腰が自然に身についている。「あなたたち。もう立派なお給料取りでしょ。今さらお年玉もないものだわ」

「でもさあ。富士高兄さんはまだ学生だぜ。キュータローがもらえるのなら兄さんだってもらえるってことで。兄さんがもらえるってことはそれよりも歳下の俺も……痛ッ」

「キュータロー」屁理屈を言い募る世史夫兄さんの頭を叩いた母は僕に妙に底意のある笑顔を向けてきた。「叔母さまにちゃんとお礼を言いなさい」

どうやら僕が独りだけお年玉をもらったことを胡留乃叔母さんからの〝点数〟を稼いでいると母としては解釈したいらしい。それにしても母親のくせに息子の名前を呼び間違えるなよな。ちゃんとヒサタロウと自分がつけた名前で呼べ。

「どうもありがとうございます胡留乃叔母さま」

「キュータローちゃんは本当に礼儀正しくて気持ちがいいわねえ。ほんと。あげてよかったって気になっちゃう」

息子が胡留乃叔母さんの賛辞を得て一歩リードしたつもりにでもなっているのか、ふふん、どお？　という感じで母は葉流名叔母さんに厭味ったらしい流眄《りゅうべん》をくれる。葉流名叔母さんも負けずに、言っておきますけど養子を誰にするかの決定権はあくまでもお父さまが握っていますのよとでも言いたげな皮肉っぽくもアンニュイな笑顔を返して寄越す。ふたりの視線の間にうっかり挟まれたら感電してしまいそうだ。疲れる姉妹である。

ふいにざわざわしていた雰囲気が静まり返ったと思ったら障子が開いていた。祖父の渕上零治郎が入ってくる。まるで粘土に刃を入れたみたいにくっきりと刻まれた皺《しわ》は長年に亘《わた》って培われた職人気質的な独特の頑固そうな顰《しか》め面《つら》を形成している。金壺《かなつぼ》眼《まなこ》がぎろりと一同を睥睨《へいげい》していた。胡留乃叔母さんがおめでとうございますと挨拶したのを合図に皆一斉に首を竦《すく》めるみたいにして新年の挨拶を口々に述べる。

「今年は飲み喰いする前にひと言いっておくことがある」上座に腰を降ろしながら祖父は甲高くも嗄《しわが》れた声で宣言した。しばらく沈黙する。どうしたのかと思ったら後から入ってきたキヨ子さんが傍らに座るのを待ってあげていたようだ。祖父はそういう点については変に律儀なところがあった。そのキヨ子さんだけは他の皆のようにトレーナー姿ではなく普通の割烹着姿である。一同はもちろん固唾《かたず》を呑んで見守っている。キヨ子さんが落ち着いたのを見届けると祖父は軽く痰を切った。そしていきなり核心を衝いてきた。「他でもない。胡留乃の養子の件についてだ」

不穏な空気はさらに高まる

　一月一日の新年会の夜。僕たち大庭《おおば》家の者たちも鐘《かな》ヶ《が》江《え》家の面々もそのまま渕上《ふちがみ》の祖父宅へ泊まった。例年一泊してゆくのが慣例となっているからである。

　渕上家は和洋折衷《せっちゅう》型の屋敷だ。本館は二階建ての洋風の建物だが畳敷きの広間をはじめ和風の部屋が沢山ある。母や兄たち、そして鐘ヶ江家の一行はだいたいこの本館にある小部屋をそれぞれあてがわれる。

　一方母屋は木造の古い家屋で渡り廊下によって本館と繋《つな》がっているせいか全体的な見た目は少々アンバランスだ。母屋の主なスペースを占めているのは台所と納戸で普段は誰もここで寝泊まりはしていないらしい。

　この母屋には小さい屋根裏部屋がある。六畳ほどの広さで裸電球が一個ぶら下がっている。およそ屋敷全体の外観には似つかわしくない部屋だ。頭上には梁《はり》が見えており屋根とも壁ともつかぬ面が斜めに迫ってくる。その中央辺りに小さい窓が張り出しているという具合だ。

狭いことは狭い。体調やその日の気分によっては急性閉所恐怖症になりかねない部屋だが、僕はここが気に入っている。その狭さ故に胎内回帰願望に訴えるものがあるとでも心理学者ならば分析するのかもしれない。とにかく渕上家に泊まる時のここは僕の専用部屋であった。

階下の押し入れから運んできた布団を敷くと僕は早速横になった。同じく階下から拝借してきた眼醒まし時計を見ると午後十一時過ぎだ。随分酔っている筈なのだが一向に眠気が湧いてこない。気持ちが悪くて却《かえ》って眼が冴えている感じだ。

それにしても……仰向けに大の字になったまま新年の第一日目を振り返る。半ば予想通り新年会は大荒れの展開を見せた。それもこれも養子問題や、ひいては遺産相続問題に関して祖父が落とした爆弾発言のせいである。

「今年は飲み喰いする前にひと言いっておくことがある。他でもない。胡留乃《ことの》の養子の件についてだ」祖父がそう言った途端一斉に息を呑む気配が鞭《むち》を打ったかのように大広間の端から端を貫いていた。

「皆も知っている通り胡留乃の養子になる者は将来のエッジアップ・グループの後継

者となるべき責任を自動的に負わされることになる。であるからしてこれは本人の意思が何よりも尊重されなければならない」

「意思ならありますわ」我慢できなくなったのか母はそう叫んでいた。なりふり構わず縋《すが》りつくというのだろうか、いっそはしたないくらいの勢いであった。「意思なら大いにあります。富士高《ふじたか》は大学院なんかどうでもなりますし世史夫《よしお》だってもちろんすぐに辞めますあんな会社。キュータローだって大学を出るまでお待ちいただけるのなら充分に御期待に添えるものと」

葉流名《はるな》叔母さんも自分の娘たちのアピールで対抗するかと思ったのだが意外にも黙ったままだった。見ようによっては余裕があると見えなくもない微笑を唇の端っこにぶら下げている。「慌てる乞食は貰いが少ないわよとでも母を揶揄《やゆ》しているようだ。

「話は最後まで聞かんか」さすがに祖父が母を窘《たしな》めた。犬みたいに尻尾を振りたくりおって困った奴だとでも言いたげな苦々しさを隠そうともしない。「本人に意思があるかどうかはわしが直接訊《か》く。おまえに説明してもらわんでもいい」

口惜しそうに母は唇を噛んだ。我ながら性急過ぎたと反省しているようである。それを見て葉流名叔母さんの微笑が一瞬はっきりと嘲笑に変じていた。

どうも歳月というのはひとの資質までをも変えてしまうようだ。僕はふとそんなことを考えていた。昔の母が渕上家を逃げ出すに当たって学力を武器にじっくりと将来性のある男を大学まで探しにいったというエピソードを聞くと深謀遠慮タイプという印象が強い。それとは対照的に家出のきっかけとなる既成事実の相手を通っている学校の教師という手近な存在で間に合わせたという葉流名叔母さんはどちらかと言えば発作的であり衝動型である。

ところが現在の姿を見る限りどう考えても母の方が衝動型である。その場その場の感情に引きずられて発作的に行動し己れの腕力に頼って事を捩《ね》じ伏せようというワンパターンに陥ってしまっている。それに反して計画性の有無はともかく葉流名叔母さんは状況をじっくり見据えてからことにあたろうという余裕が感じられる。どう見てもこちらの方が謀略タイプである。いつの間にこの姉妹は性格が逆転してしまったのだろうか。

「自分の意思という話が出たついでに言っておくが」暖房が少し利き過ぎているのか祖父は茶色のトレーナーを腕まくりした。八十二歳の老人とは思えないほど肉が厚く盛り上がった腕が現れる。「胡留乃は養子を迎えるに当たって誰を選ぶのか自分では決められないと言っておる。であるからして選択についてはわしの決定に一任すると明言しておる。そうだな。胡留乃」

「私はお父さま御本人が養子をとられてはいかがですかと提案したんですけどねえ」頷きながら胡留乃叔母さんはおっとりとした笑顔を崩さない。「後継者を据える目的ならそれでも同じことですもの。あ。お父さま。せっかくですからいただきながらお話しましょうよ。せっかくの御馳走ですもの。おあずけをしたままなんてつまらないわ」

「うむ。そうだな。ではそうしよう」祖父が胡留乃叔母さんの言うことには至って素直に従うさまを見て、母も葉流名叔母さんも羨望《せんぼう》と嫉妬《しっと》で焼け焦げそうな顔になった。

「キュータロー」

「はい」今に僕自身が自分の名前はキュータローだと思い込みかねないぞ、この調子じゃ。「何でしょうかお祖父さま」

「すまんが乾杯の音頭をとってくれんか」

「僕がですか」

「おまえの声が一番格調高い」

「そうでしょうか」さっさと言う通りにしなさいと母が富士高兄さんと世史夫兄さんふたりの肩を飛び越えて嚙みつきそうな声で囁《ささや》いてきた。

「では僭越《せんえつ》ながら」隣りにいた世史夫兄さんが僕のコップにだぼだぼとビールを注ぐ。困った兄貴だ。「皆様の御多幸をお祈り致しまして乾杯」

眼の前にはキヨ子さんが用意してくれたおせち料理が所狭しと並んでいる。現代風おせちというのだろうかスタンダードな品目以外にも和風ミートローフやスモークサーモンなど文字通り山海の珍味が山盛りで食欲を刺戟する。だがせっせと箸《はし》を動かしているひとは余りいなかった。祖父の話の続きが気になるのかもっぱら飲んでばかりいる。脳天気な筈の世史夫兄さんでさえ例外ではない。

「というわけで胡留乃の養子を誰にするかはわしに一任されておるわけだ」祖父はお猪口《ちょこ》を舐《な》めながら一同を改めて見回した。「わしがここ数年、加実寿《かみじ》と葉流名の家族を新年会に招いていたのはその養子の候補を探す意味合いもあった」

途端に母と葉流名叔母さんの双眸《そうぼう》が太陽並に輝き始めた。子供たちの養子候補としての売り込みが自分たちの独り相撲ではなく、祖父の方もそのつもりでいてくれたのだという事実がよほど嬉しかったのであろう。

「ところが迂闊《うかつ》なことにわしは毎年毎年その本人の意思も確認せずに勝手に跡取りを決めておった。知っている者もいるかと思うが毎年一月一日に遺言状を書き直すのがわしのここ数年の慣例となっておる。そして翌日の二日に顧問弁護士の宗像《むなかた》さんに来てもらってそれを預かってもらうという手順だ」

「とおっしゃいますと」我慢できなくなったのか、母はまたしても性急に口を挟んでいた。性懲《しょうこ》りもないひとである。「これまで毎年誰かの名前を遺言状に書いてきたと……？」

「そう言っておるだろうが」

「あの。差し支えなかったらこれまで誰々を跡取りとして指名されてきたのかお教えいただけませんか？」

「なんでそんなこと知りたいんだおまえ」

「そりゃあやっぱりいろいろと」

「まあよかろう。今年も今夜新しい遺言状を書き直すわけだからな。これまでの名前は無効になっておるわけだ。公表しておいてもよかろう。最初の年はルナだった」

え、と驚きのユニゾンが天井を落としかねない勢いで轟《とどろ》いた。その中でも母のそれはひと際珍妙に、ひえ、と突出していた。

「次の年もルナだった」

ルナ姉さん、口に含んだばかりの日本酒を鯨《くじら》の潮吹きみたいに吹き出した。がほがほがほと男みたいな声で噎《む》せ返る。

「次の年は槌矢《つちや》だった」

ぎゃっと象に踏まれた猫みたいな悲鳴が母と葉流名叔母さんの口から同時に挙がっていた。「な」どす黒く顔を歪《ゆが》めながら眼球が今にもピンポン玉みたいに飛び出してしまいそうになっている。「な。な。な。ななな。なんで。なんで。なんで。お。お。お。お父さま」

「何をじたばたしておるのだおまえたちは。さかりのついた猿みたいに」

「な。な。なんで。なんでなんで槌矢さんが胡留乃の養子にならなきゃいけないんです。なんでそんな血も繋がっていない赤の他人ごときを」

「おまえな。普通養子縁組といえばその血も繋がっていない赤の他人同士が親子になることの方が多いんだぞ」

「ふ。ふ。富士高や世史夫をさしおいてどこの馬の骨やらも判らぬ人間にエッジアップ・グループを譲り渡すつもりですか」

「馬鹿者。ひとの部下をつかまえてその言い種は何だ。少しは口を慎め」

「だ。だ。だけどだけど」暴言を吐いて祖父の機嫌を損ねてはまずいという計算と、しかし暴言を吐かずにはいられない激情との板挟みに母は身悶えした。眼尻に口惜し涙が浮かんでいる。「だってだって。あんまりじゃありませんかそんなの。あんまりだわ。あ。あんまりだわ」

「槌矢は有能な男だ。わしの跡取りとして決して力不足ではないぞ。第一だな。この数年間どうして槌矢や友理《ともり》さんも我が家の新年会に招かれていたのかその理由をおまえ全然考えたこともなかったのか」

「え。じゃ。じゃ。じゃあ友理さんも跡取り候補……」

茫然と母は槌矢さんと友理さんを見比べた。そのうち段々腹が立ってきたのか殺意のある眼でふたりを睨み始めた。いや正確に言うと主に槌矢さんの方を睨みつけていた。言うまでもなくお年玉の差であろう。息子たちの売り込み合戦のためには祖父の秘書を手なずけておいた方が何かといいと思ったからあげてたのに何よ何よ。あなた自身も候補のひとりですってえ？　「つ。槌矢さん。あなたってひとは」

槌矢さんはどう反応したらよいか判らないのか祖父と母を見比べるばかりだ。しかしその表情からすると彼が自分もエッジアップ・グループの後継者候補に上がっていることを知ったのは今日が初めてのことではなさそうであった。

「ルナ。ルナときて槌矢さん」母よりもショックからの立ち直りが早い葉流名叔母さんは退屈な話だけど一応聞いてあげるわと虚勢を張っているみたいな厭味《いやみ》な笑顔を浮かべている。

「その次は誰になりましたの？」

「その次か。その次は富士高だった。そして去年は友理さんだった」

「あのお父さま」自分の息子の名前がようやく出てきてとりあえずホッとしたのか母の口調は随分冷静になった。「それらの候補はいったいどういう基準でお決めになったんですの？」

「そりゃあその年に一番気に入った者に決まっておるだろうが」

「ルナが二年続けて本命になっていたのは彼女がそれだけお父さまに気に入られてい

るからですか」五年前と四年前にルナ姉さんがいったいどうやって祖父に取り入ったのかと母はその手口を詮索しているようである。「どこがそんなに気に入りましたの」

「富士高のどこがそんなに気に入ったのかとは訊かないのか？」口籠《くちご》もっている母に三白眼を向けると祖父は嘆息した。「言っておくが基準なんてものはどこにもないぞ。敢《あ》えて言えばわしのその時の気分次第だ」

何を思ったのか祖父はいきなり、うひゃひゃひゃひゃひゃと奇天烈《きてれつ》な笑い声を挙げた。絶対的ヘゲモニーを握る立場に陶酔でもしているのであろうか。

「そうとも。わしの気分次第じゃそんなもの。そんないい加減なと思うか？　ん？　思うか。だがな。そうなのだ。いい加減なのだ。わしの一存で決めるなんちゅう方法がそもそもいい加減なことなんだもんね。思い切りいい加減に決めてやるわい。文句あるか。どわははは」

一同が毒気を抜かれている間に祖父は真面目な顔に戻り酒を飲み料理に箸をつけた。こちらも体力をつけなきゃとてもついていけないとでも危機感を覚えたのか、皆も一斉に飲むばかりではなく黙々と食べ始める。

「そこでだ。今年も新しい年賀状。じゃなかった。遺言状を書くわけだが。加実寿あたりがまた先走るとうるさいから言っておくと今年はまだ跡取りを誰にするかは全然決めておらん。今晩書くんだ今晩。そしてだ。そもそもこれが言いたかったのだが今年の分を最後にしたいとわしゃ思うておる。つまり来年からはもう書き直さない。であるからして今夜書く遺言状が最終決定となるわけだ」

母と葉流名叔母さんはちらちらと互いを盗み見ている。つまり今夜遺言状を書くまでの間にどれだけ祖父の御機嫌をとれるかで勝負が決まるのだとでも言いたげな、至ってレベルの低い決意を込めているのがありありと見て取れる。

「そこで最初の話に戻るわけだが決めるについては本人の意思を確認しておかんことにはどうにもならん。何しろこれが最終決定になるわけだからな。決めたはいいがその者が自分はレストランなんか経営するのは嫌だと言い出しては洒落《しゃれ》にならん。先ず富士高」

「は」まさかこの場でいきなり意思確認をさせられるとは予想していなかったらしく富士高兄さん珍しく眼を白黒させた。「はい」

「おまえ胡留乃の養子になってわしの跡を継ぐつもりがあるか？」

「はあ。まあ」ぼそぼそと呟いていた富士高兄さん急に声が大きくなった。そっと見ると母に背中をつねられていた。「一応」

「よし。世史夫は」

「お任せください」わっはっはっはと豪快に笑い飛ばす。「今以上にエッジアップを発展させて御覧にいれましょう。全国とは言わずに全世界までも躍進させてやろうじゃありませんか。うははは。俺。いやさ。私のこの才覚でもって」

「うむ。キュータローは」

僕は辞退させていただきますと言おうとしたら、兄たちの肩越しに睨んでくる母の眼光に射すくめられてしまった。自ら脱落したら後でどんな罵詈雑言《ばりぞうごん》を浴びせられるか判ったものではない。母の口汚さは精神衛生上極めてよくないので仕方なく「あの。それはやはり私独りの力ではなくてその皆様の御協力のもと粛々《しゅくしゅく》と努力していこうかなと思わないでもない今日この頃の次第でありましてまことに恐縮かなと」などとヘボ政治家の答弁みたいな答えになってしまう。

「何やら判らんが要するにやる気があるということなのだな」

「やる気がそのないこともないと思わないでもない次第でございます」

「判った判った」本当に判ったのかな。

「次は舞《まい》だが」

「もしあたしが」舞姉さんは相変わらず拗《す》ねたみたいに自分の髪をいじくっている。祖父の方を見ようともしない。「胡留乃伯母さんの養女になったとしたら結婚相手とかも伯母さんが決めちゃうの？」

「いいえ。そんなことはありませんよ」最初は面喰らっていた胡留乃叔母さん、何を思ったのかくすくす笑い出した。「ひょっとして政略結婚でもさせられると思ってるの？　そんな。少女マンガじゃあるまいし。舞ちゃんが好きなひとと一緒になればいいのよ」

「そうだとも。そうだとも。それが槌矢のように仕事ができる男ならもちろんなおいいがな。それじゃルナは」

「やってもいいよ」ルナ姉さんはあっさりしたものだ。「次期会長ってのも何かこうカッコいいし。究極の職業婦人よね言わば」

「職業婦人とはまた古い言い回しを」

「あらま。ほんとだ。キューちゃんが伝染《うつ》ったのかしら」どういう意味だそれ。

「では友理さんだが」

「勝手ながら会長。私は辞退させていただきます」友理さんは何の逡巡も見せない。どことなく祖父に諫言《かんげん》する趣きですらある。「世間では血の繋がりに拘泥《こうでい》する必要はないとする風潮もあるようですけどやはり私は会長の血をひくお孫さんの誰かが跡を継ぐべきだと思います」

「そうよそうよ」母がここぞとばかりに身を乗り出した。よせばいいのに。ほんとに黙ってはいられないひとなんだから。「だいたいお父さま。言わせていただきますけど赤の他人でも仕事ができて気心が知れれば跡取りにしてもいいじゃないかなんてのは甘いです考えが。その跡取りがどういう相手と結婚するのか判ったもんじゃないのよ。さらにもっと赤の他人がずかずかと渕上家に上がり込んでくることになるのよ。我が物顔で。特に最近の若い娘なんか人間を見る眼なんかありゃしない。なーんにも考えていない上に色気ばっかり十人前なんだから。ちょっとばかり見てくれがよくて口がうまいヤクザな男にコロッと騙《だま》されちゃうのよ。そんな穀潰《ごくつぶ》し風情に大事な渕上家を乗っ取られたらどうするんですか。お父さまが苦労して築き上げたこの大事な大事な渕上家を。互いに乳くりあうことしか頭にない能無しどもにいいように引っかき回されて終いには滅ぼされてしまうのよ。そうなったらどうします。後で悔やんだって遅いのよ」

その時僕は見てしまった。友理さんのニュートラルな表情が一瞬だけ崩れる決定的瞬間を。敵意とか呼べるようなそんな生易しいレベルのものではなかった。おつむが足らない色情狂みたいに誹謗《ひぼう》されたことが余程腹に据えかねたらしい。大きい瞳をかっと見張って母を睨み据える。母もそのレーザー兵器みたいな眼光に気がついたらしく息を呑んで口をつぐんだ。

「会長」あの母すらびびらせた友理さんの怒気はしかしすぐに霧散していた。元の捉えどころのないニュートラルな表情に戻る。しかしその口から飛び出たのはとてもニュートラルとは呼べない内容だった。「申し訳ありませんが気が変わりました。やはり血にこだわるのは滑稽なアナクロニズムだと思います。会長が私の能力を認めてくださいますのならば慎んで社長の養女候補リストの末席に加えていただきとうございます」

「うむ。大変結構である」わなわなと両腕を震わせている母を尻目に祖父は満足そうだった。「槌矢にだけは予め意思の確認をしてある」

ぎろりと母に八つ当たり気味に睨まれても槌矢さん知らん顔である。そんなに怖い顔をされても今さらいただいたお年玉は返せませんよと開き直っているようにも見える。これまではただひとが好さそうなだけの印象しかなかった槌矢さんだが、祖父に見込まれるだけあってなかなかひと筋縄ではいかないしたたかな面も具《そな》えているようだ。

「これで全員がその意思ありと認められたわけだ。皆も異存はないな？　よし。では今夜わしは最後の遺言状を書く。そして明日宗像弁護士に取りにきてもらう。わしが死去するまで大切に保管してもらうためだ」

「と言いますと」葉流名叔母さん不本意そうな口調なのに顔は笑ったままだから何か不気味だ。「誰が正式に跡取りに決まったのかあたしたちは知ることができないの？　お父さまが死ぬまで？」

「あたりまえだろ。そんなこと。第一わしが死ぬ前に知られてしまったら遺言状を公開する楽しみがなくなるじゃないか」また祖父はうひゃひゃひゃひゃと鳥が絞められている時みたいにけたたましい声で笑った。「人生楽しみは後に取っておくもんだぞ。ま。とにかく。誰が跡取りに決まっても恨みっこなしだからね」

「ちょっとお訊きしたいんですが」富士高兄さん珍しく真剣な表情である。母の熱意が伝染ってきたのかな。「もし。もしですよ。万一お祖父さまが死んだ直後にその跡取りに指名された者が事故か何かで死んでしまった場合はどうなさるつもりなんです？」

「胡留乃に一任することにするよ。わしがおらん以上胡留乃も自分で決めるしかあるまいて」

「もし胡留乃叔母さんも亡くなっていたらどうなるんです」正月だというのに縁起でもない話を続ける富士高兄さんだが、確かにそういう事態も当然想定し得るわけである。「誰が決定権を持つんです」

「その時はもう仕方がない。渕上家は絶えたものとして諦める。財産や会社の経営権については弁護士と役員たちで相談して決めてもらうことになる。胡留乃もいない養子もいない場合はキヨ子さんになにがしかの分を譲って残りは慈善団体に寄付という形になるだろうな。会社は役員たちが勝手にやってゆくだろう。当然全てが渕上家から離れてゆくことになる」

ひゅううと鬼哭啾啾《きこくしゅうしゅう》たる悲鳴が母と葉流名叔母さんの喉から洩れていた。「あ。あの。お父さま。つかぬことを伺いますけど。そのですね。つまり遺産分与のことなんですけどね。当然それは」

「胡留乃が生きていれば彼女が全体の五分の二。彼女の養子が五分の二。そして残りの五分の一はキヨ子さんのものになる。これについては遺言状の内容は例年同じだ」

「こ」初めて聞かされる話ではないらしく涼しい顔でグレイのほつれ毛を直しているキヨ子さんを顧みる余裕すら母にはない。「胡留乃もキヨ子さんも死んでいる場合は」

「だから慈善団体に全額寄付ちゅうことになると言うとるだろうが。ひとの話をちゃんと聞かんか」

「ちょ。ちょっと。ちょっと待って。ちょっと待ってください。あ。あの。あの。あたしたちにはあの。その。つまり」

「ああん？　おまえや葉流名はもうよその家に嫁にいった身だろうが」

「だけど。だけど。実の娘なんですよ。実の娘と孫なんですよ。どうして。どうして実の娘と孫たちには一銭も残してくれないんですか。どうしてなんですか」

「何か勘違いしとりゃせんかおまえ」けっけっけっけと気味悪い笑い声を挙げながらも祖父の眼はにこりともしていない。「親に何の断りもなく男と勝手にくっついて結婚式には招《よ》ばないわ孫が生まれても知らせる手紙ひとつ寄越さないわでこの何十年もやってきたんだろうが。ふたりとも。いいや。わしゃ別にそれがいかんとは言っとらんぞ。独り立ちして家を出て大庭家に鐘ヶ江家にそれぞれ骨を埋める決心だったわけだろうが。その意気やよしというもんだ。大変結構。そのために渕上家と縁を切ったんだ。そうだろ。しかも誰に強制されたわけでもない。加実寿は加実寿の葉流名は葉流名のそれぞれ自由意志でそうしたんだ。立派な話じゃないか。なのにどうして今頃になってその決心がぐらついているのだね？」

しーんと大広間は静まり返ってしまった。祖父はまだ母たちを許していない……その事実が全員の肩に漬物石みたいにどっしりとのしかかってくる。妻を失って傷心の身にあった自分と胡留乃叔母さんを見捨てた母と葉流名叔母さんの仕打ちを祖父は未だに忘れてはいないのだ。

もちろん母たちの方にもそれ相応の言い分があろう。自分たちだって何も好きこのんで家を捨てたわけではないと。父親らしいことを何もせず賭《か》け事《ごと》に明け暮れて家族を虐《しいた》げたそっちが悪いんじゃないかと。だが母たちはそう反論する気力すら失っているように見えた。母の三角に吊り上がる眼は四角に落ち窪《くぼ》んでいるし、葉流名叔母さんは意味ありげに微笑を浮かべて余裕があるふりをすることを忘れてしまっている。それだけ祖父の怨念は凄まじいものだったのだ。

いや正確に言うとそれは祖父本人の怨念ではなかったのかもしれない。それは誰の怨念かと言えばもちろん胡留乃叔母さんである。この状況下で変わらぬ笑顔を保っているのは胡留乃叔母さんただ独りだった。公平に言って邪気のない笑顔と言ってよい。だが表面が明鏡止水の如く澄み切っているが故にその内部にかかえている澱《おり》はほとんど絶望的なほど濃密と感じさせる。恨んでいるのだ。姉と妹のことを。自分を見捨てることで精神障害の一歩手前という絶望の淵《ふち》へと叩き落とした仕打ちを未だに許していないのだ。祖父はただその胡留乃叔母さんの怨念を鏡のように反射して代弁してやっているのに過ぎないのかもしれない。

しかしこれで事態ははっきりした。今夜書かれる予定である最後の遺言状に自分の子供たちのうちの誰かひとりの名前が後継者として記されない限り、渕上家の財産は何ひとつ母や葉流名叔母さんの手には入ってこないというわけだ。それぞれ頼みの大黒柱が骨抜きにさせられて家庭の経済状況が逼迫《ひっぱく》している現在、そんな事態だけは何としても避けなければならない。

しかし具体的にはどうしたらいいのだ。そう思い悩んでいる表情が母と葉流名叔母さんの顔には見て思わず笑い出したくなるくらいありありと浮き上がっていた。どうすればいい。どうすれば祖父に取り入ることができるのか。どうすれば自分の子供たちの方を気に入ってもらえるのかと。

欲深な姉妹の眼は磁石に引き寄せられるようにルナ姉さんの方に集中していた。一回目と二回目とたて続けに本命に指名されていたというルナ。いったい彼女は五年前と四年前の新年会で祖父にどんな特別な阿諛追従《あゆついしよう》をしたのか。それを探り当てなければという思惑からだろう、ふたりはルナ姉さんをやたらにじろじろと舐めるように眺め回す。

「言っておきますけどね」母親たちの視線に気づいたのかルナ姉さんは不快げに鼻を鳴らせた。「あたし五年前の新年会の時にも四年前の新年会の時にも何も特別なことをお祖父さまにしたわけじゃありませんから。ね。お祖父さま」身に憶えのないことで母たちにまとわりつかれては鬱陶《うっとう》しいとばかりに祖父に同意を求めてさらに釘を刺す。「何か特別な御奉公をしたからといって後継者に指名されるわけではないんでしよ？」

「その通りだぞ。ルナ。わしの御機嫌取りをしたから指名されるとは限らん。むしろわしの機嫌を損ねても指名される時は指名されると考えておいた方がいい」

だからそれはいったいどういう基準で決められるのかと母は重ねて訊きたそうな顔をしていたが、やがて諦めたのか自棄《やけ》気味に酒をかぱかぱ干し始めた。葉流名叔母さんももうこうなったら運命に身を任せるしかないとでも諦観したのか不景気な仏頂面でやはり酒を浴びるように飲み始める。皮肉なことにそれをきっかけにして新年会はようやく宴会らしい盛り上がりを見せ始めたのだった。お蔭で僕もさんざん飲まされるはめになってしまったのだが。

＊

新年会の様子を反芻《はんすう》しているうちにいつの間にか眠り込んでしまっていたらしい。気がつくと儚《はかな》げな陽光が窓から差し込んでいる。眼醒まし時計を見ると朝の八時ちょっと過ぎである。

新年の二日目の朝を二日酔いで迎えるのは余り気分の良いものではない。僕たちは今日自宅に帰る予定だが出発は例年通り夕刻であろう。まだ眠る時間はたっぷりとある。ゆっくり寝直す前に用を足しておこうと僕は屋根裏部屋を後にした。

踊り場のようなスペースから下へ続いている階段を降りる。この階段が結構急勾配で上がる時は段差の角を鼻面でこすってゆくくらい前のめりになり、降りる時には一段一段足を降ろすたびにのけぞってしまう。

長く急な階段を降りきると右手が納戸でトイレはそのずっと奥にある。そちらに向かおうとしたら左手の方から声がするのが聞こえた。左手は台所である。もう誰かが起き出して母屋の方に来ているらしい。

「だから無かったんだ。赤の折り紙が」祖父の声だった。そっと物陰から窺《うかが》うと祖父が胡留乃叔母さんとキヨ子さんに向かって何か小言めいたことを喋っている。「どういうわけかな。ちゃんと用意してあった筈なんだが。赤の折り紙だけが見当たらなくて」

「じゃあどうなさったんです？」胡留乃叔母さんは困ったことだとでも言いたげに頰に手を当てて首を傾げている。「昨夜は」

「どうもしない。折らなかった。今晩また折ることにする」祖父はキヨ子さんの方を向いて「すまないが折り紙を買ってきてくれんかね。近所の文房具屋さんで」

「だけど旦那さま」キヨ子さん申し訳なさそうに「お正月三ヶ日の間はどこの店も閉まっていますよ」

「そうか。そういやそうだ」

「別の色の折り紙をお使いになっては」

「いやいい。こうなったらまた気分を変えて後日また折ることにするよ改めて」

僕はそっとその場から離れてトイレへと向かった。何だか聞いてはいけないような話を盗み聞きしてしまったような気分を持て余しながら。あの豪胆な感じの祖父にまさか折り紙の趣味があったなんて。まあ趣味というものはひとそれぞれだから祖父が夜な夜な折り紙に興じていたってそれで世界が終わるわけでもないのだけれども、赤い色の折り紙に異様にこだわるなんて表現は悪いかもしれないがどことなく偏執狂っぽい。

用を足して屋根裏部屋に戻ると僕は窓から差し込んでくる陽光から眼を逸《そ》らしながら布団にくるまった。そのまま昼近くまで眠りこけてしまう。

眼が醒めて階下に降りてみると母屋の方にはひと影がまったくなかった。渡り廊下を渡って本館の方へ赴《おもむ》く途中で友理さんに出くわした。もちろん彼女も僕も昨日と同じトレーナーにちゃんちゃんこ姿である。

「おはようございます」ふと昨日の経緯を憶い出して忸怩《じくじ》たるものを覚えた僕は彼女に頭を下げた。「昨日は母が大変失礼なことを申しました。どうかお許しください」

「いえ」会釈だけして通り過ぎようとしていたらしい友理さんは戸惑ったみたいに渡り廊下の途中で立ち止まっていた。「私こそ大人げない真似をしてしまったと反省しているんです。腹立ちまぎれに会長の提案をお受けするなんてとんでもないことでした」溜め息混じりながらようやく笑みがこぼれる。「でももう後へは引けませんね」

「そうですね。もう祖父は遺言状を昨夜書き終わっているわけだから」

「去年指名されていたのがあたしだったそうですから多分二度続けてはないだろうと思うものの。心配です」

「そうですね。現にルナ姉さんは五年前と四年前に二回続けて指名されているわけですから」

「困ったわ」珍しく友理さんは心底弱気になっているようだった。ニュートラルな仮面が崩れて途方に暮れたような苦渋が覗く。すると不思議なことに整った顔だちがきちんとその整い具合相応に美しく見えてくる。「もしあたしが指名されているのだとしたらどうしたらいいのかしら」

「確率は七分の一です。余り気に病まない方がいいと思います」

「確率もそうだけど会長がお亡くなりになるまで結果を知ることができないというのが辛いわ。その前にいっそ自分が死んでいた方が気が楽なくらい」

「そんなに叔母の養女になるのが嫌なのですか？　あ。つまらないことを言ってしまいました。友理さんには友理さんの事情がおありになるのに」

「だってキュータローさんだって自分をさしおいてあたしが跡取りに選ばれたりしたらやっぱり納得できないでしょ？」

「そんなことはありません。実は僕も昨日は祖父の提案を辞退しようとしていたのです。でも母に睨まれてつい引き受けてしまいました。友理さんに代わりにやっていただけるのならむしろ感謝したいくらいです」

「冗談じゃありません。そんなことになったらあたしあなたのお母さまに殺されてしまいます」

「じゃあこうしましょう」友理さんの心配そうな表情が余りにも真に迫っていたせいだろうか。つい僕は自分でも思ってもみなかったことを口にしていた。「もし友理さんが選ばれていた場合は僕と結婚してください。そしたら母も友理さんに殺意を抱くことはないでしょう」

「当然お母さまはそういうことをお考えになるでしょうね。跡取りが女性に決まった場合は息子さんたちのうちの誰かひとりを彼女と結婚させようと」

「これは母の考えとは関係ないのです」何をそんなにムキになっているのか自分でもよく判らない。自分が言ったことを曲解するみたいに受け流されたのが不快だったのかもしれない。「僕個人の気持ちです」

「他の方に同じことを言われたら」友理さんは言葉を選んでいるみたいに遠い眼つきをした。「冗談はやめてくださいって言うところだけど。でもキュータローさんが言うと冗談に聞こえないところが怖い」

「それはそうです。だって冗談を言っているつもりはないのですから」

「あたしが社長の養女に選ばれていない場合はどうなるの？　その申し出は」

「どうにもなりません。僕は友理さんのことが好きです」

「ありがとう」吹き出そうか顰《しか》め面《つら》をしようか迷っているような顔の友理さん。「あたし礼儀正しいひとが好き。礼儀正しくて飾らないひとが好きです。だからキュータローさんみたいなひとが好き。でも結婚となると話は別。だからしばらく考えさせてもらうってことでいいかしら」

「考えていただくついでに僕のことはヒサタロウと呼んでいただけますか」

「ヒサタロウ？」

「それが正しい読み方なんです」

まあという感じで友理さん口を掌で覆う。「ごめんなさい。あたしったらずっと」

「身内ですら故意か勘違いか知りませんがキューターローで押し通すんですからそれも当然です」

「判りました。ヒサタロウさん。よく考えさせていただきますわ。それじゃ」

適当にあしらわれたという感じだったが仕方がない。高校生の世迷言《よまいごと》をいちいちまともに相手はできないだろうし、かといって上司の身内だから邪険に扱うわけにもいかない。無難に取り繕おうと彼女も苦労したことであろう。

友理さんと別れると僕は本館のダイニングに赴いた。続きになっているシステムキッチンは母屋の台所よりもずっと広くて綺麗《きれい》である。祖父や胡留乃叔母さんが普段の食事に使っている場所だ。

誰もいない。テーブルの上を見ると上座と端っこの席にそれぞれふたり分の食事が用意されている。端っこのそれはいつも僕が座っている場所だ。多分他の皆はもう食事を済ませているのだろう。渕上家では泊まり客の朝食や昼食は基本的にセルフサービスなのだ。もちろん皿洗いも各自でやらなければならない。起床時刻が各自バラバラなのでその都度キヨ子さんの手を煩《わずら》わせるのは好ましくないという合理的理由からである。壁の時計を見ると正午を数分程過ぎていた。

「何だ」冷えた御飯を黙々と胃におさめていると祖父が入ってきた。もちろん茶色のトレーナー姿のままである。「おまえ独りか」

「お祖父さまもこれからですかお食事は」

「うむ。今眼が醒めたばかりだ」今朝八時頃もう起きて母屋にいたじゃないかと思ったが、胡留乃叔母さんとキヨ子さんと話をした後で寝直したということか。「何にせよ静かに喰えるのはありがたい」

「大変ですね。あれこれ」

「まったくだ」

「母はあれからおとなしくしていますか」

「諦めてはいないようだな。昨夜も何だかんだ言ってきて何とか跡取りの決め方を聞き出そうと躍起になっておった」

「申し訳ありません」

「おまえが謝ることでもなかろう。しかし加実寿はあさましいくらい必死なのに葉流名は妙におとなしい」

　その理由は簡単に判るような気がした。母の場合は僕たち兄弟三人のうちの誰かが跡取りに選ばれない限り万事休すだが、葉流名叔母さんの陣営にはまだ選択肢がある。たとえ自分の娘ふたりのどちらも選ばれなくても僕たち兄弟三人の誰かが選ばれた場合には娘のどちらかをその嫁にやらせるという手がある。もちろん母はそんな婚姻には反対するだろうが娘たちに跡取りを誘惑させて既成事実をつくり強引にことを運ぶ手段は充分に可能だ。それは槌矢さんが選ばれた場合でも同じことである。だから葉流名叔母さんにとって憂えなければいけない事態は友理さんが選ばれた場合のみである。もちろん母にしても女性が跡取りに選ばれたらそこに自分の息子の誰かを婿《むこ》養子として送り込むという方法も（いみじくも友理さんが先程指摘したように）当然考えられるわけだが、女性が肉体を武器にして相手の男を籠絡《ろうらく》するようなわけにはいかないだろう。少なくともずっと煩雑で成功率は低いと覚悟せねばならない。何しろ暗い富士高兄さんにお調子者の世史夫兄さんに餓鬼の僕とろくなタマがいないんだから。

「酒でも飲まんとやっとられんわい」用意されている食事にはろくに箸をつけずに祖父はどこからか日本酒の一升瓶をどーんと取り出してきた。「どうだ。キュータロー。おまえもやらんか」

「せっかくですけど遠慮させてください」

「まあそう言うな」

「あの。お祖父さま。御存知だとは思いますけど僕はまだ高校生なんです」

「固いこと言うな。正月の三ヶ日くらい。そうだ。キュータロー」

「はい」

「胡留乃に聞いたんだがおまえ屋根裏部屋に泊まっとるそうだな。母屋の」

「ええ」

「そこへ行こう。そこで飲むぞ」

「あの。それはまた何故」

「ここで飲んでいたらいつ胡留乃やキヨ子さんが現れるか判らんからな」酒の肴《さかな》になりそうなものを掻き集めると祖父は僕をせき立てた。「この前ひっくり返って以来やかましくなってのう。酒の量には」

「ひっくり返った？」廊下に出て祖父が声をひそめるので僕も囁き返す。「何があったのですか」

「急に眼の前が真っ暗になったと思ったら」周囲にひと影がないか窺いながら母屋の方に僕を引っ張ってゆく。「そのままばったり倒れてしまった。数分間くらい意識を失っていたらしい」

「大丈夫だったのですか」

「何。心配ない。単に疲労が溜まっていただけだ。それなのに胡留乃の奴はえらく騒いでなあ。知人が蜘蛛膜下出血《くもまくか》で倒れた時の症状に似ているとか何とか大袈裟《おおげさ》なことを言い出して。脳神経外科へ行ってくれだの何だの。いやあまいったまいった」

その時ふと眼の隅っこを何かがよぎったような気がした。黄色い残像が網膜に焼きついている。誰かのトレーナーの色だろうか。振り向いてみたが廊下には誰もいない。しんとしている。

「それなのに」気を取り直して僕は言った。「お酒なんか飲んでほんとうに大丈夫なのですか」

「胡留乃みたいなことを言うな。大丈夫に決まっておるだろうが」屋根裏部屋に敷きっぱなしになっている布団の上にどっかりと腰を降ろすと用意してきた湯飲みにだぶだぶ注いで早速やり始めた。「ガソリンみたいなもんですよ。わしにとっては。断酒なんかしたらその方がよっぽど身体に悪い。そんなことよりほれ。おまえもやれ」

仕方なく付き合うことにする。ところがいざ飲み始めてみると冷や酒は怖いくらいするりするりと抵抗なく喉を落ちてゆく。少々飲んでも酔わないのではないかという錯覚に陥って祖父に負けないくらいのペースになってしまった。後で死ぬほど後悔することになるとも知らずに。

「懐かしいなあ。この部屋も」

「と言いますと」

「本館が建つ前はわしらはこっちの母屋で暮らしておったのだ。今ほど裕福でない時代の話さ。それでも一戸建ての家を持てて幸せだった。胡留乃を連れて海へ身投げしようと思い詰めていた時に比べたら夢のような生活だったものな。その時にわしが寝起きしておったのがこの屋根裏部屋だ」

「そんな憶い出がある部屋だったのですか。何の考えもなくこれまで使わせていただいていたのですが」

「何を気にしておるのだ。ほんとにおまえは気を回す奴だな。若いくせに。加実寿の息子とは思えん。まったく。あいつにおまえの半分ほども気遣いというものがあったら」

「それはそうとお祖父さま」母の話題から遺言状を連想してしまったのも考えてみれば実に象徴的なことと言える。「こんなところで油を売っていてよろしいのですか。確か今日は弁護士の方がお見えになるという話だったではありませんか」

「ああ。宗像のことか。あいつならもう来た来た」

「もう来られた?」

「ちょうどわしが眼を醒ました直後にな。昨夜連絡をするのをすっかり忘れとった。仕方ない。手ぶらで帰すのも何だから今別の書類も見てもらっている」

「あの」何となく話が見えない。「どういうことですかそれは。遺言状はどうなったのです?」

「昨夜書かなかったのだ結局」

「書かなかった?」

「養子を誰にするかもうひとつ決めかねてしまってな。だからまだ白紙のまま」

「大丈夫なのですかそれで」

「なあに。新しいのを受け取るまでは古い遺言状は破棄しないように言いつけてあるから平気さ。今日はもう書く気にならんから書いたらまた連絡すると言ってある」

祖父はただ御機嫌である。胡留乃叔母さんやキヨ子さんに隠れて飲むのが純粋に楽しいのだろう。絶好の隠れ家を見つけて腕白坊主の顔をしていた。

尿意を覚えて僕は腰を上げた。ドアを開けようとした時ふと遠くで雷が鳴っているような音が微かに聞こえてきたような気がした。後から思えばそれは誰かが階段を駈け降りる音だったのであろう。だがドアを開けて見下ろしてみても階段には何の気配も漂ってはいなかった。

「あのう」トイレを終えて屋根裏部屋に戻ってきた僕は先刻祖父がまだ遺言状を書いていないと言っていたことを憶い出し、これはいい機会かもしれないと思い切って頼んでみることにした。「遺言状はそれでは今度いつお書きになるのですか」

「そうだな。明日か明後日か。それがどうしたのだ」

「やはり僕は候補から外していただきたいのです」

「胡留乃の養子候補からか」

「はい」

「何故だ。わしの跡を継ぐのは嫌か」

「継いだとしてもお祖父さまと胡留乃叔母さまが築き上げた身上《しんしょう》を潰《つぶ》してしまうだけだと思います。商売人としての才能が自分にあるとは思えません」

「そうなったらなったで結構なことではないか。キューータロー。どっちにしろ永遠に続くものなんてありゃせんのだ。エッジアップ・グループだっていつかは潰れる。ただそれが遅いか早いかだけの話だ」

「そうでしょうか」

「そうに決まっておる。百年経ってみろ。味噌も糞《くそ》も同じ鍋の中だ」

「友理さんも候補からは外してもらいたいみたいです。母に侮辱的な誹《そし》りを受けてつい感情的に引き受けてしまったので後悔しているとさっき言っていました」

「まあまあ。キューータロー。その話はもういいではないか。候補に挙がっているというだけで選ばれるとは限らないのだ。もっと気楽に構えておれ。気楽に」

どうやら祖父は僕も友理さんも候補から外すつもりはないらしい。どこかごまかすみたいに酒をどんどん注いでくる。その勢いにつられて僕もつい飲み過ぎてしまった。

そのまま酔い潰れてしまったらしい。ふと気がつくと布団の上で寝ていた。窓から差し込んでくる光はもうほとんどなく部屋の中は薄暗い。祖父の姿も見当たらなかった。ただカラの一升瓶だけが転がっている。

胸の中を何か生き物が這いずり回っているような感覚が衝き上げてくる。慌ててトイレへ急いだ。もう吐くわ吐くわ。胃の内容物どころかもう体内には内臓が全然残っていないんじゃないかと思うくらい吐きまくってしまった。

吐いたら余計に気持ちが悪くなってくる。階段を上がって屋根裏部屋に戻る気力もなく台所の椅子にへたり込んだ。物の輪郭がはっきりしないくらいふらふらしているところへ世史夫兄さんがやってきた。トレーナー姿から普段着に着替えている。おい。何してるんだよキュータロー。帰るぞ。そう言う。もうそんな時刻になってるんだなあと思いながらも腰が抜けたみたいになってなかなか立ち上がれない。ようやく立ったと思ったら足がもつれる。

何やってんだおまえ。うわ。酒くせえ。こりゃまた随分やったな。そう笑いながら世史夫兄さんは別館備え付けの籠《かご》を差し出した。僕の服が入っている。わざわざ持ってきてくれたらしい。青息吐息でようやく着替えを済ませると世史夫兄さんに肩を貸してもらいながらよろよろと車のところまで連れていってもらった。

玄関でグレイのスーツを着た見慣れない中年男性に出くわした。靴べらを使っておりこれから辞去するところのようだ。もしかしたらこれが顧問弁護士というひとかなと思っていると、はたして見送りに出てきていたキヨ子さんが宗像先生どうもお疲れさまでございましたと挨拶していた。どうやらこんな時間まで書類を点検させられていたらしい。お正月早々御苦労なことである。どことなくムスッとしているように見えるのは元々そんな顔立ちなのか、それとも肝心の用件である遺言状を委任されないまま他の雑用を押しつけられたことに憤慨しているのか。

宗像弁護士の車が走り去るのをぼんやり見送っていたら世史夫兄さんに急《せ》かされ兄さんの車の後部座席に押し込まれた。隣りには母が座っていた。余りの酒臭さに驚いたのか顔をしかめている。助手席には富士高兄さん。世史夫兄さんは運転席だ。記憶にある映像はそこまでだった。

車がいつ走り出したのかも憶えていない。僕はそのまま全身にまとわりついてくる泥のような眠りに引きずり込まれていた。

そして事件は起きる

夜中に一度眼が醒めたことを憶えている。何時頃だっただろうか。とにかく真っ暗だった。喉が渇いて渇いて仕方がなかった。水を飲みにいこうと一旦は布団から起き上がったことも憶えている。だが結局眠気が勝ってしまった。結局そのまま再び布団の中へ夢の中へと引きずり込まれてゆく。

そして本格的に眼が醒めた。小さな窓から儚《はかな》げな陽光が差し込んできている。眼醒まし時計を見ると朝の八時を少し回っていた。渕上《ふちがみ》家の母屋の屋根裏部屋に僕はいた。そのことに最初は何の違和感も覚えなかった。

トイレに行こうと階段を降りている途中でようやく、待てよ、と思い当たる。今日は何日だっけ。確か一月三日になっている筈だ。ということは昨日は一月二日で。昨日の夕方僕は母や兄たちと一緒に自宅へ帰っている筈ではないか。そうだ。憶い出した。昨日確かに世史夫《よしお》兄さんに車に押し込まれた。その後眠り込んでしまったので家に到着した場面は憶えていない。だが一月二日という日は終わっている筈である。

当然僕は渕上家ではなく大庭《おおば》家の自宅の方で眼が醒めなければいけない。それなのに現にここは渕上家の母屋だ。しかも自分の服に着替えていた筈なのにいつの間にやらまた赤のトレーナー姿に逆戻りしている。ということはもしかして——

「だから無かったんだ。赤の折り紙が」階下に降りてゆくと半ば予想通り台所で祖父の声がした。「どういうわけかな。ちゃんと用意してあった筈なんだが。赤の折り紙だけが見当たらなくて」

「じゃあどうなさったんです？」そう応じているのはもちろん胡留乃《ことの》叔母さんだった。頰に掌を当てて首を傾げるポーズまで昨日——いや〝オリジナル周〟と同じである。「昨夜は」

「どうもしない。折らなかった。今晩また折ることにする」ビデオに録画してある番組をもう一度観るみたいなものだ。ここでキヨ子さんの方を向く筈だと思っていたら。ほら。向いた。「すまないが折り紙を買ってきてくれんかね。近所の文房具屋さんで」

「だけど旦那さま。お正月三ガ日の間はどこの店も閉まっていますよ」

「そうか。そういやそうだ」

「別の色の折り紙をお使いになっては」

「いやいい。こうなったらまた気分を変えて後日また折ることにするよ改めて」

僕はそっと屋根裏部屋に戻った。もう間違いない。〝反復落とし穴〟だ。一月二日が僕の〝体質〟である反復落とし穴に落っこちてしまったのだ。この〝周〟を含めて〝今日〟はこれからあと八周も繰り返されることになる。

ということは……当然予測され得る事態に僕はすぐに思い当たった。これから寝直して昼頃本館のダイニングへ行ってしまったら祖父と鉢合わせしてその結果酒盛りに付き合わされるはめになる。

それはちょっと勘弁して欲しい。〝前周〟つまりオリジナル周にさんざん嘔吐した苦しみを憶い出して僕は暗澹《あんたん》となった。あの苦しみを〝今周〟も含めてあと八回も繰り返すなんて願い下げである。

どうするか。選択はふたつある。夕方までここでじっとして世史夫兄さんが探しにきてくれるのを待つ。しかしそれだと空腹をかなり長い間我慢しなければならない。それが嫌なら寝直す方を諦めて早めに食事を摂《と》っておくしかない。

あれこれ考えて結局後者に決めた。九時になるのを待って屋根裏部屋を出る。母屋の台所にはもう誰もいなかった。そのまま渡り廊下に出る。

オリジナル周だとここで友理《ともり》さんに出くわすわけである。だがそれは昼頃の話だ。彼女がこの渡り廊下を通るのは本来的に昼頃の出来事として〝定められ〟ているのである。当然この時刻には友理さんどころか誰にも出くわさない。

ちょっぴり残念な気持ちにもなる。オリジナル周の〝路線〟を残りの七周もこうして変更し続ける限り、あの友理さんとのふたりだけの会話は最終的には〝起こらなかった〟現実になってしまうからだ。当然僕と言葉を交わしたことも彼女の記憶からは抹消されてしまうことになる。別にあんな他愛もない会話など〝歴史〟上から消去されたってどうってことないじゃないかと言えばそれはもちろんその通りなのだけれども残念なのである。だって僕が友理さんのことを憎からず思っているというのは偽らざる本心だったのだ。どんなに他愛ない内容であったとしても、あるいは〝反復落とし穴〟によるリセットに関係なく彼女の方で早晩忘却してしまうような会話であったとしても、僕にとっては文字通り憶い出の宝石箱なのだから。

だがそのために大酒飲まされて吐きまくるのは嫌だ。何とか友理さんと出くわす場面だけを再現して祖父には会わないようにできないものかとも思うのだが、僕のこれまでの経験から言うと反復現象は基本的にオリジナル周に可能な限り忠実であろうとする。起こり得る現実としての未来が極端に本来のそれから逸脱しないようにとの何かの抑止が働くのかもしれない。とにかく祖父につかまりたくなければ昼の時間帯に本館の方には近づかないのが無難だろう。友理さんとの会話だけ終えて母屋に戻ろうとしてそれがうまくいけばいいのだが、祖父に一旦見つかってしまったら結局オリジナル周と同じように酒盛りに付き合わされることになるのは確実だ。ここは安全策をとっておくに限る。そのためには残念ながら友理さんとのひと時の会話は犠牲にせざるを得ない。

本館のダイニングに赴くと用意されている食事を済ませることにした。時間的にまだ大丈夫だと判っていても今にも祖父が姿を現しそうで気が気でない。超特急で御飯をかき込むとさっさとダイニングを後にした。よし。これで夕方まで本館には近づかないようにすればいい。

しかしそれまで何をして時間を潰したものだろう。屋根裏部屋は眠るためにはまことに最適の空間だが半日近くも閉じ籠《とこ》もっているのに相応《ふさわ》しい場所ではない。息が詰まってしまう。そもそも母屋の方に祖父が絶対に現れないという保証はない。オリジナル周のタイムテーブルに従えば現在祖父は寝直している筈の時間帯である。そして昼頃に起きてその時ちょうど訪れる予定の宗像《むなかた》弁護士の相手をしておいてから誰もいない（オリジナル周には僕が独りでいた）ダイニングへと降りてくる。そこで独りで食事というのも侘《わび》しいと話し相手を探しに母屋までやってくるという可能性は充分にある。そもそもオリジナル周に酒盛りに付き合わせたこと自体が祖父が僕に気安い話し相手としての資質を見出している証左なのだから。屋根裏部屋に閉じ籠もっていて、もしそこへ祖父がやってきたら逃げようがないことになる。

かといって本館の広間や書庫にいたら祖父に見つかる確率はもっと高くなる。とにかく今日一日は祖父と顔を合わせてはいけない。合わせたら最後それがどこであってもオリジナル周のように酒盛りに雪崩込《なだれこ》むことになるのは必至だからだ。

あれこれ考えた末僕は中庭に出ると別館へと向かった。トレーナーに着替えるための更衣室として使われている場所だ。本来は客間として建てられたものらしいから昼寝をするには最適である。ドアを開けて中を覗いてみると畳敷きの和室には誰もいない。

しめしめと北叟笑《ほくそえ》みながら押し入れから布団を出そうとした。その時。中庭の方でひとの気配がした。別館の方に近づいてくる。祖父かもしれないと咄嗟《とっさ》に警戒して僕はそのまま押し入れに飛び込んでいた。間一髪で襖《ふすま》を閉めると同時にドアが開く気配が伝わってくる。

暗闇の中で布団に頬をくっつけて息を殺していると話し声が聞こえた。男と女だ。声の質からして祖父ではないと判って安心したものの今さら出るに出られなくなってしまう。そっと襖に数ミリの隙間を作って和室の様子を窺ってみることにした。

「嫌よ」いきなりそんな嬌声《きょうせい》が耳に飛び込んできた。ルナ姉さんの声だ。「嫌だったら。誰か来たらどうするのよ」

「誰も来るもんか」男の声が誰だか判って僕は唖然《あぜん》となった。な。何と。富士高《ふじたか》兄さんではないか。「こんな朝っぱらから」

「だからって嫌よ。こんな場所じゃ」

たちまちこちらは頭にピンク色の靄《もや》がかかってしまった。襖の隙間からはよく見えないのだが状況的にどういう事態が進行しているのかは明白である。ルナ姉さんも口では嫌だと言っているが決してまんざらではない雰囲気。互いの身体をまさぐり合う気配と熱気がむんむんびんびんと伝わってくる。いや。はっきり見えているわけではないが多分そのようなけしからん行為に及んでいる筈である。だって時々ちゅばちゅばと滑稽なくらいけたたましいキスの音が押し入れの中まで響いてくるんだもん。

「ダメだってば。それは。ここじゃダメ。ここじゃ嫌」

「いいじゃないか」

「ダメ。これ以上はダメ。それにこんなことをしに来たんじゃないのよ。話し合いに来たんだから」

「ちぇ」

「膨《ふく》れないでよ。アパートに行ってあげるから。今度の祝日。洗濯物も溜まってるんじゃないの」

「それはいいけどおまえ。随分世史夫に馴れなれしくされてたな」

「あれ。あんなこと気にしてんの？」

「そりゃ気になるよ。あいつは口がうまいからな」

「あたし軽い男嫌い」特大の吸盤をタイルからようやく引き剝《は》がしたみたいな音が轟く。もちろんキスをしているのだろう。「さ。ズボン上げて。いい子にして」

「判ったよ――あれ」

「どうしたの？」

「えらく静かだと思ったら。どうしたんだそれ」

「え。ああ。これ。どこかで落っことしちゃったからもうこっちもね」ふたりの表情や仕種が見てとれないので何の話をしているのか全然判らない。「まあいいや。それよりも大事な話」

「何だいったい。何がこれよりも」どこかさわられたのかルナ姉さん猥雑な笑い声を挙げた。「大事なんだ」

「もちろん決まってるでしょ。エッジアップの跡取りとお祖父さまの遺産のこと」

「あんなものどうしようもないじゃないか。今さら」剽軽《ひょうきん》だった口調と雰囲気が途端に不機嫌というか冷笑的なそれに変わる。こう言っては何だがこちらの方が聞いていてずっと富士高兄さんらしい。「俺たちに何ができるんだよ。誰になるのかもとっくに決まってるんだろうし。後は首を洗って今日の発表を待つしかない。そうだろ」

「それがさ。まだらしいのよ実は」

「何だって？」

「まだ書いていないのよ。お祖父さま。遺言状を」

もうそんな情報が伝わっているのかと僕はいささか感心してしまった。僕が祖父からその話を聞いたのはオリジナル周（つまり一度目の〝一月二日〟）の午後のことである。ルナ姉さんは二周目（つまり二度めの〝一月二日〟）の朝の時点でもう既にそのことを知っている。いったいどこから聞き出してきたのだろう。ただコケティッシュで呑気なだけの娘かと思っていたら、なかなかどうして油断のならないおひとらしい。

ふと僕は首を傾げる。富士高兄さんが今何か変なことを口にしたような気がしたのだ。ええと。後は首を洗って今日の発表を待つしかないだろとか何とか。〝発表〟というのはこの場合誰が跡取りに決定したのかという発表という意味であろう。文脈上それ以外考えられない。だけど祖父は新年会の席で遺言状の内容は自分が死ぬまで公開されないとか言っていなかったっけ。うん。確かに言っていた。はて。どういうことだろう。

「ほんとか。ほんとに祖父さんまだ書いていないのか」

「誰を選ぶか決めかねているみたいね」

「意外だなそれは。何も考えずにスパッと決めそうな感じなのに」

意外と言えば富士高兄さんがルナ姉さんとここでこんなふうに仲睦《むつ》まじくしているのが僕にとってはもっと意外である。彼女の甘えぶりからして富士高兄さんがルナ姉さんの心を完全に射止めてしまっているのはどうやら間違いないようだ。ただただ驚くばかり。単なる根が暗いアンちゃんだとばかり思っていたのに。いつの間に。

「とにかくチャンスよ」

「チャンスだって。何の？」

「お祖父さまに考え直してもらうチャンスじゃないの」

「考え直してもらうって。どんなふうに考え直してもらうんだ」

「だからフーちゃんとあたしが結婚して渕上家を継ぎたいって申し出ればいいのよ」

フーちゃんというのはどうやら富士高兄さんの愛称らしい。フ。フーちゃんだって。思わず吹き出してしまいそうになるのを僕は必死で布団に顔を押しつけてこらえた。

「それが一番丸くおさまると思うんだ。あたしたちがふたりで渕上家を継げばもうママと加実寿《かみじ》伯母さまがいがみ合う理由もなくなるし」

「だけど祖父さんは槌矢《つちや》かそれともあの女秘書に継がせたいと考えているかもしれないじゃないか」

「馬鹿ね。あのふたりの名前をわざわざ持ち出しているのは単にママたちに嫌がらせしているだけよ。そう簡単におまえたちの思い通りにはいかんのだぞーって。昔の恨みを少しでも晴らしておこうって魂胆よ。だけどお祖父さまだって結局は赤の他人よりは身内に継がせるに越したことはないと思っているに決まっているじゃない。それが人情ってもんでしょ。ね」

「そうかな」

「そうに決まっているじゃないの。槌矢も友理って女も利用されているだけ。エッジアップの跡取りだなんて踊らされるだけ踊らされて結局ポイ。哀れなものね。血は水よりも濃《こ》しよ何だかんだ言っても」

「そうなのかな」

「そうよ。だから早くした方がいいわ。遺言状を書いてしまわないうちに。お祖父さまを説得するの。そうすればあたしたちふたりだけじゃなくて皆幸せになれる。でしょ」

富士高兄さんも徐々にその気になってきたらしい。最初は自信なげにそうかもしれないなと呟いていたのが急に威勢よくなった。そうだ。その通りだ。よし。早速行くぞと自分からルナ姉さんを急《せ》かす張り切りよう。ルナ姉さん夫を乗せるのが上手ないい奥さんになりそうである。

ふたりの気配が完全に消えるのを待って僕は押し入れから這い出た。夕方までの時間潰しに昼寝をするつもりだったのに富士高兄さんたちの熱気にあてられてすっかり眼が冴えてしまった。いくら爺むさいと言われても肉体年齢十六歳の若者には刺戟が強過ぎます。和室にはまだふたりの熱気が籠もっている感じである。空気を入れ換えようと僕は窓を開けた。

中庭や本館から母屋に通ずる渡り廊下が見える。冷気が雪崩込んできたのですぐに窓は閉めたのだが、そのまま窓の外をぼんやりと眺め続ける。

どれくらい時間が経過しただろうか。膝をかかえた姿勢のまま僕はうつらうつらしていたようだ。ふと視界の中をひと影が横切っていった。慌てて眼をこすって窓の外を見直す。祖父だった。渡り廊下で周囲を見回しながら母屋の方へ向かっている。日本酒の一升瓶をぶら下げていた。僕を誘い込めなかったという多少の〝変更〟があったものの寝直しと弁護士接見の後に屋根裏部屋に隠れて酒盛りをするというオリジナル周通りの〝日程〟が進行しているのだ。

祖父の姿が消えた。台所を通過して屋根裏部屋へ上がったのであろう。これでしばらくは降りてこない筈だから僕もそろそろ本館へ戻ってもいいかもしれない。そんなことを考えていると再び渡り廊下をひと影が横切っていた。

富士高兄さんとルナ姉さんだった。先刻話していた説得のため祖父の後を追いかけているらしい。自信があるのか楽観的なのかふたりとも屈託のない笑顔を浮かべていた。

僕はそのままの姿勢で渡り廊下を眺め続けることにした。本館へ戻って広間や応接室で寛《くつろ》ぐことはいつでもできる。富士高兄さんとルナ姉さんの説得がどの程度成功するのか見届けてやろうと思ったのである。ふたりが戻ってくる時間的早さとかその表情である程度の首尾が見て取れる筈だ。

どれくらい経っただろう。別館には時計が無いし腕時計も嵌《は》めていないので正確なところは判らないのだが五分か十分くらい経った頃だったかと思う。渡り廊下を本館に向かうひと影が横切った。

ルナ姉さんだ。独りである。えらく周囲を気にしているみたいにそそくさと本館の方へと消えていった。富士高兄さんは一向に出てくる気配がない。

しばらくして再びルナ姉さんが現れる。表情を窺おうとして僕は彼女が両手に提げているものに注意を惹かれた。餃子《ギョーザ》の皮みたいな花弁が並んだ花瓶。胡蝶蘭《こちょうらん》だ。確か（本物の）昨日、友理さんが胡留乃叔母さんに買ってきてプレゼントしていたあれである。その後どうなったか見届けてはいないが胡留乃叔母さんの言葉通りなら今頃彼女の部屋に飾られている筈だ。何をしているのだろう。祖父が持ってこいとでも命じたのだろうか。それ以外に考えようがない気もするがしかしその理由が判らない。

母屋に消えたルナ姉さんはすぐに戻ってきた。そして本館の方へと消えた。何も持っていない。

何分かして富士高兄さんが出てきた。本館の方へと消えた。やはり何も持ってはいなかった。

首を傾げながら僕は立ち上がった。別館を出て本館に向かいながら眼の前で起こった出来事を整理する。つまりこういうことなのだと思う。オリジナル周の一月二日に祖父と僕が酒盛りしている時に誰かが階段で立ち聞きしているような気がした。あれは多分富士高兄さんたちだったのだろう。祖父の説得のために屋根裏部屋まで来てみたものの、生憎《あいにく》僕が同席していたため説得は延期することにした。そしてこの第二周目の一月二日は僕は不在で祖父独りだったのでふたりは説得に臨んだのだなと。

問題はそこで話がどういう展開を見せたのかということだ。胡留乃叔母さんの胡蝶蘭がいったい説得に何の関係があったのかまるで見当がつかない。本人に訊いてみてもいいのだが今屋根裏部屋へ行ったら飲まされるので祖父が本館へ戻ってくるのを待つことにしよう。

何だか腹が減っていたらしい。本館へ入るなり僕の足はダイニングルームの方へ向かっていた。ダイニングテーブルには世史夫兄さんと舞《まい》姉さんが食事をしている。他の顔ぶれは見当たらない。

「よ。キュータロー」世史夫兄さん唇の端っこにくっついている米粒を器用に舌で掬《すく》い取った。「どうだ。二日酔いは？」

そうか。そういや本物の昨日すなわち一月一日も相当飲んだものなと思いながら大丈夫ですと答える。ポットから急須《きゅうす》にお湯を入れてお茶を啜《すす》った。

「今舞ちゃんとも話してたんだけどさ」ね、ね、と舞姉さんに愛想良く頷《うなず》きかける。

誰が相手でも分け隔てなく接することができるのが世史夫兄さんの美点だ。「どうなると思う？　新しい遺言状の行方は」

「さあ」舞姉さんが口を開こうとする様子がないので仕方なく僕はそう答える。「僕には何とも」

「何だ。つれない返事だな。気にならないのかよ」

「いや気にならないわけではもちろんありませんが」

「今頃新しいの書いてんのかな祖父さん」

「今頃って……もうとっくに書いてある筈でしょ？」

「いや。まだ書いていないってさ。誰にするか決めあぐねてて」

「そんなことを」僕は呆気にとられてしまった。ルナ姉さんや富士高兄さんに続いて世史夫兄さんに対する認識まで改めなきゃいけないのかなと思いながら。「どうして御存知なんですか？」

「いや。俺はそんなこと知らないけどさ。ルナちゃんが言ってたから。ね。舞ちゃん」

舞姉さんは世史夫兄さんに構ってもらっているのを嬉しがっているみたいな、それでいて恥じているみたいな複雑な表情をしている。まるで余り愛想良くし返すと愛情乞食みたいに勘違いされかねないと変な警戒でもしているみたいに肩を竦《すく》める仕種をしてみせただけだった。

僕は混乱してしまった。遺言状がまだ書かれていないという極秘情報をルナ姉さんが洩らしている相手は富士高兄さんだけとばかり思い込んでいたからである。しかしどうやら違うようだ。世史夫兄さんにも舞姉さんにも教えてしまっているらしい。しかもこの様子ではふたりは富士高兄さんよりも早く教えてもらっていたみたいである。

その時さらに口を開きかけた世史夫兄さんを遮《さえぎ》って何やら珍妙な音が轟いてきた。ふぎゃあ、とか、ぐおおとか野獣の咆哮《ほうこう》のように迸《ほとばし》ったかと思うとガラスを爪で引っかいているみたいに語尾が跳ね上がる。

何事かと僕たちは一斉に廊下へ出ていた。緑色のトレーナー姿の女性が四つん這いになって文字通り犬のように駈けてきたかと思うや蹴り飛ばされた達磨《だるま》のように転倒する。葉流名《はるな》叔母さんだった。髪を振り乱して喉から掠《かす》れた息を洩らし続けている。

どうやら先刻の野獣の咆哮は葉流名叔母さんの挙げた悲鳴だったようである。

「ど。どうしたのよ。お母さん」驚愕《きょうがく》したのか舞姉さんの素っ気ない仮面が剝がれ落ちて、アイスクリームを地面に落っことした子供みたいな素直なうろたえぶりが露呈する。「どうしたの。いったいどうしたの」

「お。お。お。あ」葉流名叔母さんの声は言葉にならずいたずらに口をぱくぱくさせるばかり。悲鳴を挙げすぎて声が打ち止めになっているようだ。「あ。あう。あう」

「どうしたって言うのよ。いったいどうしたって言うのよ。お母さん」普段薄笑いを浮かべている母親しか見たことがないものだから余計にその落差に当惑したのであろう。満月のように口と両眼を拡げている葉流名叔母さんの身体を舞姉さんも自分が泣き出してしまいそうな顔で揺すった。「はっきり言って。何があったのかはっきり言って」

騒ぎを聞きつけて槌矢さんや友理さん、母や胡留乃叔母さん、そしてキヨ子さんたちが集まってきていた。しかし葉流名叔母さんは一向に声が出ない。ただ必死で自分の後方に向けて腕を振り回している。そこには母屋に通じる渡り廊下があった。

祖父に何かあったのか……僕はようやくそう思い当たって渡り廊下を走り始めた。世史夫兄さんが続き他の皆もぞろぞろとついてきた。

台所を抜けると階段を上がる。急勾配なので息が切れる。あと数段で上がり切るというところでふと僕は足を止めていた。段差の縁《へり》に印鑑のような形状のものが引っかかっていたからである。薄い黄土色が背景の色に埋もれていてちょっと見には気がつかない。僕の眼に留まったのは偶然だろう。僕は咄嗟にそれを拾って手に持つと屋根裏部屋のドアを開け放っていた。

祖父は布団の上にうつ伏せに倒れていた。誰かを抱き止めようとして逃げられたみたいに左腕を腹の下に敷き右手で畳を掻きむしっている。その先に日本酒の一升瓶が転がっていた。少しだけ残っていたらしい中味がこぼれて畳が変色している。

後頭部に綿埃並みに申し訳程度しか残っていない白髪が点々と赤黒く染まっていた。その祖父の横顔を隠すみたいにして転がっているのは銅製の花瓶だ。季節外れの胡蝶蘭が畳の上にぶちまけられている。

僕は思わず背後を振り返っていた。眼が富士高兄さんとルナ姉さんの姿を探している。ふたりは一番遅れて駈けつけてきたらしく階段の途中からこちらを見上げていた。

あの花瓶で頭を殴られたのか……その考えが頭に浮かんだのはもちろん僕だけではなかった筈だ。しかし誰も動こうとはしない。母も富士高兄さんも世史夫兄さんも胡留乃叔母さんもキヨ子さんも葉流名叔母さんも舞姉さんもルナ姉さんも誰も。槌矢さんや友理さんでさえも余りの出来事に硬直してしまっているようだ。ただ狭い入り口で互いにひしめき合って息を殺しているだけ。

どれくらい凍った時間が経過しただろう。僕は我知らず屋根裏部屋に足を踏み入れていた。あるいは自分がいつもあてがわれている部屋だということで妙な義務感が働いたのかもしれない。とにかく誰も止めようとしなかったので僕は倒れている祖父の傍らに跪《ひざまず》いていた。

祖父のしぼんだハムのような手首を取ってみる。脈はない。死んでいる。やはり。倒れている姿を見た時から判っていたことなのだが改めて衝撃が襲ってくる。いや衝撃というよりも改めて途方に暮れたと言う方が正しいかもしれない。

僕は入り口から覗き込んでいる母や兄たちを振り返った。こんな時に何を言っていいのか何をしていいのか全然判らない。さぞかし間が抜けた阿呆面を晒《さら》していたことだろうが誰も笑わない。皆感情が磨耗したみたいに引きつった顔を並べている。僕は逆にそれを見てヒステリックに笑いたくなった。何せキヨ子さんを除いた全員が色とりどりのトレーナーにちゃんちゃんこ姿なのだからこの状況下では滑稽《こっけい》の極みである。いっそグロテスクなくらいに。

友理さんの立ち直りが一番早かった。どうやら僕からの無言のメッセージを受け取ってくれたらしく踵を返したかと思うと階段を駆け降りてゆく音がけたたましく響き渡る。警察に電話をかけてくれるのだろう。

友理さんが動いてくれたことで呪縛が解けたのか僕たちは一斉に吐息をついていた。それが合図だったかのように母や胡留乃叔母さん、そして葉流名叔母さんたちの愁嘆場《しゅうたんば》が始まっていた。お父さん。お父さん。ああ。いったいどうしてこんな酷いことに。云々。凍りついていた分を今取り返そうとでもするみたいに悲鳴と号泣が交錯する。

「お。おい。やめろよ。駄目だよ」祖父の死体にとりすがろうとした母を世史夫兄さんが押し留めていた。「駄目だよ。みだりにさわっちゃぁ」

「手を触れちゃダメ。何にもさわっちゃダメよ」葉流名叔母さんを叱り飛ばしているのはルナ姉さんだった。普段のはた迷惑なくらい無邪気な雰囲気は霧散していて眼が血走っている。思わず全員が息を呑んでしまうほどの剣幕であった。「警察が来るまで現場は保存しておかなくちゃいけないのよ。常識でしょそんなこと」

どういうことよ。現場ってどういうこと。そう喚《わめ》いたのが母なのか葉流名叔母さんなのかも区別がつかない。狭い屋根裏部屋は阿鼻叫喚《あびきょうかん》の坩堝《るつぼ》と化している。

「見れば判るだろ」世史夫兄さんは必死で説明している。こんな時だというのにルナ姉さんの加勢ができるのが嬉しいみたいな表情が仄《ほの》見えていた。ルナ姉さんの心がとっくに富士高兄さんのものだとも知らずに気の毒にと僕もこんな時だというのに世俗的な哀れみを世史夫兄さんに覚えたりしているのだった。「この状況はどう見たって。どう見たって。どう見たってこれは。これは。殺人事件じゃないか」

殺人事件。世史夫兄さんのそのひと言で一同は再び凍りついていた。殺人事件。殺人事件だって。殺人事件だって。まさか。まさか。どうしてそんな非現実的な出来事が自分たちの身に起こる筈があるの。どうしてそんなことが。全員の怯《おび》えた瞳がそう文句を言っている。そんなことが起こる筈がない。そんなこと善良な市民である自分たちには絶対に起こり得ない筈なのに。

殺人事件――そのひと言はしかし他の者たちとは全然違った意味と衝撃を僕にもたらしていた。そんなことが起こる筈がない。あってはならないことだと。言うまでもなく僕の特異〝体質〟であるところの〝反復落とし穴〟だ。今日のこの日は普通の日ではない。二回目の一月二日。すなわちオリジナル周の次の周である第二周目なのだ。

オリジナル周には殺人事件などという剣呑《けんのん》な出来事は起こっていない。僕はそれを既成事実として知っている。それなのにそのオリジナル周と原則的に同じ日程が繰り返される筈の第二周目にどうしてこんな思いもかけない事件がいきなり起こるのか。そんなことはあり得ない。あってはいけないことなのだ。だがそのあり得ないことが現にこうして眼の前で起こっている。間違いなく祖父は死んでいた。いったいどうなっているのだ。

混乱した思考を持て余している僕とルナ姉さんの眼がふと合っていた。しかし姉さんの方は僕の視線には気づいていないようだ。ただひたすら怯えたような瞳を祖父の死体に据えている。

こんな時だというのに僕はルナ姉さんがイアリングを外していることに気づいたりしていた。いつ外したのだろう。いくら黄色のトレーナーと青のちゃんちゃんこという場違いな服装に着替えさせられても何かポリシーでもあるみたいに頑固に外さなかったのに。

そんなことを考えていてふと自分が手に握りしめているものに気がついた。薄い黄土色の印鑑状のもの……

「ルナ姉さん」我知らず僕はそれを彼女に差し出していた。「これ」

その時のルナ姉さんの表情を多分僕は一生忘れることができない。今にも内側から何か噴出してきて顔面が破裂しそうなくらい皮膚という皮膚が突っ張っていた。号泣しようか激怒しようか迷っているかのような独特の表情だ。どちらに転ぶにしても一旦その感情が噴出してしまえば二度と彼女は正常に戻ることはあるまいと思わせるほどの悲痛さが漂っている。

「さっき別館に行ったら」彼女のその表情に気圧《けお》されて僕は咄嗟にそう嘘をついていた。「畳の上に落ちてました」

よほど安堵したのか祖父の死体を横眼にルナ姉さんは今にも笑い出しそうなくらい全身を弛緩《しかん》させていた。そう、ありがとねとイアリングを僕の手からひったくる。

この屋根裏部屋に落ちていたのかと勘違いして慌てていたのだろう。何しろこの部屋は今や殺人事件現場だ。本来あるべき筈のない物が落ちていたりしたらあらぬ疑いをかけられるかもしれない。

だがイアリングが実際に落ちていたのは屋根裏部屋の外の階段なのだ。ふと僕は重大な疑問に囚《とら》われてしまう。それはルナ姉さんがいったいいつこのイアリングを落としたのかということだった。

別館の押し入れに隠れて盗み聞いた富士高兄さんとルナ姉さんのやりとりにこんなのがあった。「えらく静かだと思ったら。どうしたんだそれ」「どこかで落っことしちゃったからもうこっちもね」つまりどこかに落としたのはイアリングの片方だったのだ。いつもちゃらちゃらしているイアリングが見えないがどうしたのかと訊いたところ片方をなくしてしまったのでもう一方も外したのよと答えたのがこの会話が意味するところだろう。それはいい。

問題はルナ姉さんはいったいいつイアリングを屋根裏部屋に通じる階段で落としたのかということだ。別館で富士高兄さんとのやりとりがあったのは時計は見なかったが僕が朝食を摂った後。ダイニングで食事をしたのが午前九時だから別館での盗み聞きは感じとして十時前後のことであろう。

つまりルナ姉さんは午前十時以前に母屋に来ていたことになる。ちょっとややこしくなるかもしれないので箇条書きで整理してみよう。つまり、

① 〝本物の〟昨日すなわち一月一日の新年会の席では少なくともずっとイアリングを付けていた。この日に僕が屋根裏部屋に休みにきたのは午後十一時過ぎ。

② 一月二日のオリジナル周。

③ 一月二日の第二周目。

②と③の項目は同じ日の繰り返しなのだから同列に見て欲しい。イアリングを落とした可能性のある時間帯は一月一日の午後十一時から一月二日の午前十時までの間ということになる。当然のことだがルナ姉さんは②の時点でも一度イアリングをなくしていることに気がついている筈である。僕が押し入れで盗み聞いていなかっただけで、別館での富士高兄さんとのあのやりとりは②でも当然交わされた筈だ。何だイアリングがないじゃないかと訊かれて片方落っことしたからこっちも外したのよと。

ということは……当然導かれる結論に思い当たって僕は変な気持ちになった。②で祖父と僕が酒盛りをしていた時に階段で盗み聞きしていたのはルナ姉さんではないという可能性が出てくる。いやルナ姉さんかもしれないのだが少なくともこの時に彼女

がイアリングを落とした筈はない。だって②で僕が祖父と酒盛りをしたのは昼以降で午後の話なのだ。既にその日の午前中に一方をなくしてもう片方も外してしまっているイアリングを午後になってもう一度落とせる筈は論理的に言って絶対にない。
②で祖父を説得しようと富士高兄さんと一緒に屋根裏部屋まで来ていたのを僕が同席していたためまたの機会に譲ることにしたのだとしても、ルナ姉さんがその時にイアリングを落とせる筈は絶対にない。落としたのはそれよりもずっと早い時間帯だったのだ。当然③でも落としたのは別館にやってくるよりも早い時間帯の出来事ということになる。
だがそうなると判らなくなってくる。ルナ姉さんがイアリングを落としたのは一月一日の午後十一時から一月二日の午前十時までの間でしかあり得ない。それはいいとしてどうしてそんな時間帯に彼女が母屋にやってきたのかという疑問が当然湧いてくる。しかも屋根裏部屋に。その時間帯にいたのは言うまでもなく僕独りだったのだ。ルナ姉さんだってそれを知らないわけはあるまい。ということは僕に何か用があったのだろうか？　判らない。

まあいい。そちらの疑問の方はとりあえず措《お》いておこう。もっと重大な問題がある。ルナ姉さんは僕がイアリングを屋根裏部屋か階段で見つけたと言い出すことを何よりも恐れた。それは祖父殺しの疑いをかけられることを意味するからだ。

そして今のところルナ姉さんは一番怪しいのである。富士高兄さんとともに。渡り廊下を通って母屋に消えた祖父の後を追ってふたりがやはり母屋に消えているのを僕はこの眼で目撃している。しかも途中でルナ姉さんは問題の胡蝶蘭の花瓶を本館の方から運んできているのだ。祖父の後頭部に打ち降ろされたとおぼしき凶器の花瓶を。

もちろんルナ姉さん富士高兄さんと時間差で本館の方へ戻って消えた後は僕も別館での〝見張り〟をやめて本館にやってきた。従ってふたりが立ち去った後で誰も母屋へは赴かなかったという保証はできない。そうだ。現に葉流名叔母さんは母屋へ行っているではないか。だからこそ屋根裏部屋にある祖父の死体を見つけたのだ。

ということはもちろんルナ姉さんと富士高兄さんが犯人だと決めつけることはできないわけだ。あるいは第一発見者の葉流名叔母さんの犯行かもしれない。死体を見つけてあんなにもみっともなく驚いたのは演技だったかもしれない。だがやはり一番怪しいのはルナ姉さんたちだろう。あの胡蝶蘭の花瓶を本館から母屋へ運んだのは何故なのかその理由が明らかにならない限り——

僕があれこれ思い悩んでいるうちに警察が到着した。鑑識課員や私服の刑事たちが現場に上がってきて僕たちは屋根裏部屋からは退出させられた。警官の先導によってぞろぞろと本館に移動させられる。

大広間の続きの待合室に集められた。一番頼りになりそうだと踏んだのか刑事が友理さんに、関係者はこれで全員ですか、と尋ねていた。ソファに座ったり壁際に佇んだりしている面々を見回しておいてから友理さんは頷いた。

指示があるまで皆さんここを動かないで下さい。刑事はそう言い置いて待合室を出ていった。制服姿の警官がふたり残って仁王立ちになる。まるで僕たちを監視しているみたいだ。

実際その通りなのだろう。犯人はこの中にいる可能性が極めて高い。それは僕だけではなく誰もが胸の中でくすぶらせている確信の筈だった。母。胡留乃叔母さん。葉流名叔母さん。富士高兄さん。世史夫兄さん。舞姉さん。ルナ姉さん。キヨ子さん。槌矢さん。そして友理さん。皆が皆お互いの顔を盗み見たいのをようやく我慢しているみたいによそよそしい。

その中でも一番怪しいのがやはりルナ姉さんと富士高兄さんだった。もっともこれは僕の思い込みもあるのかもしれない。別館ではあんなにいちゃいちゃしていたのが今は部屋の端と端に別れて互いにそっぽを向いているのだから、事情を知っている眼から見るとどうしてもわざとらしい作為を感じてしまうのである。

「おそれいります。皆さん。ちょっと聞いてください」そんな声で僕たちは我に返っていた。随分長いこと沈思黙考に耽《ふけ》っていたらしい。僕だけではなく誰もがいきなり夢から醒めたような頓狂《とんきょう》な顔をしていた。「私は安槻《あつき》署の平塚《ひらつか》と申します」富士高兄さんと余り歳が変わらないように見える刑事だった。

「事件の発見者はどなたですか？」

全員の視線が集中していた。何か自分が悪いことをしたと責められてでもいるような気分になったのだろう。葉流名叔母さんは心外そうに膨れ面をしながら挙手をした。もちろん自分は何か重要なことを知っているんですけどそう簡単には教えてあげませんよとでも言いたげな含みのある微笑を自己申告する余裕は今はまったくない。

「では発見者の方からこちらの方へおいでください。おひとりおひとり別室で個別にお話を伺います。時間がかかると思いますがどうか皆さん御協力をお願い致します」

葉流名叔母さんが呼ばれていった後は胡留乃叔母さん。そしてキヨ子さん。槌矢さん。友理さん。母。舞姉さん。ルナ姉さん。富士高兄さん。世史夫兄さん。そして最後が僕という順番だった。てっきりそれで終わりかと思ったら再び葉流名叔母さんが呼ばれてもう一巡した。今度こそ終わりかと思ったらもう一巡して最初からやり直し。そうして事情聴取は夜になっても続いた。

事情聴取が一巡するとそれまで押し黙っていた皆は一斉に喋り始めた。待合室に戻ってくるなりそれぞれ刑事たちに何を訊かれたかとかどんなふうに答えたかとかの情報交換に夢中になる。祖父の死体を発見した直後の衝撃的〝鬱《うつ》〟状態を脱して〝躁《そう》〟状態に突入してしまったようだ。もちろんその情報交換に加わらないというかはじき出されているひとたちもいる。槌矢さんと友理さんの所謂外様《いわゆるとざま》である。あの舞姉さんでさえ普段の寡黙さはいったい何だったんだと思わせるほどぺちゃくちゃ喋りまくっているというのに。どうやら非日常的事件というのはそれがたとえ身内の殺人であっても、ひとを一種のお祭りのようなハレの日にしてしまうものらしい。

しかしそんなに盛大に喋ったわりにはちっとも目新しい情報は耳に入ってこなかった。葉流名叔母さんは遺言状のことで直談判《じかだんぱん》しようと祖父を探していた。するとルナ姉さんが、母屋の方へ行くのを見たと言ったので行ってみるとあの状態だったというわけだ。あとは全員が知っていることばかりである。

どうやら今のところ耳寄りな情報を握っているのはルナ姉さんと富士高兄さんたち本人を除けばこの僕だけということのようだ。しかし僕は刑事にふたりのことは話さないことにした。自分の兄を密告するみたいで心理的抵抗があったこともむろんあるのだが、今話してもどうせ〝翌周〟には〝リセット〟されているんだから何の意味もないという気持ちが強かったからである。だから朝九時前に起きて食事をした後は別館へ行って昼寝をしていたと供述するに留めた。昼寝を終えて本館のダイニングに戻ってくると葉流名叔母さまの悲鳴が聞こえてきたのですと。

刑事たちは特に僕の証言を疑っている様子はなかったが鵜呑《うの》みにしてくれているようにも見えなかった。どうも捉えどころのない人種である。ただ僕たちがどうして皆トレーナーにちゃんちゃんこ姿なのかと訊いた時だけはさすがに戸惑いの表情が滲《にじ》み出ていた。僕にしても祖父の指示に従っているだけで理由は判りませんと答えるしかない。

さてこうなると大庭家も鐘ヶ江《かながえ》家も自宅へ帰るどころではない。本来なら夕刻には世史夫兄さんの車に乗って帰路につくところなのだが突発的事件のためその部分の日程は変更されることになった。さすがにオリジナル周に原則的に忠実であろうとする〝反復落とし穴〟もこの大幅な変更には何の抑止も働かなかったわけだ。なしくずし的にもう一泊することになる。

事情聴取がもう一巡し始めた。盛大に喋り合っていた皆もさすがに疲れたのか待合室は異様に静かになった。母や葉流名叔母さんなどは祖父が死んだことを実はひそかに喜んでいると誤解されてしまったのではないかと反省でもしているみたいに極端に神妙な面持ちになっている。別室に呼ばれる順番を待ちながら僕はふと奇妙な違和感を覚えていた。何か忘れていることがある……そんな気がするのだ。何か大事なことを忘れている。

どう大事なのか祖父の事件に関することなのかも曖昧《あいまい》だった。ただ何か重要なことを忘れている。そんな思いが焦燥感とともに湧き上がってくる。しかもここに集っている関係者たちの誰かに関することのような気がしてならない。それが何か必死で憶い出そうとするのだが何も浮かんできてくれない。

今別室に呼ばれているのはキヨ子さんだ。従って待合室に残っている面々は母。胡留乃叔母さん。葉流名叔母さん。富士高兄さん。世史夫兄さん。舞姉さん。ルナ姉さん。槌矢さん。友理さん。そして僕。ふたりの警官たちは別にしてこの中の誰かに関することのような気がしてひとりひとり様子を窺ってみるのだが何も思いつかない。思いつかないとそれがますます重要なことであったような気がしてきて焦ったがついに何もそれらしいことには思い至らなかった。

そうこうしているうちに壁に掛けてある時計の針はいつの間にか午前零時を回ろうとしている。

やっぱり事件は起きる

　待合室で警察の事情聴取の順番を待っていた筈の僕はいきなり真っ暗闇で眼が醒めた。喉が渇いて渇いて仕方がない。水を飲みたいという欲望とこのまま布団の中にいたいという眠気が戦っている半覚醒状態の意識の隅っこで自分が屋根裏部屋の布団の中にいることを理解する。〝リセット〟だ。午前零時を過ぎたために〝反復落とし穴〟がリセットされて再び一月二日の最初に戻ってしまったのである。眠気に朦朧《もうろう》となりながらも僕はかろうじてそのことを認識していた。認識はしたのだが、この時は結局眠気が勝ってそのまま眠りの深淵《しんえん》へと引きずり込まれてしまう。

　窓から差し込んでくる儚《はかな》げな陽光に本格的に眼が醒めた。眼醒まし時計を見ると午前八時ちょっと過ぎである。僕はいささか慌て気味に布団を飛び出して屋根裏部屋から降りていった。母屋の台所の様子をそっと窺う。

「だから無かったんだ。赤の折り紙が」祖父の元気な声が聞こえてきた。「どういうわけかな。ちゃんと用意してあった筈なんだが。赤の折り紙だけが見当たらなくて」

僕はそっと胸を撫で下ろしていた。〝リセット〟されればその日はまた元へ戻ることが判りきっているとはいうものの、さすがに〝反復落とし穴〟の途中で死人が出るというのは初めての経験だったため本当に祖父は〝生き返って〟くれるのだろうかと少しびくびくものだったのである。

胡留乃《ことの》叔母さんが赤の折り紙がなくてそれじゃどうしたのかと訊いたり、キヨ子さんに文房具屋で買ってきてくれと頼んで正月の三ヶ日は店は閉まっていると指摘されるやりとりはそのままだ。最後まで聞く必要はない。僕は屋根裏部屋に戻ろうとした。

あと数段で階段を上がり切るというところで僕の足がふと止まっていた。段差の縁に印鑑状のものが引っかかっている。手に取ってみた。もちろんルナ姉さんのイアリングであった。

オリジナル周そして第二周に続く同じ一月二日の第三周目だからこれがここに落ちていること自体は不思議ではない。前周（つまり第二周目の一月二日）、祖父の死体が発見された直後に僕はこのイアリングをルナ姉さんに返してあげているが〝リセット〟されたため再びこの場所へと舞い戻ってきているわけである。それはいい。

それはいいのだがこのイアリングがこの時刻に既にここに落ちているということはルナ姉さんは昨日（本物の一月一日）の午後十一時から今朝（一月二日）の午前八時までの間にわざわざ本館から母屋までこっそりやってきた上に屋根裏部屋まで上がってきていたということになってしまう。その理由はいったい何なのだ。〝前周〟にも抱いたのと同じ疑問に再び悩まされる。僕に用があったのだとしたらそんな夜中ではなくもっと時間帯を選びそうなものだ。どうも判らない。もしかしてルナ姉さんたら僕に夜這いをかけようとでもしたのかしら。そんなんだったら嬉しいんだけど。そんなわけないか。

イアリングを掌《てのひら》で弄びながら布団に腰を降ろすと僕は腕組みをした。考えなければいけないことが沢山ある。先ずオリジナル周に起こらなかったことがどうして第二周目に起こってしまったのかという問題。これが一番大きな謎だ。

前にも説明した通り〝反復落とし穴〟によって繰り返される〝日程〟から逸脱した言動を意図的に取れるのは僕だけなのだ。僕だけがこの反復現象を認識しているからである。つまりオリジナル周には起こらなかった筈のことが第二周でいきなり起こったとすればそれは全て僕の仕業であるとしか考えようがない。つまり祖父を殺した犯人は僕だということになる。それが唯一の論理的帰結なのである。

もちろん僕が直接手を下して祖父をあやめたという意味ではない。僕が何かオリジナル周とは違う言動をとったために〝オリジナル日程〟が狂ってしまったのだ。その結果ドミノが次々に倒れてゆくかのように連鎖反応的に本来ならば殺される筈ではなかった祖父が殺されるはめになったと。それしか合理的解釈はあり得ない。

オリジナル周と第二周とで違っている僕の言動と言えば真っ先に思いつくのが祖父の酒盛りである。オリジナル周にはそれに付き合ったのに第二周には意図的に逃げた。その違いが生んだ因果が巡り巡って最終的には殺人事件にまで発展してしまったということなのだろう。

となれば酒盛りに付き合えば祖父は殺されないで済むという理屈になる。簡単な話だ。だとするとしかし今周も含めてあと七周も痛飲して大嘔吐というあの苦しみを繰り返さなければいけないわけか。

もちろん祖父の生命を救うためだ。いざとなればその苦しみも甘んじて受けるつもりはある。しかし他の方法はないものだろうか。今周を含めてあと七回やり直しのチャンスはあるわけだからいろいろ試してみようという気に僕はなった。酒盛りに付き合う以外の方法でうまく祖父を救うことができればその手順を残りの周も繰り返せばいいのだ。

九時になるのを待って僕は本館のダイニングへ向かった。用意されている食事を済ませてから僕は中庭に出た。隠れるに適当な場所はないかと見回してみると別館の横の植え込みが眼に入った。そこに身をひそめる。

別館の入口を見張っているとルナ姉さんと富士高《ふじたか》兄さんが現れた。はたしてひと眼を憚《はばか》るようにしてそそくさと中へ消えてゆく。〝日程〟通りだ。

植え込みから出ると僕も別館へと向かう。ドアをノックした。中から息を呑む気配が伝わってくる。僕は構わずドアを開けた。ロックされているかもしれないと思ったのだがすんなり開いた。不用心な話だ。僕なら女の子を密室に連れ込む時には絶対にドアをロックする。なんて。威張って言うようなことじゃないわけだが。

「すみません」僕はなるべくしかつめらしい表情を崩さずに部屋の中を覗き込んだ。「お取り込み中に申し訳ありません」

ルナ姉さんは比較的悠然としていた。脚を横に流して座り、落ち着いた表情で僕を見据えてくる。可笑しかったのは富士高兄さんの恰好だ。彼女から離れて押し入れの方を向いたまま固まっている。慌てて隠れようとしたらしい。不埒《ふらち》な行為に及ぼうと早くもトレーナーのズボンをずり下ろしていたらしくパンツを覗かせたままで腰を浮かせた後ろ姿に哀愁が漂《ただよ》っていた。

「富士高兄さん。ちょっとお話したいことがあります」

「何だ」咳払いしながらようやくこちらを振り向いた。落ち着き払っているルナ姉さんをそっと窺う眼が少し恨めしげだ。女ってどうしてこういう時に限って肝《きも》が据わってるんだろうなあとでも言いたげに。「改まって」

「ルナ姉さんも一緒に聞いていただきたいんです」じゃあたしはこれでと席を外そうとした彼女を僕は押し留めた。「ぜひ。大事な話なのです」

「大事な話って」

「もちろんお祖父さまの後継者問題についてです。あ。そうだ」持ってきたイアリングを僕はルナ姉さんに差し出した。「これはお返ししておきます」

ルナ姉さんの表情が強張《こわば》っていた。どこか警戒するように僕を上眼遣いに睨んでくる。まるでヘドロの中からつまみ上げるみたいな手つきで僕からイアリングを受け取った。

「あの。早速で申し訳ないんですが。おふたりはその。所謂《いわゆる》いい仲なのですね?」

「まあな」この状況で取《と》り繕《つくろ》っても仕方がないと開き直ったのか富士高兄さんズボンをずり上げてパンツを隠す。「そう考えてくれていい」

「休日にはルナ姉さんが兄さんのアパートに洗濯をしてあげに行っているほどの」早く相手をこちらのペースに巻き込んでしまおうと焦ったため僕はつい手持ちのカードを全部使ってしまう。「それに兄さんは彼女にフーちゃんと呼ばれているとか」

「そんなことまで知ってるのか」ずばずば言い当てられて却って気が楽になったのか

富士高兄さん笑い出した。こんなふうに快活に笑う兄さんを見たのは初めてである。なんでそんなに細かいことまで知られているんだと気味が悪くならないのかしら。

「まいったな。そうだよ。おふくろには自炊《じすい》していると言ってあるけど実は食事も彼女がつくってくれている。もちろん仕事が入っていない時に限るわけだが。こう見えても彼女は古風でな。煮物とかがうまいんだ。肉ジャガなんてもう最高」

「当然」箍《たが》が外れたみたいにのろけ出す富士高兄さんとは対照的にルナ姉さんが強張った表情を崩さないのが僕には気になった。最初僕が部屋に踏み込んだ時とはふたりの態度が逆になっている。「いずれは結婚されるおつもりなんですね」

「いや。そりゃまあ。その気が全然ないわけじゃないが。だけどそんな具体的なことまではなあ。何せまだ俺は学生なわけだし」

「ルナ姉さんはどうですか？　兄さんと一緒になるつもりはないのでしょうか」僕は一気に核心に入ることにした。「兄さんと一緒になって例えばふたりで渕上《ふちがみ》家を継ごうとかそういうお考えはないのですか？」

「え」強張ったままだった彼女の表情が頼りなげにほころびていた。自分がひそかに計画していたことを言い当てられたみたいな気がして驚いたのだろう。「え。ま。まあ。ね。その。あたし。あの。あたし判んなーい」うろたえた余りか珍しくおつむの足らない女の子のふりをする。「キューちゃんが何言っててんのかぜーんぜん」

「要するにですね。おふたりがたまたま恋愛関係にあったことは僕たち皆にとっての救いになるんじゃないかと思うのです」

「どういうことだ？」富士高兄さん興味をそそられたのか身を乗り出してくる。「俺たちふたりが結婚して渕上家を継ぐって。つまりふたり揃って胡留乃叔母さんの養子になれってことか？」

「そうです。そうです。そうすればウチの母と葉流名《はるな》叔母さまがいがみ合う必要はとりあえずなくなるわけでしょ？　それぞれの子供が仲良く渕上家を継いでくれるわけだから。ふたりに共通の孫でもできれば全ては円満におさまる。兄さんと姉さんだけではなく皆が幸せになれるのです」

「しかしだな。そううまくことが運ぶかね。はたして。だって祖父さんは自分の一存で跡取りを決めるって宣言してるんだ。誰に決めたのかはもうとっくに遺言状に書いてあるだろうし」

「書いてはいません」

「何？」

「書いていないのです。まだ。誰を指名するか決めかねていて。もちろんこれはルナ姉さんは御存知だと思いますが」

そうなのか？　と富士高兄さんに訊かれてルナ姉さん掌の中のイアリングをぎゅっ

と握りしめた。一度眼の高さに放り投げて受け取っておいてからようやく頷く。「そうよ。まだ書いていないんだって。実はフーちゃんに話そうと思ってたのよ。そのこと。そもそものためにここへ来てもらったの」

「何だ。そうだったのか」

「それにあたしとフーちゃんが結婚して渕上家を継げばいいという考えはあたしも思いついてたのよ。そのことも聞いてもらうつもりだった。キューちゃんに先に言われちゃったけど」

「へええ」富士高兄さん単純に感心してしまっている。「ふたりが同時に同じことを思いついていたわけか。偶然ってあるものなんだなあ」

「そうなのよ。驚いたわ」

「もしかしてルナ姉さんは」気味悪そうに僕を睨んでくる彼女に余り詮索《せんさく》する余裕を与えまいと僕は畳みかけた。「お祖父さまが新しい遺言状を書く前にそのことを陳情してお考えを変えてもらうつもりだったのではありませんか。だから今日これからにでもすぐにお祖父さまを説得にいこうと考えていたのではありませんか。富士高兄さんと一緒に」

「そうよ」それぐらいは普通に考えれば想像がつくと思ったのかそれとも自分の考えを先回りされることに麻痺してきたのかルナ姉さん余り驚かない。「だって最終決定を書いてしまう前に聞いてもらわないことには意味がないわけじゃない」

「そうとは限りません」

「え。どういうこと」

「先ず説得に行ったとしてお祖父さまが素直に話を聞いてくれるのかという問題があります」

「うむ。そうだ。その通りだ」富士高兄さんすっかりこの話に嵌《は》まってしまっている。渕上家を自分が継ぐという想定に段々魅力と野望を覚えつつあるのかもしれない。「それが一番大きな難関だぞ。どうするんだ。まともにあたってもあの祖父さんがすんなり話を聞いてくれるとは思えない。何しろ頑固なんだから。自分が一旦決めたことを撤回してくれなんて言っても機嫌を損ねられるのが関の山だ」

「じゃあ」ルナ姉さんの僕を見る眼つきが段々期待を込めたそれに変じてきた。「どうすればいいの？」

「とにかく先ず全ての事態が自分の好きなように進行しているとお祖父さまに思ってもらうことが肝要です。だからとにかく遺言状も自分の思い通りに作成させる」

「でもそれじゃあ手遅れになってしまうじゃないの。全て」

「でもよく考えてみてください。今度書く遺言状が最終決定になるというのはお祖父さま本人が勝手にそう決めているだけです。その気になれば変更できないわけではありません」

「それはそうだ」兄さん僕の考えを察してくれたのか先回りする。「祖父さんさえその気になればあと何回書き換えたって別に構わないわけだものな」

「そうです。そうです。だからお祖父さまをその気にさせてしまえばよいのです。やっぱり遺言状をもう一度書き直そうと」

「ど。どうすればいいの？　ね？」ルナ姉さん興奮してきたのか兄さんを押し除《の》けんばかりにして身を乗り出してくる。小鼻が膨らんでいた。「どうすればお祖父さまにもう一度書き直そうという気になってもらえるの」

「方法自体は簡単です。兄さんと姉さんはとにかく結婚してしまう。ただし渕上家を継ぐ気があるとかそんなことをおくびにも出してはいけません。渕上家とは関係なく自分たちの家庭を築いてゆく。そう考えていると思わせるのがポイントです」兄さんも姉さんも機械で連動しているみたいに同時にこくこくと頷く。ふたりがこんなに熱心に僕の話に耳を傾けてくれるなんて生まれて初めてのことである。「そしてですね。とにかく励んで励んで子供をつくってしまう。何なら子供ができたから結婚することにしたという展開でも構わないと思います。とにかく子供ができる。お祖父さまにとっては曾孫《ひまご》です。可愛い曾孫です。多分孫よりもずっと可愛い」

僕が何を言いたいのか判ってきたのであろう。ふたりの顔は太陽のように照り輝いてきた。ほとんど神のお告げを聞いているみたいな厳粛さである。

「曾孫の顔をお祖父さまにそんなに頻繁に見せてはいけません。かといって余り疎遠になってもいけない。次に曾孫の顔を見られる時が待ち遠しくてたまらないという心境にお祖父さまを追い込む。このタイミングが大事なのです。いっそのこと曾孫と一緒に暮らせるようにできないものか――そうお祖父さまが思い始めたらしめたものです。何だ。簡単ではないか。兄さんと姉さんを胡留乃叔母さんの養子にして渕上家の姓を名乗らせればいいとお祖父さまが思いつくまでに時間はかからないでしょう。この屋敷で皆と一緒に暮らすようにしよう。お祖父さまはそう決心する。そうなれば当然遺言状も書き直すことになります」

「キュータロー」富士高兄さんは真面目くさった顔でおごそかに告げた。「おまえは天才だ」

「ありがとうございます」

そう頭を下げながら僕はそっと舌を出す思いであった。概要だけ聞かされるといかにも完璧な作戦という錯覚に陥るけれども、実際には不確定要素が多いからこんな計画通りにことが運ぶかどうかは極めて怪しい。だが僕はそんなこと知ったことではない。要は今日一日富士高兄さんとルナ姉さんのふたりを母屋に近づけさせなければそれでいいのだ。

祖父を〝殺した〟犯人は富士高兄さんかルナ姉さんかのどちらかだ。あるいはふたりの共犯か。そう断定してもいいと思う。何と言っても凶器である胡蝶蘭の花瓶を本館から母屋へ運んでいるのはルナ姉さんなのだ。富士高兄さんはその彼女とずっと行動を共にしている。どう考えてもふたりが犯人だと解釈するのが自然である。

ふたりがどうして祖父を殺害するに至るのかその経緯と動機は判らない。ふたりに殺意があったとは考えにくいから多分説得の経過の中で感情的行き違いがあったとかそんなことだろう。だからこうしてふたりを母屋に近づけないでずっと監視していればば祖父は無事でいられる筈だ。僕はそう確信していた。

「だけど問題がひとつあるわ」拍手せんばかりに喜んでいたルナ姉さんはふと顔をくもらせた。「ウチのママよ。もちろん加実寿《かみじ》伯母さまもだけど。あたしとフーちゃんの結婚にふたりがすんなり賛成してくれるとは思えない。それどころか絶対反対だって妨害しようとするかもしれない」

「だから早くつくっちゃえばいいんだよ。子供を」富士高兄さんは今にもこの場で彼女を押し倒しそうな感じである。実際僕がいなかったらそうしていたことは間違いない。色惚けしたその顔を見ていると何だか世史夫《よしお》兄さんを見ているようだ。一見似ていないようでもやっぱり兄弟なんだよなあ本質は同じなんだよなあと変なことで感心してしまう。「できてしまえばおふくろたちだってとやかくは言えないさ。だから一刻も早くつくる手だ。祖父さんを懐柔するにしても子供がいなくちゃ話にならないわけだし」

「できることなら母と叔母さまも説得しておいた方が何かといいと思います」身体をさわろうとしてくる富士高兄さんの手をルナ姉さんは振り払って僕はどう思うかと問いたげに見てくるものだから仕方なく「そのためには世史夫兄さんや舞《まい》姉さんを予《あらかじ》め味方につけておくことだと思います。大庭《おおば》家も鐘ヶ江《かながえ》家も揃って後継者レースから脱落して共倒れになるかもしれないというリスクを冒すよりは、いっそ両家が協力して財産を分割した方が結局は得だと。皆でそう説得すれば母や叔母さまだって聞く耳は持ってくれると思います」

ルナ姉さんはその通りだと大きく頷いた。そして善は急げとばかりに兄さんと僕をせき立てる。舞は確か今頃ダイニングで食事をしている筈だからこれから協力を要請しにいこうと言うのである。(この時間帯にダイニングで食事をしているのは舞姉さんだけでなく世史夫兄さんもそうだということを僕は知っていたが、もちろん黙っていた)

別館を後にして本館に向かっている途中で渡り廊下を歩いている祖父の姿が見えた。一升瓶をかかえていそいそと母屋の方へ向かっている。胡留乃叔母さんとキヨ子さんの眼を盗んで独り酒盛りをするつもりなのだ。〝日程〟通りである。

僕の前を歩いていた富士高兄さんとルナ姉さんは互いの話に没頭していて祖父の姿には気がつかなかったようだ。よしよし。これで夕方まで何とか口実を設けてこのふたりに張りついていれば凶行は避けられる筈だ。そうなればこの手順が有効である（換言すれば事件は富士高兄さんとルナ姉さんふたりの犯行である）ことが証明される。後は残り六周も今周と同じ日程修正の手順を繰り返して〝決定版〟まで持ち込めばいい。そうなれば祖父殺害事件回避無事完了という次第だ。

「あら。ちょうどよかった」ダイニングに入ると、はたしてテーブルには世史夫兄さんと舞姉さんがついて食事をしていたのでルナ姉さんは喜んだ。「ふたりともいてくれて」

「お。どうしたの。どうしたの。ルナちゃんてば。俺に会えてそんなに嬉しいわけ。感激だなあ」世史夫兄さん相変わらずお気楽に箸を持った手を振り回す。「ま。座りなよ。俺の隣りに。ほらほら」

「ね。ね。ふたりとも聞いて聞いて」世史夫兄さんの手招きを無視してルナ姉さんはふたりの向かい側に腰を降ろす。むろん富士高兄さんはその隣りに座った。「キューちゃんが閃《ひらめ》いちゃったの。すばらしいアイデア」

「キュータローが何だって」どうやら世史夫兄さんの辞書には僕とすばらしいという形容詞の組み合わせは存在しないらしい。「鮃《ひらめ》がどうしたって」

「だから渕上家の跡取り問題よ。このゴタゴタを一気に解決できる方法をキューちゃんが提供してくれたんだ。あのね——」

ルナ姉さんは順番に詳しく説明した。先刻僕から授けられたばかりの曾孫による祖父陥落作戦を。僕のアイデアだと断ってはいるもののもうすっかり自分のものとして咀嚼《そしゃく》してしまっているらしい。返してもらったはいいがポケットがないから仕舞えもしないし片方だけ耳につける気にもなれないらしいイアリングを掌の中で弄びながら思い入れたっぷりに説明するその口調は僕よりも遥《はる》かに説得力に富んでいた。

「えーっ」だが世史夫兄さんにしてみれば青天の霹靂《へきれき》であろう。口から盛大に米粒を噴き出して抗議した。「何。何よ。それ。じゃあルナちゃん。とっくに兄貴とデキてたって言うの？　そんなあ。ヒドいじゃないか。ヒドいよお」興奮した勢いで米粒が気管から鼻へ入ったらしい。痛そうにティッシュで鼻をかむ。汚れたそのティッシュを拡げてしげしげと見つめながら情けなさそうに溜め息をついた。「俺の純情はどうなるんだよ。まいったなあもう。兄貴がそんなに手が早いなんてよう。反則だぜそりゃあ」

だが世史夫兄さんの抗議はまだよかった。僕たちだって苦笑混じり冗談半分に聞き流せたからだ。問題はその後だった。

いきなり舞姉さんがテーブルをぶっ叩いて立ち上がったものだから僕たちは皆硬直

してしまう。ルナ姉さんなんか驚いた拍子に弄んでいたイアリングをテーブルの上に取り落としてしまった。

「嫌だ。嫌。嫌。嫌。何よそれ。ひどい」喚いたかと思うや舞姉さんは泣き出した。癇癪《かんしゃく》を起こした幼児みたいに茶碗や皿を摑《つか》んでは床へ叩きつける。陶磁器の破砕音に彼女の絶叫が重なり合った。「そんなのってひどい。ひどい。ひどい。ひどい」

「ど。どうしたの。どうしたのお姉ちゃん」ルナ姉さん怯えたみたいに腰を浮かせる。身の危険を感じて後ずさりしたいのだが姉を宥《なだ》めるためには身を乗り出した方がいいだろうかと迷っているみたいだ。「お姉ちゃんたら。ど。どうしちゃったのよ。あ。あーあ。あーあ。お皿が。滅茶苦茶」

「皿なんかがどうだっていうのよ」舞姉さんテーブルを乗り越えてルナ姉さんに摑みかかった。舞姉さんの体重に軋《きし》んだテーブルが揺れた拍子に食器がガビンと耳障りな音をたてる。「この。この。この。この」

「や。やめ。やめて。お姉ちゃん」髪をひっぱられて今度はルナ姉さんが泣き声を挙げる番だった。ガラスが割れそうな高音が喉から迸る。「やめてったら。やめ。痛い。痛い痛い痛い痛い」

「あんたなんか。あんたなんかああ」絶叫しながら舞姉さんは妹の頬桁《ほおげた》をひっぱたき眼球を抉《えぐ》り出さんばかりにして爪を立てた。その勢いの凄まじさときたらとてもこの世の光景とは思えない。「死んじゃえばいいんだ。あんたなんか。死んじゃえばいいんだああ。あああああ。あああああ」

「痛い。痛いったら。お姉ちゃん。やめて。やめてやめてやめて。痛い痛い痛い」

「や。やめろ。おい。やめろ」世史夫兄さんがようやくテーブルを回り込んで舞姉さんに飛びかかった。ルナ姉さんから引き剝《は》がそうと羽交締《はがいじ》めにする。「やめろってば。舞ちゃん。どうしたんだよ。おい。やめなさい。こら。やめなさいってば」

「よせ。おい。ルナ」富士高兄さんもルナ姉さんを舞姉さんから引き剝がそうと必死だ。舞姉さんが羽交締めにされて動けないのをチャンスとばかりにつかみかかっていこうとしていたからだ。姉妹揃って負けてはいない。「よせってば。おい。落ち着け。落ち着けったら」

「どうしたの。どうしたのこれは」騒ぎを聞きつけたのか胡留乃叔母さんがダイニングへ入ってきた。珍しく厳しい顔をしている。キヨ子さんがその後からついてきた。

「どうしたの。これはいったいどういうことなの」

「この馬鹿」胡留乃叔母さんの叱責が聞こえないのかルナ姉さん泣きじゃくりながら姉を罵倒している。「馬鹿。馬鹿。頭おかしいんじゃないの。何さ。死んじゃえ」

「やめなさいルナ」行き過ぎた罵詈《ばり》だと思ったのだろう。胡留乃叔母さんにしては珍しく鋭い怒声を挙げた。「何ですか。お姉さんに向かって」

「だってこいつが悪いんだもん。こいつが先に手を出したんだよ。あたし何にもしていないのに。あたしが悪いんじゃないよ。あたしが悪いんじゃない」

「まったく。何歳になったのよ。あなたたちはもう」呆れたのか胡留乃叔母さんは喧《けん》嘩《か》したいのなら好きにしろとでも言いたげに投げやりに手を振ってみせた。その代わりやるなら外へ出てやってくれと追い出そうとしているジェスチャーにも見える。

「いい歳をした大人が。キヨ子さん。ごめんなさい。悪いけど片づけて頂戴」

「あ。あ。いや。あの」この中では一番気配りに富んでいる世史夫兄さんが慌てて食器の破片を掃除しようとしているキヨ子さんから箒《ほうき》と塵取《ちりと》りをひったくっていた。

「俺たちが片づけますんで。すみません。すみません。ほんとに。お騒がせしちゃって」

　遅ればせながら槌矢《つちや》さんに友理《ともり》さん。そして母や葉流名叔母さんたちもダイニングへとかけつけてきた。姿を現さないのは祖父だけだ。母屋の屋根裏部屋にいるため騒ぎがまったく聞こえないのだろう。いったい何の騒ぎなのと色めき立つ母に世史夫兄さん、何でもない何でもない、終わったもう終わりましたとかなり強引に取り繕う。

「ずるいわよ。ルナは」舞姉さんのそのひと言で何とか和らごうとしている空気が再び凝固していた。「なんでよ。なんであんたばっかりそんなにいい思いをするわけ？　いつもいつも。なんであんたばっかりそんなに愛されるわけ？　なんで。なんで。あなたとあたしとどこが違うの。どこがどう違うっていうのよ」科白《せりふ》の内容は妹に向けられていたが、舞姉さんの涙に濡れた双眸《そうぼう》は最初から明白に富士高兄さんに据えられていた。それでいて舞姉さんはこの場の誰にも実は語りかけてはいないのだった。完全な独り言だった。自分の世界に閉じ籠もり外の世界を認識する情性が完全に欠如してしまっているかのような危うさが漂っている。それが誰の眼にも明らかなだけに不気味というか鬼気迫る情念が伝わってくるのであった。「どこがどう？　どこがどんなふうに？」

呟きながら舞姉さんはよろよろとダイニングを出ていった。葉流名叔母さんが心配そうに、これ待ちなさいと後を追いかける。ついてこないで、あっちへいってという舞姉さんの叫び声が廊下で響いていた。

ようやく姉が逆上した原因を理解したのかルナ姉さんは憑《つ》きものが落ちたような顔をしている。どこか複雑な表情で富士高兄さんと、姉たちが消えていった方向を見比べていた。

「つまり」詳しい事情は知らなくても基本的な事の成り行きは胡留乃叔母さんにも判ったらしい。富士高兄さんを見やるその表情はどことなく無責任に面白がっているようでもある。「富士高を巡って鐘ヶ江姉妹が対立しているって構図だったわけなの？　これは。へええ。おみそれしちゃったわね。富士高。あんたいったいいつからそんなにモテるようになったの」

「ほんとだよ。兄貴。ずるいぜ」食器の破片を片づけながら世史夫兄さん不平たらたらである。冗談めかした口調ではあったが相当ショックを受けていることは隠しようがない。「つまりルナちゃんどころか舞ちゃんも兄貴に惚れてるってことなの？　意外だなあ。判んねえなあ。俺の方がずっとずーっといい男なのによう」

「あんたの良さは若い娘にゃ判らないのよきっと」

世史夫兄さんにしてみれば喜んでいいのかどうか判らないような慰めを言って笑いながら胡留乃叔母さんはダイニングを出てゆく。キヨ子さんもその後に続いた。槌矢さんも友理さんも自分たちが居合わせていい場面でないと判断したのか会釈しながら立ち去る。ルナ姉さんは富士高兄さんの表情を窺《うかが》う素振《そぶ》りをしていたが母の無言の圧力に負けたのか結局ダイニングから出ていった。

「どういうことなのよ。あんたたち」部外者たちが消えるのを待ち構えていたらしい。母は顔じゅうを口にして兄たちに詰め寄っていた。「まさか。まさかとは思うけど。本気でイカれてるんじゃないでしょうね。葉流名んとこの馬鹿娘に。しかもふたり揃って」富士高兄さんも世史夫兄さんも否定しないものだから母はますます怒り狂った。「ば。馬鹿じゃないの。あんたたち。ほんとに。もう。何歳になっても子供なんだから。ちょっと見た目が綺麗だともうふらふらと。見境いがなくなって。骨抜きにされちゃって。あんな尻軽で頭がカラッポの娘に。情けないと思わないの。自分で。眼を醒ましなさい眼を」

「だけど母さん」こういう時お気楽に何か言い返すのは世史夫兄さんと相場が決まっている。富士高兄さんは母の小言が始まると貝になってしまうのが常だった。「俺か兄貴かのどちらかがルナちゃんと結婚すれば全ては丸くおさまるじゃない」

「何。何ですって。世史夫。あんたいったい何を言ってるの」

「だから」たった今ルナ姉さんから聞かされたばかりのアイデアをいかにも自分が十年くらい前から温めていたんだみたいに得々と披露《ひろう》する。「大庭家の息子と鐘ヶ江家の娘が一緒になれば両家はもっと仲良くやっていけるじゃないか。共通の曾孫でもできれば祖父さん感激して渕上家の跡継ぎは孫同士の夫婦にすると言ってくれるかもしれないよ。いいことずくめじゃん」

「馬鹿も休み休み言いなさい。そんな安易な発想で物事が解決すれば人生何の苦労もありません」そう反論するものの母は世史夫兄さんの言い分にも（厳密にはそもそも僕の言い分なのだが）一理あると心が揺れているような顔をしていた。槌矢さんや友理さんという赤の他人に財産を丸ごと持っていかれるよりは、この際妹と手打ちして協力した方がましかもしれないと計算しているのであろう。「とにかく。色気づく前にもっとしっかりしなさいふたりとも。こら。キュータロー。あんたもよ。ぼーっと口を開けて他人事みたいな顔をしてんじゃないの」何故ここでいきなり矛先が僕に向けられ顔に唾を飛ばされなきゃいけないのかさっぱり判らない。「あなただってそうなんだから。いずれこういう問題に直面するんだから。その時に見てくれにごまかされちゃ駄目。もっとしっかり女を見る眼を養うこと。いいわね。判ったわね。でないと一生後悔するんだから」

後悔するって父のようにですかと皮肉を言ってやろうかとも思ったが鎮静化しつつある事態がさらにややこしくなるかもしれないので黙っておくことにする。母が出ていった後しばらく待ってから富士高兄さんが出ていった。方向からしてルナ姉さんの後を追っていったのだろう。世史夫兄さんはどうするのかと見ていると肩を竦《すく》めてテーブルにつくと食事の続きに戻った。先刻の騒ぎで自分の皿からテーブルの上に飛び出てしまった焼き魚をほぐして平気で口の中に放り込んでいる。大したもんだ。

半ば呆れ半ば感心しながらその様子を見ていた僕はふとテーブルの上にある筈のものが見当たらないことに気がついた。ルナ姉さんのイアリングである。先刻舞姉さんの激昂に仰天してテーブルの上に取り落とした。その後拾い上げてはいない筈だ。とてもそんな余裕はなかった。それなのにない。いったいどこへいったのだろう。舞姉さんがテーブルへ跳び乗ってルナ姉さんに摑みかかった際に床へでも蹴り落としたのかもしれないと思って探してみたがどこにも見当たらない。半ば床を這いずり回っている僕を見て世史夫兄さんは、何やってんのおまえ、と不審げな声を出す。

何か嫌な予感がした。具体的に何がどんなふうに嫌なのかは自分でも判らなかったが妙に胸騒ぎがする。ちょっと気分を入れ換えた方がいいかもしれない。新鮮な空気でも吸おうと暖房が利いている邸内から中庭へと降りてみた。冷気が肌を凍らせる。ちゃんちゃんこの前を掻き合わせて僕はしばらく中庭を散策した。

富士高兄さんとルナ姉さんはどこへ行ったのだろう。ふとそのことが気になり始めた。今日一日じゅうふたりに貼りついているつもりが騒ぎに紛れてうっかり離ればなれになってしまった。

また別館へ行っているのかもしれない。期待していたわけではないがふとそう思いついて別館の窓からそっと中を覗いてみると本当にふたりがいたものだから驚いたというか拍子抜けしてしまった。いかがわしい行為に耽っている様子はない。何事か真剣な表情で話し合っている。当然舞姉さん絡みのことだろう。

とにかくこれで助かった。別館の入口を見張っていれば富士高兄さんとルナ姉さんの動向は監視できるわけだ。このまま夕方までふたりを母屋から遠ざけ続けておけば祖父殺害事件は無事に回避することができる。そう安堵しながら適当な監視用の隠れ場所を探していた時ふと渡り廊下に眼が行った。

舞姉さんだった。母屋の方から本館へと歩いてくる。まるで脚がないみたいにふらふらと体重を感じさせない歩き方だ。眼が虚ろに宙を睨んでいた。

舞姉さんがどうして母屋に……先刻覚えた嫌な予感が再び膨れ上がってくる。ダイニングでの騒ぎの後で一旦は自分の部屋に戻ろうとしたのだろう。しかし葉流名叔母さんが後を追いかけてくる。母親にしてみれば慰めてあげようとでもいうつもりなのだろうが娘にとっては鬱陶《うっとう》しいだけだ。そこで意表を衝いて母屋の方へと逃げ隠れた――そんなところではないだろうか。それはいい。

問題は舞姉さんのあの表情だ。ちっとも興奮状態から脱け切れていない。それどころか先刻よりも重苦しい雰囲気を周囲に淀ませているようにすら思える。にもかかわらず気を落ち着かせるために隠れた筈の母屋からもう出てきたのは何故なのか。中庭の中央に突っ立っている僕の姿にまったく気がつかないらしいというのも不自然で気になる。

何かあったのではないか……不穏な予感に焦燥しながら僕は騒ぎが起こるのを待った。しかし待てども待てども邸内は森閑としている。一向に騒ぎが起こる気配がない。思い過ごしだったのかな。そうも思いはじめた。

何事も起こっている筈はない。僕はそう気を取り直した。だってもしこれが前周の日程通りだとしたらもう祖父の死体を発見した葉流名叔母さんが大騒ぎを始めていなければいけない頃である。それなのに邸内はまことに静かなものだ。ということは僕の当初の思惑通りに祖父殺害事件は無事に回避されたということに……

そこまで考えてようやく僕は自分の勘違いに気がついた。葉流名叔母さんが前周に母屋へ行ったのは、遺言状のことで話し合いをするために祖父を探していたところ、祖父なら母屋へ行くのを見たとルナ姉さんに言われたからだった。ルナ姉さんがそんなことを言ったのは、もちろん葉流名叔母さんに死体の発見者になってもらうためだろう。第一発見者を先ず疑えというのは犯罪捜査の第一歩らしいから自分たちが発見者になるのはまずいと考えていたルナ姉さんたちにとって葉流名叔母さんのその時の行動は渡りに船だったわけだ。しかし今周は少なくともまだルナ姉さんたちは祖父を殺してはいない。そんな余裕はなかった。それはこの僕が一番よく知っている。ということはルナ姉さんが葉流名叔母さんを意図的に母屋の方へ誘い込もうとする道理もないし、第一叔母さんの方でも今は舞姉さんのことが心配で祖父と話し合うどころではないだろう。

僕は一旦本館に戻った。渡り廊下を抜けて母屋へ向かう。誰もいない台所を通って階段を上がった。

屋根裏部屋のドアを開ける。倒れている祖父の姿が眼に飛び込んできた。敷きっぱなしの布団の上でうつ伏せになっている。脈をとってみた。死んでいる。前周とまるで同じように。

違っているのは胡蝶蘭の花瓶が今回は見当たらないということだった。その代わりに転がっているカラの一升瓶を覗き込んでみると表面に白髪と血痕らしきものがこびりついている。どうやらこれで祖父の頭をぶん殴ったらしい。

違っている点はもうひとつあった。左腕を腹の下に敷き右手で畳を掻きむしっているという祖父のポーズは同じなのだが右手の先にあるものが落ちていたのだ。薄い黄土色をした印鑑状のもの——ルナ姉さんのイアリングだった。

僕は階段を駈け降りると本館へと向かっていた。そうとは意識せずに気がついたら友理さんの部屋へ向かっていた。ちょうど僕がノックをしようとする直前にドアが開き友理さんが現れた。息を切らせている僕に何事と思ったのか大きな瞳を見張っている。

「警察を」僕はそれだけ言うのがやっとだった。「呼んでください」

しつこく事件は起きる

警察が到着してからの騒動は前回とほぼ同じだった。平塚《ひらつか》という名前の若い刑事が関係者たちを集めて指示を出すところまでそっくりそのまま。違っていたのは祖父の死体を発見したのが葉流名《はるな》叔母さんからこの僕に変わっていたということくらいである。従って警察の事情聴取の順番も僕が一番最初だった。一番最後がルナ姉さん。それが終わった後また最初から一巡するというエンドレスな取り調べも前回同様である。その何度目かの順番を待っていると午前零時を過ぎた。僕はいきなり暗闇で眼が醒めた。喉が渇いて渇いて仕方がない。屋根裏部屋の布団の中だとすぐに判る。一月二日がまたもや〝リセット〟されたのだ。

例によって水を飲みに台所まで降りてゆくべきかそれともこのまま眠り続けるべき

かという葛藤に悩まされていた僕はふとあることを思いつく。現在が夜中の何時頃か判らないのだが階段にはもう既にルナ姉さんのイアリングが落ちているのだろうかどうだろうかという疑問だ。前述したようにイアリングが落とされたとされる時刻は一月一日の午後十一時から一月二日の午前八時までの間である。今起きて階段をチェックしてみる。もしイアリングがあれば次に時刻をチェックする。そうすればルナ姉さんがいったい夜中の何時頃に母屋に来ているのかという幅が縮められることになる。

そう頭の中で思いついたのはいいのだが如何《いかん》せん身体が言うことを聞いてくれない。眠くて眠くて朦朧《もうろう》としている。それでも頑張って布団の中から起き上がった——ような気がした。部屋から出て階段をチェックした——ような気がした。しかしはたと気がついてみると依然として布団の中にくるまっているのである。ぬくぬくと。眼が醒めているつもりが実は夢を見ていたようである。高い所から落下して着地した衝撃で眼が醒めた。早く起きて着替えないと学校に遅刻しちまうぞと半覚醒状態の中で焦っている時に着替えを済ませて食事をする夢を見て現実のことと錯覚し安心してしまう経験は誰にでもあることと思うが、ちょうどあんな感じだったようだ。着地した衝撃もすぐに薄れ再び深い眠りの中に引きずり込まれる。

本格的に眼が醒めてみると〝日程〟通り午前八時過ぎで儚げな陽光が窓から差し込んでいた。すぐにイアリングのことを憶い出して階段から降りる時に探してみた。やはり同じ場所に引っかかっている。

イアリングを手の中で弄《もてあそ》びながら台所へ降りてゆくと祖父の元気な声が聞こえた。「だから無かったんだ。赤の折り紙が。どういうわけかな。ちゃんと用意してあった筈なんだが――」云々。もちろんそれに応じる胡留乃《ことの》叔母さんとキヨ子さんの科白や仕種も含めてオリジナル周とまったく同じだということは判り切っているのだが、僕は我慢して最後まで聞いていた。そのまま三人が台所を立ち去るまで待つ。三人がいなくなるのを見計らって僕は本館へと向かった。舞《まい》姉さんの部屋へと上がる。

前々周（第二周目の一月二日）に祖父を殺したのはルナ姉さんと富士高《ふじたか》兄さんだが、前周（第三周目の一月二日）に祖父を殺したのはふたりではない。間違いなく舞姉さんの仕業だ。

動機は判らない。ひそかに好意を寄せていた富士高兄さんが実は既にルナ姉さんの虜《とりこ》になっていたことで受けたショックが遠因なのかもしれない。常日頃から舞姉さんはイベントコンパニオンをやっている美人の妹に対するコンプレックスが根強くあった。その積もり積もった羨望と嫉妬があゝいう形で一気に爆発してしまったのだろう。慰めてやろうと要らぬお節介を焼こうとする母親から隠れるために母屋へ向かった舞姉さんはそこで独り酒盛りをしている祖父に出くわした。ふたりの間にどういうやりとりがあったのかは想像するしかない。もしかしたら祖父はうっかり舞姉さんのコンプレックスをさらに刺戟するような無神経な発言をしてしまったのかもしれない。妹と違っておまえはもひとつ顔の造作が崩れとるなあとか何とか。笑いのひとつも取るつもりで。まったく悪気なしに。まさか殺されるとは思いもしなかったのだろう。だが富士高兄さんの一件でいい加減精神が不安定になっていた舞姉さんはさらに追い打ちをかけられ理性が吹っ飛んでしまった。ほとんどカラになっていた一升瓶をひっ摑むや祖父の頭部に叩きつけた。おおよその経緯はそんなところだったのだろう。

祖父の傍らにルナ姉さんのイアリングが落ちていたのはもちろん舞姉さんの仕業だ。咄嗟に憎い妹に祖父殺しの罪を被《かぶ》せようと企てたのだ。イアリングを持っていたのは偶然であろう。ダイニングで妹に襲いかかってテーブルの上に跳び乗った時に弾みで舞姉さんの手に入った。興奮していたのでそれを投げ捨てることも思いつかずに無意識にそのまま握りしめ続けていた。祖父を殺した後にそのことに気づいてその場で利用することを思いついたというわけである。

ルナ姉さんと富士高兄さんの犯行を何とか〝歴史〟の闇の中に封じ込めることができたと思っていたら、思わぬ伏兵に奇襲された恰好である。僕が祖父との酒盛りから逃げたことによって生じた〝日程〟の狂いは相当複雑な因果律を形成してしまっているようだ。オリジナル周に本来起こる筈がなかった殺人事件が第二周に起こる。それは奇怪なことではあるが僕がオリジナル周のそれとは著しく逸脱した行動をとっている以上起こり得ないことではない。しかしその〝日程〟の狂いがなかなか修正できないというのは僕のこれまでの経験から言ってかなり奇怪なことなのだ。前述したように〝反復現象〟はオリジナル周に基本的に忠実であろうとする抑止力が働く。従って僕が少し努力しさえすれば（この場合で言えばルナ姉さんたちを母屋から遠ざけさえすれば）〝日程〟は言わば勝手に元の形に振り戻ってくれる筈なのである。

ところが実際にはそうはならずに再び事件が起こってしまった。これは僕の経験から言えばあってはならないことだった。もちろん〝反復現象〟中に殺人事件などという規模の大きな狂いを生じさせてしまった経験はこれまでになかった。言わば初体験である。それによって生じる齟齬《そご》が僕にも予測がつかないほどのものであるのは至極当然のことなのかもしれない。相当複雑な因果律が形成されてしまっているらしいというのはそういう意味なのである。だが僕にその因果律そのものを根本的に解明する頭脳的及び時間的余裕はない。とにかく思いつくままの方法で祖父が殺害されるという〝齟齬〟をその都度修正してゆく他はないのである。あるいはどんなに頑張ってみても修正し切れないなどという事態にでもなれば、結局は祖父の酒盛りに付き合うというオリジナル周の日程を忠実になぞる方法によってしか祖父を救うことができなくなるのかもしれない。だがあくまでもそれは最後の手段だ。

舞姉さんにあてがわれている部屋のドアをノックしてみた。何回か試してみたが返事がない。どうやらもう階下に降りてしまっているらしい。ダイニングに降りてみると舞姉さんは独りで味噌汁を温め直している。僕が入っていっても形ばかりの会釈をするだけで何も喋らない。朝っぱらから何とも陰気な感じである。ノーメイクの素顔だったが決して器量が悪いとは言えない。むしろ顔だちは整っている方であろう。これでもうちょっと明るく振る舞えばルナ姉さんに負けないくらい魅力的な女性になるのに。まあ僕みたいな餓鬼がそんなふうに惜しがるなんざ僭越というか余計なお世話なのかもしれないが。

「舞姉さん。ちょっとよろしいですか」日程ではもうすぐ世史夫《よしお》兄さんがダイニングへ降りてくる頃だ。余り時間がない。「お話したいことがあります。大事な話です」

「なあに」おまえが言う大事とはどうせ他愛もない内容なんだろうと最初から決めつけているみたいにけだるげだ。その表情はさすが母娘で葉流名叔母さんに似ている。舞姉さんももう少し歳をとったら叔母さんみたいにアンニュイで意味ありげな微笑を浮かべて人心を惑わせることにひそかな喜びを見出す中年女になるのかもしれない。

「何やら大仰《おおぎょう》ね。朝っぱらから。今じゃなきゃいけないの」

「富士高兄さんをどう思われますか」腹の探り合いみたいなのらりくらりとしたやりとりを交わしている余裕はないのですぐに核心に入る。「僕は何となく舞姉さんが富士高兄さんに好意を寄せているのではないかとお見受けしているのですが」

その時の舞姉さんの表情を僕は一生忘れることができない。眼もとに朱を注いだかと思うや見る見るうちに顔じゅうが桜色に染まっていた。一瞬ではあったがまるで鎧《よろい》のように常に纏《まと》っているシニカルな表情が剝げ落ちて無防備な羞《は》じらいが露《あらわ》になる。何故僕がそんなことを知っているのかと詮索したり驚愕したりする余裕すらない。ただ単純に羞じらっている。こんなに純朴な反応を示されるとは予想外であった。

「決して興味本位の話ではありません」再び警戒心という鎧を纏われてはたまらないので慌てて言い添える。「真面目な話なのです。ですから落ち着いて聞いて——」

くださいと続けようとしたら、おーす、と間延びした声とともに世史夫兄さんがダイニングへ入ってきた。予想よりもずっと早い。最悪のタイミングである。「お。何。何。何してんのふたりで。深刻な顔して。何かあったの？」

「何でもありません」焦る余り僕はつい失言をしてしまった。「世史夫兄さんには関係のない話です」

「あれ。何。何だよ。キュータロー。その冷たい言い方」テーブルにつこうとしていた世史夫兄さんは心外だとばかりに僕たちのところへすっ飛んできた。やばい。やばいよ。これは。「舞ちゃんに何をしてんのよおまえ。まさかコナかけてんじゃないだろうな。高校生のくせして。十年とは言わないが二年三ヵ月くらい早いよおまえ」

「そんな楽しいことをしているわけではありません」

「じゃ何よ。何。何」

「えと。つまりですね。その。ちょっと個人的な話をしているんです」

「個人的。何だ。やっぱりコナかけてんじゃないの。舞ちゃんに。おおかたボクとどお今晩。歳下だけどその分情熱でカバーするからさ。な。なーんつって母性本能に訴えながら迫りまくっているわけだ。わは。うは」独りで勝手に想像して独りで勝手に悶えている。困ったひとだよ。まったく。我が兄ながら。「キュータローのエッチ。んもう。やーらしいんだから。このこの」

「だから。そんな心楽しいことをしているわけではありませんてば。真面目な話をしようとしているんですから。混ぜ返さないでください」

「真面目な話。結構じゃないの。キュータローは真面目に求愛しているわけだ。決して身体だけがめあてじゃないんだと。お。これって洒落になっとるな。キュータローがキューアイと」

いつまでも付き合ってはいられないので僕は半ば強引に舞姉さんを外へ連れ出した。追いかけてくるかとも思ったが、振り返ってみると世史夫兄さん笑いながらテーブルについていたのでひとまず安心する。

「どこへ行くの?」暖房が利いている邸内からいきなり寒い中庭に引きずり出された

せいか舞姉さんは非難がましい眼つきを向けてきた。「ねえ。これって。その」半信半疑という感じである。「富士高さんと関係があることなの？」

「そうです」別館の入口が見張れる例の植え込みの陰に僕たちは身をひそめた。「よく見ていてください。そしたら僕が言いたいことがお判りになると思います。でも決して声は出さないでください。何を見ても慌てないように。冷静でいてください」

不審げに僕を睨んでいた舞姉さんの顔が強張っていた。言うまでもなくルナ姉さんと富士高兄さんが並んでやってきたからである。仲睦まじい雰囲気で。周囲の様子を窺いながらどこかこそこそと別館へとふたりの姿が消えた時には舞姉さんの身体は小刻みに震えていたが、僕の注意を憶えていたのか声を発することはなかった。

「よく聞いてください」舞姉さんの嫉妬心を必要以上に刺戟しては逆効果なので僕は慎重に言葉を選んだ。「富士高兄さんはルナ姉さんと御覧の通りの深い関係です。でも単にそれだけのことならば僕だってこんなふうにしてわざわざ舞姉さんを傷つけるような悪趣味な真似はしなかったでしょう」

「どういうことなの」舞姉さんが僕の言葉をきちんと理解しているのかどうか少し心もとない。眼球が憎悪で赤く燃えていた。己れの激情に酩酊しているようにも見える。「ふたりはいったいいつから……」

「後継者問題が絡んでいるのです」彼女の詮索に付き合っていてはきりがないので無

視して説明を続ける。「お祖父さまがまだ遺言状を書いていないのは御存知でしょ」

「ええ」渕上家の跡取りが誰になるかは常に傍観者を気どることで己れの矜持《きようじ》を保とうとしているように見える舞姉さんにとっても大問題であるらしい。急に口調と声音が冷静になる。「そんなこと言ってたわね確か」

「ふたりはこの機会にお祖父さまに考えを改めてもらうように直訴するつもりでいるのです。すなわち自分たちが結婚して渕上家を継ぐと。そうすれば大庭《おおば》家も鐘《かな》ヶ《が》江《え》家も仲違《なかたが》いする必要もなくなっていいことずくめであるとお祖父さまを説得するつもりでいるのです――」

別館で富士高兄さんが今まさにルナ姉さんから聞かされている筈の内容を僕は簡潔に説明した。幸い舞姉さんは僕の言葉を疑う様子はまったくない。あの妹ならそれぐらい姑息なことを思いついてもおかしくないと納得しているのかもしれない。「もちろんふたりが好き合って結婚することは自由です。だけどそれを後継者問題に絡めるのはフェアでないと僕は思います」どうフェアでないのか自分でも根拠が今ひとつ曖昧だったが相手に深く考える余裕を与えずに強気で押し通すことにする。「舞姉さんにしてもそんな騙《だま》し討《う》ちみたいな真似をされては未来永劫ふたりを祝福する気持ちにはなれないのではありませんか。富士高兄さんをひそかに懸想《けそう》している身としては」

「あたりまえよ」俄然闘争心が湧いてきたらしい。ふたりが結婚することが何故自分にとって騙し討ちになるのかという合理的根拠については僕が無理矢理捩《ね》じ伏せるまでもなく深く考えないことにしたようである。「冗談じゃない。許せないわ。自分たちだけ。自分たちだけ。さっさと幸せになろうなんて。厚かましい。厚かましいにもほどがあるわ。とっちめてやる。断固糾弾してやる。粉砕してやる。でも……」急に意気消沈したように表情が曇る。「あたしにできるかしら。そんなこと。問い詰めても何だかうまくとぼけられそう。あの娘と言い合いして勝ったことなんか一度もないし。昔から。ほんとにただの一度も」

「先手必勝ですよ」なるほど。舞姉さんがいつも妹に気がねしているみたいに暗い雰囲気を漂わせている原因の一端を僕は見たような気がした。「先ずこちらが何でも知っているのだぞと相手に思い込ませる。そのことによって優位に立つのです」

「そんな。だってそんなことどうやって」

「ルナ姉さんは兄さんのアパートに出入りしています。洗濯したり食事の用意をしたりするためです。ちなみに兄さんはルナ姉さんがつくる肉ジャガにことのほか御執心です。今度の祝日もルナ姉さんは兄さんのアパートに行く予定です。ふたりだけの時にはルナ姉さんは兄さんのことをフーちゃんと呼んでいます。そういうことを次々に指摘してやればふたりだって舞姉さんを適当にあしらったりしない方がいいと判断するでしょう」

物的証拠があればもっと強いと思いつき僕はルナ姉さんのイアリングを舞姉さんに手渡した。富士高兄さんがこれを落とすのを見たから（もちろん嘘八百だが）拾っておいてあげたとでも言って返してやれば、結構効果的に相手の動揺を引き出せるでしょうと悪知恵を植えつける。手持ちのカードを一気に授けてやると舞姉さんもさすがに僕がどうしてそんなに事情に通じているのかと訝《いぶか》るみたいに胡散臭い表情になった。だがとりあえず手持ちの〝武器〟になりそうなものはそれしかないと判断したのだろう。何も言わずに別館を睨んでふたりが出てくるのを待つ。

「そういえば」ふと僕はずっと疑問に思っていたことをこの機会に訊いてみた。「お祖父さまが遺言状をまだお書きになっていないことはルナ姉さんから聞いたのですね？」

「ええ。そうよ」

「それはいったいいつのことです？」

「いつって」何故そんなことが問題になるのだと心底不審そうである。「昨日よ。昨夜と言った方がいいかしら」

「昨夜？」つまり一月一日の夜だ。それはいいが少し変な気もする。その日の新年会の後で祖父は遺言状を書く予定だった。皆の前でそう宣言していた。しかし結局は書かなかった。そのことをルナ姉さんはどうやってその夜のうちに知った上に世史夫兄さんや舞姉さんたちに触れて回るほどの裏付けを得ることができたのだろう。「それでどうやってそのことを知ったと言っていましたか。ルナ姉さんは」

「さあ。そのことは詳しく言ってなかったけど。でもどうやら書いていないらしいわよって興奮してたわ随分。ほんとかなってあたしなんかは思ったりもしたけど。でも自信たっぷりだったし。まあ。あの娘が自信たっぷりでない時なんか滅多にないんだけど」

「ルナ姉さんがその話をした時にそこにいたのは舞姉さんと……？」

「世史夫はいたわね。富士高さんはいなかった」前者は平気で呼び捨て。後者はさんづけである。僕は普段自分がいない所ではどんなふうに呼ばれているのかなと少し気になる。「あとはウチの母と。そうそう。加実寿《かみじ》伯母さんもいたわよ。それから途中で槌矢《つちや》さんが入ってきた。それだけだったわ。胡留乃伯母さんとキヨ子さんはいなかった。友理《ともり》さんもいなかった。もちろんお祖父さまも」

「どこですか場所は」

「だから大広間よ。決まってるじゃない。飲んでたんだから」

「皆さんまた随分と」祖父が何時頃に今夜はもう遺言状は書かないでおこうと決めたのかは判らない。だが新年会を中座して僕が母屋に引っ込んだのが午後十一時。その段階で祖父を含めてほとんどの者がまだ大広間にいた筈だからそれより早い筈はない。それ以降に誰にしようかと迷い始めたのだとしたら結局書かないことに決めたのは明け方だった可能性だってある。「夜更かしをされていたのですね」

「あら。あなたが寝るのが早過ぎたのよ」

午後十一時がそんなに早い時刻とは思えなかったがそのことを議論する暇もなく別館の入口が開いていた。祖父を説得すれば自分たちが跡取りになれるとルナ姉さんに焚きつけられてすっかりその気になった富士高兄さんが彼女を急かしながら現れた。〝日程〟通りである。

「お祖父さまは母屋の方にいらっしゃる筈です」僕はそっと舞姉さんに耳打ちした。「ですからふたりを母屋に近づけないようにすることが肝要かと存じます。では健闘をお祈り致します」

「ちょ。ちょっと」この期《ご》に及んで舞姉さん及び腰である。「一緒に来てくれないのキューちゃんは？」

「僕が一緒だったら見くびられますよ。ふたりに。ひとりの男を巡る修羅《しゅら》場《ば》に〝保護者〟連れできたのかと」無責任に舞姉さんを煽動《せんどう》し続けることに多少の罪悪感を覚えないでもなかったが、ここまできて今さら引き返させるわけにもいかない。「富士高兄さんを本気で奪うつもりなら強く雄々しくあることです。気迫負けしてはいけません。大丈夫。舞姉さんならやれます。立派にふたりと対決できます」

今回の僕の〝修正〟案がどういう手順かもうお判りになったことと思う。そう。ルナ姉さん富士高兄さんのカップルと舞姉さんのふた組を直接お互いと対峙させるよう仕組んだのだ。こうすれば彼と彼女たちを同時に母屋から遠ざけておくことができるという目論見である。祖父を〝あり得たかもしれない過去〟において殺害した三人をまとめて全員足止めしておけば、いくら何でも殺人事件は起こりようがない。

もちろんルナ姉さんたちが祖父への説得を完全に諦めてしまうことはまずないだろう。しかし機会を後日に改めようと思わせることは可能だし事実今日のところだけ引っ込んでくれさえすればそれでいいのだ。それがうまくいくかどうかはひとえに舞姉さんにかかっている。舞姉さんの富士高兄さんに対する想いがどれだけ相手に対する気迫と剣幕と化してふたりを打ち負かすことができるかに。

見込みは充分あると僕は判断していた。前周ルナ姉さんにテーブル越しに襲いかかった舞姉さんの逆上ぶりを見る限り、富士高兄さんへの執着と妹に対する敵愾心《てきがいしん》は相当なものの筈である。現に舞姉さんの不意打ち攻勢の滑り出しは上々のようであった。別館から出てきたふたりの前に立ちはだかるや先ず驚いているルナ姉さんの眼の前でイアリングを振ってみせた。僕が授けた悪知恵通りに富士高さんが落とすのを見たから拾っておいてあげたのよとルナ姉さんの手にイアリングを落として先制パンチを喰らわす。後はもう完全に舞姉さんのペースだった。フーちゃんから始まって肉ジヤガに至るまで手持ちのカードを的確に使い分けて大爆撃をかける。ルナ姉さんたちはふたりの関係がバレている上に自分たちだけしか知らない筈の事柄を次々に暴露されてただうろたえるしかない。

「だいたい厚かましいわよ」妹を畏縮させるという生まれて初めての体験に酔っているのか舞姉さん絶好調である。「ふたり一緒になろうっていうだけでも許し難いのに。おまけにちゃっかりエッジアップの跡取りにも居座ってしまおうなんて。厚かましいにもほどがあるわ。許さないから。あたし絶対に」

「べ」いつも言い負かしている姉にグウの音も出ずに押しまくられるのがよほど屈辱的だったのだろう。ルナ姉さん柳眉を逆立てた。普段美人だから迫力がある。それはいいのだが眼を三角に吊り上げる形相が妙にウチの母親に似ているのが気になった。姪と伯母だから当然と言えば当然なのだが。「別にお姉ちゃんに許可してもらおうなんて思っちゃいないわよ。か。勝手でしょ。あたしが誰を好きになろうが。セックスしようが」逆上の余りか科白《せりふ》が過激になってゆく。伏せ字にしないと公表できないような猥褻語《わいせつご》を次々と連ねてそれらを全部やったってあたしの勝手よと絶叫していた。自分の性習慣を中庭の真ん中に突っ立って大声で暴露してどうするんだと聞いていてハラハラするが、普段軽《かろ》んじていた姉なんかに自分の男関係を云々されたのがよっぽど頭にきたらしい。「どうして許してもらわなきゃなんないのよ。いちいち。しかもお姉ちゃんなんかに。馬鹿みたい。ば。バッカみたい。頭おかしいんじゃないの。え。あったまおかしいんじゃないの。自分がやれないもんだから。男に見向きもされないもんだから。脳味噌が爛《ただ》れてウンコになってんじゃないの。欲求不満の余りさ。ほんで蜘蛛の巣が張ってたりしてさ。あそこには。あんまり使わないもんだから。ぎゃははは」

「富士高さん。あなたほんとにこんな女と一緒になってそれでいいの？　いつか誰かと話してたのを聞いたことがあるわ。おふくろみたいなタイプの女は嫌だなあって」

驚いたことに舞姉さんは僕が思っていたのと同じことを指摘していた。しかも冷静に。逆上したルナ姉さんの声が裏返れば裏返るほど余裕が出てきて相手を観察する眼も的確になってゆくのだろうか。「見てごらんなさい。今のルナを。こう言っちゃ何だけどまるで加実寿伯母さまそっくり。眼を吊り上げて。ヒステリーを起こして。聞くに耐えない恥ずかしいことを喚きちらして。どうなの富士高さん。あなたほんとにこんな女を自分の妻にしたいと思っているの？」

富士高兄さんは妙に怯えた表情で一歩退いて姉妹の対決を見守っていた。ルナ姉さんの余りにも下卑《げび》た豹変ぶりに圧倒されて彼女に対する気持ちに微妙な亀裂が入り始めているらしい。その兄さんの胸中をも舞姉さんは的確に見抜いているというわけだ。

「肉ジャガなんかにつられて一生の不作になるなんて馬鹿らしいでしょ？　あたしだってつくれます。肉ジャガくらい。ルナよりうまくつくる自信があるわ」

「に。肉ジャガだけじゃないもん。お料理だけじゃないもん。彼があたしのこと好きな理由は。もっともっと。彼が好きなこと。気持ちがいいこと。一杯いっぱいしてあげてるんだもん。お姉ちゃんできる？　お姉ちゃんにそんなことできるの？　え？　え？」

「何も男の言いなりになるだけがいい女の条件じゃないわ」またもや伏せ字にしなければいけない行為の詳細を並べ立てる妹を舞姉さんはせせら笑う。「そんなの男の奴隷じゃない。まるで。あたし富士高さんのこと好きだけど。でもそんな非実用的な下着をつけたり筋肉痛になりそうなポーズをとったりしなきゃ嫌いになると言うのなら別に構わないわ。彼の妻になれなくても。誤解しないで頂戴。あたしはあくまでも彼と人格対人格の付き合いがしたいのであって玩具《おもちゃ》にされたいわけじゃないのよ。誰かさんみたいに」

まさしく完膚なきまでに叩きのめすという表現がぴったりだった。舞姉さんの圧倒的勝利が誰の眼にも明らかになるやルナ姉さんはべそべそ泣き始めた。どうしてお姉ちゃんにあんなこと言わせっぱなしにしておくのよと富士高兄さんに八つ当たりする。あたしのこと愛してるんじゃなかったの？　大事な女だの守ってやるだのこれまでさんざん綺麗事を並べたてきたくせに。こういう時こそ守ってよあたしのこと。言うべきことを言って。何とか言ってやってよ。あの女に。

困惑していた富士高兄さんはやがてしらけた表情になった。妙に気どった仕種で肩を竦めるや本館の方へ独りさっさと消えてゆく。ルナ姉さんも舞姉さんも一瞥《いちべつ》だにしない。察するに姉妹のどちらに加勢したとしても立場上自分は道化になってしまうと判断したのだろう。へたにルナ姉さんを庇《かば》ったりしたら色香に迷ってヒステリー女の尻に敷かれたまま抜け出せない骨抜き男であると。舞姉さんの指摘を支持したりしたら安易に女を鞍替えする最低男であると。どちらにしろ嘲笑されかねない。恥の上塗りである。だったら両方切り捨てて我関せずを決め込んだ方がまだましだと。そうすることによって女よりも己れの自尊心を保つ方を選んだわけである。

自分が仕組んだひと幕とはいえその寂寥《せきりよう》たる結末に僕は胸が痛んだ。富士高兄さんの素っ気ないと言うには余りにも冷たい仕打ちが信じられなかったのだろう。ルナ姉さんはただもう赤ん坊の如く泣きじゃくるばかり。舞姉さんはと言えば妹に対する積年のコンプレックスと恨みを晴らした爽快感に酔い痴れているのか総毛立つような薄笑いを顔にへばりつかせている。他人を傷つけること＝自分の幸せという公式と真実を発見した喜びに溺《おぼ》れる危ない眼をしていた。

翌周になればこのひと幕は〝リセット〟されて皆の記憶から消去される——その事

実をこの時ほどありがたいと思ったことはない。こんな後味の悪い方法を最終周まで繰り返して〝決定版〟に持ち込むのは嫌だった。この手順はもうやめよう。躊躇なく僕はそう決めた。祖父殺害事件を回避するためにはまったく別の手順を考えなければいけなくなるが、それでもこんな寂寞《せきばく》とした思いをするよりはましというものである。

泣きながらルナ姉さんは本館へと姿を消した。あの様子では多分母屋へ赴く気力は残っていないだろう。気持ちが落ち着くまで自分の部屋に閉じ籠もっているという雰囲気だ。舞姉さんも植え込みに隠れて成り行きを見守っている僕の存在をまったく忘れているらしく全然こちらを顧みずに本館へと消えていった。こちらはこれからどうするのだろう。大笑いして祝杯をあげたりして。まさかな。

そんな場面を実際に目撃したとしたら救いようのない人間嫌いになってしまいそうだと憂えていた時だった。植え込みから立ち上がった僕の眼に渡り廊下を歩くひと影が飛び込んでくる。祖父だった。日本酒の一升瓶をかかえていそいそと母屋へ向かっている。それはいい。日程通りだからだ。

思わず我と我が眼を疑った。祖父は独りではなかったのである。祖父と一緒に妙にこそこそと周囲を憚《はばか》りながら母屋へ向かっているのは何と世史夫兄さんではないか。両手にごっそりと酒の肴をかかえている。これから一緒に屋根裏部屋に隠れて宴会だぞ。そうふたりの顔に描いてある。両者の弛緩した微笑には明らかに共犯者意識めいたものが浮かんでいた。

いったいどうなってるんだろ。僕は混乱してその場を動くことができなくなった。僕が誘いを避けるために逃げ回っている以上、祖父は独りで酒盛りをするしかない筈なのに。どうしてここで世史夫兄さんが割り込んでくるのだ。そんな予定は〝日程〟には盛り込まれていないぞ。

これがオリジナル周に酒盛りをしたメンバーが祖父と僕に世史夫兄さんを加えた三人だったというのなら話は判る。僕が抜けたために祖父と世史夫兄さんのふたりが残ったという単純な引き算なんだから。でも実際にはそうではない。オリジナル周に祖父と酒盛りをしたのは間違いなく僕ひとりだけだったし、僕が抜けた二周目と三周目には祖父が独りで母屋へ向かっている場面を僕はこの眼でちゃんと確認している。

だがそれを言うならたった今の場面だって僕はこの眼でちゃんと確認している。祖父は独りではなかった。確かに世史夫兄さんが一緒だった。どうしてそんな〝日程〟には盛り込まれていないことが急に起こり得るのか。他に考えられない。前周までとは違う僕の言動が何かまた変な因果律を形成してしまったのだ。それがこんな〝齟齬〟を生じさせている。

〝きっかけ〟としてひとつ考えられるのは、世史夫兄さんが僕と舞姉さんの会話の最初を聞いてしまっているという事実である。兄さんには関係のない話だからと僕は突っぱねて舞姉さんを強引に外へ連れ出した。その後を兄さんは追ってくる様子もなかった。少なくともあの時はそう見えたのだが本当にそうだろうか。あの好奇心旺盛な兄さんが弟如《ごと》きに邪険にされたくらいで簡単に引っ込むとは思えない。実はどんな話か盗み聞いてやろうと食事が済んだ後でも二階に戻らず本館一階の窓辺りから中庭にいる僕たちの様子を窺っていたのではないだろうか。それもかなり渡り廊下寄りの場所で。

僕と舞姉さんのやりとり、そして舞姉さんとルナ姉さんとの対決などを世史夫兄さんがどの程度まで聞き取ったのかは判らない。だがその深刻さに嫌気がさして途中で盗み聞きをやめて部屋に戻ろうとしたのではないか。そこへ一升瓶をかかえた祖父が通りかかったのだとすれば酒盛りの相手にちょうどいいと声をかけられても不思議はあるまい。お調子者の世史夫兄さんのことだ。どうせ暇なんだし私でよければと尻尾を振りまくる犬のようにお相伴を快諾しただろう。

細かい部分はともかく大筋でこの推測は当たっていると思う。というより〝日程〟に狂いが出た以上こういった経緯しかうまく辻褄の合う理由は考えられないというのが正直なところだ。まあいい。どうせ〝修正〟ができたとしても今回のこの手順はもう二度と使えない。この手順を一月二日の〝決定版〟にしてしまったら舞姉さんとルナ姉さん、そして富士高兄さんの三人の間には二度と埋まることのない決定的な溝ができてしまうことになる。しかも他ならぬこの僕の手によって掘られた。どうせ他の手順を考案する以上は飲む予定のなかった世史夫兄さんが酒盛りに参加するなんて程度の齟齬は今さらあってもなくても関係ない——そう思っていた。

そう思いながら何故そのまま寒い中庭で佇み続けていたのか自分でも理由が判らない。やはり何か予感めいたものが働いたのだろうか。白い息を吐きながらどれくらいの間渡り廊下を見守っていただろう。

ふいに世史夫兄さんの姿が現れた。妙に慌てた様子で小走りになっている。角度の関係で表情は見えない。本館の方へと消えていった。酒盛りが終わったのだろうか。祖父の姿がそれに続くかと待っていたのだが一向にその気配がない。そうこうしているうちに世史夫兄さんがまた現れた。

その姿を見て僕は思わず、あ、と低いが思い切り間抜けな声を挙げてしまっていた。世史夫兄さんが両手にかかえているのは餃子の皮みたいな花弁が並んだあの花瓶。胡蝶蘭の花瓶だったのである。茫然自失している僕にまったく気づく様子もなく世史夫兄さんは再び母屋の方へと消えていった。

腰が抜けそうになりながら僕がようやく本館へ戻ったのは世史夫兄さんがもう一度母屋から本館の方へ戻っていった後だった。しばらく待ってみたが祖父は一向に姿を現す様子はなかった。

まさか……もう抜けている筈の二日酔いみたいに頭がくらくらした。いやこれは二日酔いよりももっと酷い。まさか……まさか……世史夫兄さんが祖父を。まさか。そんな馬鹿な。第一兄さんには動機が何にも。いや。動機も糞《くそ》もあるものか。そもそもそんなことが起こる道理はないのだ。手段はともかく僕はルナ姉さんと富士高兄さん、そして舞姉さんの三人の動きを完全に封じた。従って祖父は誰にも殺される筈がない。殺されようがないではないか。祖父殺害事件は〝起こり得たかもしれない〟過去のひとつの可能性として〝歴史〟の裏側に封印されたのだから。起こる筈がない。そんなことが起こってはいけないのである。

とにかく祖父の無事を確認しておかなければならない。恐慌状態に陥る余り思わず萎えそうになる全身に鞭打ってようやく本館に上がり込んだ時にそれが聞こえてきた。

葉流名叔母さんの悲鳴だった。獣の咆哮のような凄まじい悲鳴。叔母さんが何を見てそんなに驚愕したのか調べてみなくてももちろん僕はとっくに知っている。

まだまだ事件は起きる

　根本的に発想を変えなければならない。僕は痛切にその必要性を実感していた。最初はルナ姉さんと富士高《ふじたか》兄さんコンビを足止めしさえすれば事足りると考えた。実際にそうしてみた。すると舞《まい》姉さんという伏兵が飛び出してきた。これでは駄目だと最初のふたりと一緒に舞姉さんの動きも封じ込めたと思ったら、今度は世史夫《よしお》兄さんに不意打ちを喰らってしまった。

　これまでの一月二日の〝反復現象〟をまとめてみよう。現場となった屋根裏部屋で祖父と一緒にいた人物たちの動向を簡単に整理してみるとこうなる。

①　オリジナル周……祖父と酒盛りをしたのは僕自身。祖父はこの周に何ら危害

を加えられてはいない。

②第二周……ルナと富士高のふたり。エッジアップ・グループの後継者として名乗りをあげるために屋根裏部屋へ祖父を訪れる。動機は後継者問題の相談がこじれた挙げ句の感情的行き違いによるものと推察される。使用された凶器は友理《ともり》さんから胡留乃《ことの》叔母さんにプレゼントされた胡蝶蘭《こちょうらん》の花瓶。死体の発見者は葉流名《はるな》叔母さん。

③第三周……舞。妹と富士高の仲を知って逆上し気持ちを落ち着かせるために屋根裏部屋でしばらく隠れて独りになろうとしたものと思われる。従って祖父と出くわしたのは本人にも予想外の出来事であった。動機は祖父が何の気なしに舞の感情をさらに逆撫でするような発言をしたものと推察される。凶器は祖父が飲んでいた日本酒の一升瓶。死体の発見者は僕。

④第四周……世史夫。酒盛りの相手を探していた祖父に偶然声をかけられ付き合わされたものと推察される。あるいは祖父が一升瓶をさげているのを見て世史夫の方から相伴を申し出たのかもしれない。凶器及び死体の発見者は②とまったく同じ。

こうまとめてみるとよく判ると思うが、祖父殺害事件を阻止するためには前周の

"犯人"をその都度足止めしてゆくという方法ではどうやら間に合わないようなのだ。ひとりの犯人の動きを封じ込めたと思っても別の誰かが結局は犯行を遂行してしまうというパターンが明白に形成されてしまっている。その原因は僕にも判らない。オリジナル周に祖父が殺害されたという事実はない以上、この事件が〝反復〟される道理は絶対にない。にもかかわらず現実に祖父殺害事件はこうしてパターン化し反復され続けている。

前述したように第二周以降僕が祖父の酒盛りに付き合っていないのが全ての元凶なのだろう。それは想像がつく。というよりそれしか平仄《ひょうそく》の合う原因はあり得ない。だからオリジナル周と同じように酒盛りに付き合いながら僕がずっと祖父と一緒に居さえすれば（僕が発作的に〝代理〟犯人に化けてしまわない限り）殺人事件は絶対に起こらない。だがそれが最後の手段だという方針もまだ変わってはいない。

僕が一番戸惑っているのは②と③の場合はまだ動機らしきものが推察できるのに、④の世史夫兄さんの場合にはまるでそれらしい理由が浮かんでこないということだ。にもかかわらず世史夫兄さんは凶器に②と同じものを選んでいる。おまけに後継者問題について話し合いたいと祖父の姿を探していた葉流名叔母さんを呼び止め母屋の方へ行くのを見たと教えて発見者に仕立てているところまで同じなのである。動機がまったく不明なのに手口だけどうしてこんなに似てしまうのか。不思議でたまらない。

もちろん②が〝リセット〟されて消去されてしまっている以上ルナ姉さんたちの犯行を世史夫兄さんが参考にできる道理もない。何とも謎なのである。

ひょっとしたら世史夫兄さんは自分の意思で祖父を殺害したわけではないのかもしれない……そんな突飛な考えすら浮かんでくる。何か人間の理知が及ばない不可解な力に操られてあんな犯行に及んでしまったのではないかと。

とにかく事件を阻止するためにはこれまでと同じ方法では駄目だ。僕としてもそう悟らざるを得ない。発想を根本から変えなければならない。例によって例の如くの警察の事情聴取。そのエンドレスな取り調べの何回目かの順番を待ちながらそう決意した。その決意を固く胸に秘めたまま午前零時を待った。

午前零時超過。一月二日が〝リセット〟されて五周目に入る。例によって真っ暗闇の中で喉が渇いて渇いて仕方のない状態で一度眼が醒める。いつもならここで台所へ降りて水を飲みたいと思いつつ結局もう一度眠ってしまうわけだが、今回はその瞬間を捉えて無理矢理起きることにした。半覚醒状態の中で必死にもがき自分の腿《もも》をつねることにようやく成功する。

痛みで徐々に意識がはっきりしてくる。布団から起き上がってみた。まだ実は夢の中なのに自分は起きているのだと錯覚していたりしたら困るので今度は思い切り頬をつねってみた。強烈に痛い。よし。完全に眼が醒めている。布団から起き上がると軽く手足を動かしてみたりした。眼醒まし時計の針は午前三時を数分回っている。

電灯をつけると僕は早速階段を調べてみることにした。もう既に憶えてしまった段差の箇所を調べてみる。あった。ルナ姉さんのイアリングだ。この時刻にもう既にここに落ちている。ということはルナ姉さんが母屋を訪れたのは一月一日の午後十一時から一月二日の午前三時という四時間の間に絞られるわけだ。残念ながらこの幅をこれ以上縮めることはできない。〝リセット〟されて最初に眼が醒める時刻が午前三時に〝設定〟されてしまっている以上それよりも早い時刻に意識的に眼を醒ますことは不可能だ。何しろ午前零時を回ったと思った瞬間にはもう布団の中で眼が醒めているんだからどうしようもない。

まあいい。四時間に絞れただけでも上出来だ。あるいはルナ姉さんはこの階段を訪れたばかりなのかもしれない。そして彼女がそんな真夜中に母屋を訪れていた理由とは、祖父の遺言状作成が延期になったことをいち早く察知できた事情と関連があるのかもしれない。僕がとりあえず調べてみようと思っているのはそのことだった。

電灯を消すと暗闇に眼を慣らしながら先ず台所へ降りた。もちろん誰もいない。窓の外から差し込んでくる薄明かりだけを頼りに僕は渡り廊下を歩いて本館へと向かった。

先ず大広間へ行ってみる。一月一日の午後十一時に僕が母屋へ引っ込んだ後でもまだ新年会は続いていた。ということは一月二日午前三時現在まだ広間で飲んで騒いでいる者たちがいてもおかしくない。しかし予想に反して広間は真っ暗だった。誰もいない。しんとしている。隣接している待合室の方も同様だった。

今度はダイニングへ行ってみる。こちらは続きになっているキッチンの流しの上の小さい電灯が灯《とも》っていたが、やはり無人でひっそりとしている。喉の渇きを憶い出して僕は水を一杯飲むことにした。

さて。どうしよう。僕はたちまち行き詰まってしまった。てっきり大広間で新年会の続きでまだ飲んでいる者たちが沢山いるものとばかり思っていたのである。そこで何か有益な話が盗み聞きできるのではないかと期待していたのだ。例えば祖父がまだ遺言状を書いていないことをルナ姉さんが皆に直接報告している場面とかを。しかしどうやらそれもとっくに終わっているらしい。

何の当てもないまま僕は二階へ上がってみることにした。しかし時間帯が時間帯なので誰かに見咎められたら何かいかがわしい目的を持って徘徊しているのではないかと誤解されかねない。女性陣にあてがわれている個室の一角には意識して近寄らないようにした。すると自然に書庫と続きになっている祖父の書斎へと足が向く。

おやと僕は足を止めていた。書斎のドアの隙間から明かりが洩れているのだ。祖父はまだ起きているらしい。もしかして遺言状を書いている最中なのかと一瞬期待した。しかしよく考えてみればそれはあり得ない。もうこの時刻は遺言状作成が延期になったとルナ姉さんが大広間で皆に報告してしまった後なのだから。

それでも一応書斎のドアにへばりついて耳を澄ませてみた。ちゃんと閉まっていなかったらしい。ドアは僕の体重に逆らわずに音もなくするりと内側へと開いていた。

そっと覗き込んでみる。小さいプールほどもあろうかという面積の書物机に祖父は突っ伏していた。まさか死んでいるんじゃないだろうなとつい思ってしまったが寝息がちゃんと聞こえてきて安心する。何か調べ物でもしている最中についうたた寝をしてしまっているという恰好である。肩から毛布がかかっていた。多分キヨ子さんか胡留乃叔母さんが見つけてかけてあげたのだろう。

何の気なしに僕は祖父の手元を覗き込んでいた。てっきり仕事関係の書類か何かが拡げられているものとばかり思い込んでいたのだが意外なものがそこにはあった。いや。この〝四日〟（正確には四周）ほど毎度聞かされてお馴染みになっているという意味では半ば予想されていたと言ってもおかしくないかもしれない。

折り紙だった。ごくありふれた（ありふれていない折り紙なんてものがあるのかどうか僕は知らないのだが）ハンカチ大サイズの折り紙がそこかしこに散らばっている。二枚ほどが折りかけで鶴がひとつ完成している。黒い鶴だった。

胡留乃叔母さんとキヨ子さんとのやりとりを盗み聞いた時からまさかとは思ってい

たのだが、祖父には本当に夜な夜な折り紙を折る習慣があったらしい。別にひとの趣味にケチをつけるつもりはないけれど、普段の祖父を知っている立場としてはどうしてもちぐはぐな印象を禁じ得ない。

よく見てみるとなるほど赤い折り紙は見当たらなかった。あれがないから折らなかったと祖父が拘泥していた色である。しかしちゃんと黒の折り紙を使って作品を完成させてもいるじゃないかと少し怪訝に思いながら机の上を眺めていた僕は、ふとあることに気がついた。赤い色だけではない。散らばっている折り紙の色には余りヴァラエティというものがないのだ。黒と青と黄色。この三色しかないのである。他の色の折り紙は破片すら見事に一枚も見当たらない。まあ色の嗜好《しこう》だってひとそれぞれだから赤プラス三色の合計四色のみに祖父がこだわろうとどうしようと別に構わないのだけれども、何か偏向しているというか尻の座りの悪い印象を禁じ得ない。

机の上にはもうひとつ奇妙なものが置かれていた。一見したところ箱のようである。白い型紙を使った手作りのものだ。サイズはショートケーキの詰め合わせにちょうどいいくらい。上部に手の甲くらいの丸い穴が穿《うが》たれていた。大きめのティッシュの箱という感じである。穴の面を逆さにして振ってみたが何も入ってはいなかった。

しかし僕の興味はそんな箱からすぐに逸れていた。祖父の手元にあるもうひとつのものを見つけたからである。日記帳だった。表紙の縁に祖父の指が乗っている。祖父が眼を醒まさないように気をつけながらゆっくりと下から抜き取ってみた。今年の日記帳である。当然真新しい。ぱらぱらとページを捲《めく》ってみると最初の見開きの書き込みが眼に飛び込んできた。

一月一日……新年会。加実寿《かみじ》とその息子たち、葉流名とその娘たち来訪。両家とも夫は姿見せず。首尾上々。槌矢《つちや》、友理両名も例年通り来訪。キヨ子さんのおせち美味。

最初のページに書いてある内容はそれで全部だった。次のページには、

一月二日……胡留乃、キヨ子さん揃って酒を控えろと五月蠅《うるさ》い。深江《ふかえ》が脳溢血で死んでいるから心配なのは判るが先行き短い老人の楽しみを奪わないで欲しい。断固飲んでやった。痛快。

つまり新年会で日が改まっても飲み続けたということなのだろう。それにしても厳密に言えば確かに日が違うとはいえ同じ夜の出来事を描写するのにわざわざ日付を変更して記すとは随分細かい。これも祖父の意外な面と言うべきか。

当然次のページは余白だろうと思って捲ってみたら書き込みが続いていたので驚いてしまった。

一月三日……まだ決められない。せっかく皆に泊まってもらったが遺言状を書くのは四日以降に延期することにする。店が開かないのだから仕方がない。

どうやらこの部分をうたた寝する直前に書いていたらしい。一月三日という日付はもちろん間違いである。新年会の続きを同じ夜なのに律儀に日付を変更して書いていたために勘違いをしてしまったのだろう。酔っぱらっていたこともあり間を置いて続きを書こうとした際うっかりともう一度日付を記してしまったというわけだ。

なるほど。僕は納得した。ルナ姉さんがどうやって遺言状作成が延期された事実をいち早く知り得たのかという疑問だ。むろんこの日記を盗み読んだに違いない。多分後継者問題について個人的に祖父と話し合いをしようとでも考えて書斎を訪れた際に偶然に眼に入ったのだろう。その時たまたま祖父は席を外していたかあるいは既にこのように眠り込んでいたかどちらかだ。

それは納得がいった。しかしよく判らない部分もある。例えば遺言状作成を四日以降に延期するのはいいのだが、何故『店が開かないのだから仕方がない』のだろう。店というのはいったい何の店なのか。意味が判らないといえば一月一日の部分で『両家とも夫は姿見せず』の後にある『首尾上々』も判らない。いったい何の首尾なのだろう。まさか大庭《おおば》家と鐘ヶ江《かながえ》家の末期的家庭事情が『上々』なわけはないから自分に関する何かだとは思うが。

日記か。鍵付きの日記帳をそっと祖父の手元に返しながらふと僕はあることを思いついた。祖父に日記をつける習慣があるのなら古い日記帳を読んでみるのも何かの役に立つかもしれないぞと。例えば第四周で犯人になった世史夫兄さんには祖父を殺害する動機がないと断言してしまったけれど、もしかしたら僕が知らないだけで祖父と兄との間には何か深刻な確執があったかもしれないわけである。祖父の日記を読めばあるいはその辺りの事情も判明するかもしれないと。

早速本棚を探してみる。日記帳は意外に簡単に見つかった。過去十数年分がきちんと整理され並べられている。全部鍵付きの豪奢な製本である。僕は構わず全部の日記帳を抜き取った。このまま持ち去って後で読むつもりである。もちろん鍵なんか壊してしまえばいい。今周が終われば僕が自分の手を煩わさずとも壊れた鍵は自動的に修復されるし、どこに置き去ろうが関係なく日記帳も元の本棚に勝手に戻ってくれるんだから。いやあ〝反復落とし穴〟の〝リセット〟もこういう場合には大変便利である。

十数冊の日記帳を携えて僕は一旦母屋へと戻った。屋根裏部屋に上がろうとしてふと思い直す。明るくなると祖父がここに酒盛りをしにくるわけだ。隠したはいいが取り出すタイミングを逸すると面倒なことになる。白い息を吐きながら中庭へ出ると僕は別館へと向かった。別館の押し入れの中に日記帳を全部隠すと本館へと取って返す。

キヨ子さんが食事の用意を始める前にダイニングでの会話を盗み聞きできそうな場

所に隠れているつもりだった。有益な情報が拾えるかどうかは判らないが抜本的な対策を講じるためには少しでも詳しくこの一月二日の状況を把握しておく必要がある。ダイニングは関係者が一度は必ず訪れる場所だから情報収集には最適なわけである。

しかし盗み聞きに適した場所というのはなかなか無いものだ。あれこれ検討しているうちに六時近くなってきた。もうすぐ夜が明けてしまうと焦っていると廊下の方からスリッパの音が聞こえてきた。仕方なく僕は食器棚と予備テーブルの間の陰に身をひそめた。余り良い隠れ場所とは言えない。一応身を隠せるのだが誰かが予備テーブルに座ろうとしたらアウトである。食事をする時間帯が皆バラバラだからそんな事態にはなるまいとは思うものの見つかったら言い訳が利かない。まあどうせ〝リセット〟されちゃうんだから平気は平気なんですけどね。

ダイニングの明かりが灯る。食器棚の陰からそっと覗いてみると割烹着をつけたキヨ子さんだった。新年会の翌日だというのにこんなに早い時刻から起きているのかと感心している間にてきぱきと全員の分の食事の用意をしてゆく。そのうち胡留乃叔母さんもやってきた。こちらはもちろん緑色のトレーナー姿である。キヨ子さんを手伝い始める。やがて準備が済むとふたりだけでひと足早い朝食を食べ始めた。

「ねえキヨ子さん」胡留乃叔母さんの声が聞こえてきた。へたに覗こうとするとちょうど彼女が座っている位置から丸見えになりそうなので声を聞くだけにしておく。

「あなたはどう思ってるの？」

「養子縁組のことですか」行儀よく咀嚼《そしやく》したものを嚥下《えんか》するまで黙っていたらしい。キヨ子さんの反応は数秒ほど遅れていた。「お嬢さまの」お嬢さまというのはもちろん胡留乃叔母さんのことだろう。独身なのだから奥さまと呼ぶわけにはいかない。

「あれって本気なのかしら」

「何でございますか？」

「今日の午後発表するっていうあれよ。どう思う。父は本気だと思う？」

「どうでございましょうねえ。全然そのつもりがないとも思えませんが。結局また延期になるんじゃないでしょうか。何せ店が」

「そうなのよね。閉まってるんだからどうしようもない」

また店の話かと僕は少し苛立ったが叔母さんが洩らした別の言葉の方が気になった。祖父が今日の午後発表するというくだりだ。発表というのはもちろん後継者が誰に決定したかという発表だろう。ルナ姉さんと富士高兄さんのやりとりから最初に聞いた時は首を傾げるばかりだったが、するとやはり祖父が死ぬまで遺言状の内容は公開されないという方針は変更されているらしい。察するに一月一日の夜に僕が母屋へ引っ込んだ後で皆で飲み続けているうちにそういう話の成り行きになったのではないだろうか。

「正直なところを聞かせて頂戴。誰がなれば一番いいと思う？　あたしの養子に」

「一番いいというのはお嬢さまにとってですか。それとも旦那さまにとってですか」

「父は本気でどうでもいいのよ。誰が跡を継ごうが。何しろあぶく銭でここまで膨らんだ会社ですもの。二代目が能無しで経営が傾いたって平気。むしろ自分の代で潰れてくれた方がスパッと整理がついて気持ちがいいくらいに思っているんじゃないかしら」

「それじゃあお嬢さまの意思次第ですよね。前にも同じことを言いましたけど。どうして誰それがいいとお嬢さま御自身でお決めにならないんです？」

「決められないのよね。自分の養子としていいと思う者を選んでしまうとどうしても跡取りとしては頼りない者になってしまう。かといって有能な者を選んでしまうと今度は自分の養子としてはどうかと思ってしまう。結局父の決定に委ねるしかない」

「どなたのことを念頭においておっしゃってるんですか？　もしお構いなければ
――」

「跡取りとしてならもう友理さんで決まりでしょうね。女だけど一番しっかりしているしね。だけど逆に有能でしっかりし過ぎているが故に自分の娘としての愛情をもうひとつ深く抱けないというか受け入れがたいんじゃないかって感じ」

「有能と言えば槌矢さんでは？」

「駄目ね。あのひとは。確かにそつがないし才覚もあるんでしょうけど。ここ一番て時に弱い気がする。マニュアル通りにいかないとオロオロして母親に泣きつくタイプ。単なる勘だけど」

「マザコンですか。それでは困りますね」

「偏見かもしれないけどね。それにあのひととルナにのぼせてるでしょ」

「そうなんでございますか？」

「そうみたい。女を見る眼があれじゃあちょっとね」

「それでは単純に養子としていいと思われるのは？」

「舞ね。多分。何かあの娘を見ていると昔の自分を憶い出しちゃって。妹の陰に隠れてやりにくそうにしている感じが。もちろん彼女は彼女でむつかしい面も沢山あるんでしょうけど。でも一番自分の娘だと実感できるタイプではあると思うのね」

「それでは舞さんを養子にすればどうです。跡取りは無能でも構わないのなら」

「それがそうはいかないのよ。確かに父はどうでもいいと考えているけど。あたしはそうではないの。エッジアップは今やあたしの人生そのものなんだもの」

「なるほど。それは困りましたね」

「だから結局父の判断に委ねることにしたのよ。でもねえ」食器を置く音に大きな溜め息が重なる。「まさかあんなことを言い出すとはねえ……何もあんな方法で」

「旦那さまは賭け事がお好きでいらっしゃいますから」

「賭け事ってほどのもんじゃないわ。あれって。同じ賭け事にしてももうちょっとやりようがあるでしょうに。どうしてあんな……判らないわ。ほんとに真面目にやる気があるのかしら」

「こういう言い方って何ですけど。ほら」

「え？」

「老人になると幼児に戻るって言うじゃありませんか。だから——」

おはようございますという声でキヨ子さんの言葉は遮られていた。姿は見えなかったが友理さんだった。「申し訳ございません。社長。お宅にお邪魔している上に図々しくも寝過ごしてしまいました」

「何言ってんの。まだ七時じゃない。起きてるひとなんかあたしたちぐらいよ。もっと寝っててもよかったのに」

胡留乃叔母さんの言っていることが皮肉でも何でもないことが判ってはいても、友理さんにしてみれば社長の家で完全にお客さん気分になれる筈もなかろう。食事の用意をお手伝いしなきゃいけなかったのにという忸怩《じくじ》たるものが声音に滲み出ていた。

ひと足先に食事を済ませた胡留乃叔母さんとキヨ子さんがダイニングを出ていった後しばらく友理さんが独りで食事をする気配が静かに伝わってくる。そこへ、おや、という声とともに入ってきたのは槌矢さんだった。

「さすがに早いね」

「とんでもありません。社長とキヨ子さんはとっくに済まされています」

「え。会長は？」

「あたしはまだお見かけしていませんが」

「まだ寝ているんだろうね多分。よかった。秘書が会長よりも寝坊して食事もゆっくり後からなんてことになったら洒落《しやれ》にならないもんな。いや。別にあなたに皮肉を言っているわけじゃありませんよ」

「どうぞお気遣いなく」

「どれ。僕も朝御飯をいただこうかな」

槌矢さんの口調は僕が聞いたこともないくらい気安く馴れなれしい感じだった。もし相手が友理さんだからということで普段よりもリラックスしているのだとしたら彼の気配りもその辺りが限界かなという気がする。胡留乃叔母さんの彼に対する評価が低いことを知った時は意外に思ったものだが今は妙に納得したい気分であった。

「知ってる？」ますます槌矢さん砕けた口調になる。何か頬張ったままなのか声がくぐもっていた。「会長まだ遺言状を書いていないんだってさ」

「そうなんですか」気のせいか槌矢さんが親しげな口調になればなるほど友理さんの

それは硬くなってゆくようだ。「知りませんでした」

「興味なさそうだね」

「あたしには関係ないことですから」

「関係大ありじゃない。一応社長の養子候補なんだから」

「いずれ正式に辞退できるよう社長にお願いするつもりです」

「そりゃ手遅れだ。そんなこと言っても。会長にその意思があるのかと確認されてしまった後なんだから。断るのならあの時に断るべきだった」

「あさはかだったと反省しています」

「そんなに深く考えることないと思うけど。別に。指名されなくてももともとなんだし。指名されれば儲けものということで」友理さんは何も言わなかった。

「ねえ。前から言おうと思ってたんだけどさ。僕たちもうちょっと仲良くするべきだと思わない」

「どういう意味でしょうか？」

「決まってるじゃない。エッジアップ・グループの未来は僕たちの双肩にかかっているんですよ。そのふたりが親密に協力し合うのは至極当然のことだろ」

「会社の将来を担うことなんかあたしは考えていません。与えられた仕事をやるだけで精一杯です」

「何かきみを怒らせるようなことをしたかなあ」友理さんの声から全然硬さがとれないのに業を煮やしたのかわざとらしい笑い声を挙げる。「僕はきみのことを大切なパートナーだと思っているのに」

「え？」

「きみは仕事ができるひとだ。エッジアップにとっては必要不可欠な人材です。そうでしょ。そして僕は将来会社を担ってゆかなければならない。まだ正式に決定されたわけではないけど充分にその可能性はあると思っている。もちろん僕独りの力では及ばないことが沢山あるだろう。だからこそきみというパートナーが絶対必要なんじゃないか。仕事の上だけじゃない。公私ともにね」

「どういう意味ですかそれ」

「だからさ。僕が社長の養子に指名されたあかつきにはきみを妻に迎えたいんだ。そして仕事のことも家庭のことも協力して一緒に頑張っていこう」

これって自分が跡取りに選ばれた場合は妻にしてやるからその代わりにきみが選ばれた場合も僕を夫にするんだよという〝落選〟対策なんじゃないのかなあ。鈍い僕がそう勘ぐったくらいだから当然友理さんもそう解釈したらしい。皮肉っぽく、

「あたしも槌矢さんも選ばれなかった場合はどうするんですの？　ああ。なるほど。例えばルナお嬢さんが選ばれた場合は彼女を妻としてお迎えになるわけですね」

「ひとが言うことはもっと素直に受け取って欲しいな」今度は友理さんの声が軽やかになった分だけ槌矢さんの声の方が硬くなる番であった。「そんなつもりで言っているんじゃない」

「はっきり申し上げておきますけど。槌矢さん。あたし心に決めた男性がいるんです」槌矢さんの表情は見えなかったが特にショックを受けたらしい雰囲気は伝わってこない。ショックを受けたのはむしろ僕の方であった。「その方と結婚するつもりでいます」

「嘘を言っても駄目だよ。きみに恋人がいるなんて聞いたこともない」俺が知らなきゃそれは全て嘘なんだとはまたもの凄い論理である。「きみに女性的魅力がないという意味じゃないよ。誤解されると困るから言っておくけど。だけど仕事ひと筋のきみに男性と付き合う暇があるわけがない。断言してもいい。そんなに深い付き合いをしている男性なんていない。そんなのはこの場限りの言い逃れだろ。正直になりなよ」

「まだ深いお付き合いをしていないというのは本当です。でもあたしはその方のことがずっと好きでした。そしたら先日思いがけずに将来のことを真面目に考えて欲しいという申し出を受けました。まだ返事をしていないけれどお受けするつもりでいます」

「じゃ。ほ。本当なのか」槌矢さんの声が微かではあるが震えていた。あながち〝落選〟対策ばかりではなく友理さんに本気で惚れているのかもしれない。「やめた方がいい。どこの馬の骨だか知らないが。きみはそんな平凡な結婚して満足していいタイプじゃない。悪いことは言わない。考え直したまえ」

「どんなに保守的だ前時代的だと言われようが平凡な結婚をして平凡な主婦になり平凡な母親になることがあたしの夢でしたの。仕事になんか何の未練もありません。放っておいてくださいな。それじゃお先に」

「後悔するよきみ」槌矢さんの口吻《こうふん》は未練たらしいというよりも絶対にそうなるんだからと自分自身に言い聞かせているみたいな感じであった。「僕は絶対にエッジアップ・グループの跡取りになる。本当だ。自信があるんだ。僕以外にやれる人間はいない。会長だってそのことを判ってくれている。だからきみも考え直した方が得なんだってば。おい。おいってば」

友理さんが出ていった後でそっと覗いてみると槌矢さんは食欲が失せた表情で宙を虚ろに睨んでいた。察するによっぽどの自信があったのだろう。それだけにふられたショックは甚大のようだ。だがすぐに友理さんが駄目ならルナ姉さんがいるさとでも思い直したのか、御飯を綺麗にたいらげ終わる頃には口笛を吹くまでに復活していた。

僕の方は復活するどころじゃない。正真正銘の失恋なのだ。もうショックでショックで祖父殺害事件なんかどうでもいいと一瞬本気で思ってしまったくらいショックであった。だけどあれだけ魅力的なひとなのである。僕は友理さんの魅力が判るのは自分ひとりぐらいのものだと何の根拠もなく自惚《うぬぼ》れていたふしがあるけれど考えてみれば世の中は広いのだ。ちゃんと彼女の魅力に気づいて付き合っている男がいるんだよ。それも大人の。あーあ。

オリジナル周に友理さんと個人的会話を交わした一件は既に〝リセット〟されてしまっている。祖父殺害事件阻止を優先させるためにやむなく〝反復〟を諦めているわけだが下手《へた》に〝反復〟させないでおいてよかったとこうなると思わざるを得ない。〝リセット〟されて闇に葬られたからいいようなものの彼女に向かってほざいたことをずっと憶えられていたとしたら。まだ高校生の餓鬼が色気づいて馬鹿なこと言ってると思ったんだろうなあとか。でも会長の孫で社長の甥だから面と向かって嘲笑するわけにもいかずにうまく取り繕うのに苦労したんだろうなあとか。反芻《はんすう》するたびに羞恥《しゅうち》の余り身悶えしなければならないところだった。〝リセット〟されていてほんとによかった。

槌矢さんが出ていった後で僕は一旦食器棚の陰から這い出ることにした。失恋のショックで忍耐力まで減退したのであろうか同じ姿勢をとるのが辛くなってきたのだ。おまけに他人が食べるのを横でずっと聞いているだけだったせいか異様に腹も減ってきたし。

「あら」這い出て伸びをしたちょうどそこへルナ姉さんが入ってきた。「おはよ。キユーちゃん。大丈夫？」

「え。あ。平気。平気です。どうもすみません。御心配をおかけしまして」

「だいぶ飲んでたもんねえ。昨日は。御飯これから？」

「ええ。そうです」

「んじゃ一緒に食べようか。さっきフー。じゃなくて。富士高さんに会ったから誘ってみたんだけど。朝は食べない主義なんですって？　お兄さん」

「ええ」富士高兄さんの食生活上の習慣なんか半同棲状態にあるルナ姉さんの方がずっと詳しいだろうに。いかにも初めて知ったから雑談までにという感じで喋っているのがわざとらしいと言うべきかそれともいじらしいと言うべきか。「それで後で別館に来てくれってもう兄に言ってあるんでしょうか？」

「え」驚いた拍子にルナ姉さん含んだばかりの味噌汁を吹き出してしまった。がほんと男みたいな声で咳《せ》き込《こ》む。ルナ姉さんて歳をとったら色っぽいハスキーヴォイスになりそうだなどと変なことを考える。「な。なんで。い。いえ。なんですって？」

「さっき階段のところにいたら」友理さんに失恋したショックの後遺症であろうか。

自分でもびっくりするくらい平然と嘘が口から滑り出てきた。「そんな話が聞こえてきたものですから」

「み。耳がいいのね。随分」あんなに小さい囁き声だったのにとでも言いたげな含みを込めて睨んでくる。もしかしたら廊下などではなくルナ姉さんか富士高兄さんかどちらかの部屋の中で交わされた会話だったのかもしれない。だとしたらどんなに耳がよくったって階段にいた以上聞こえる筈がないわけで不審に思うのも無理はない。

「あのね。キューちゃん。その。つまり。別館に来てくれっていうのはね。別にそのう。ええと」

「話し合いをするつもりだったんでしょ？　後継者問題について」

「よ」ますます化け物を見る眼つきになってきた。「よく判るわね」

「だって従兄妹《いとこ》同士の間で緊急に話し合わなきゃいけないことって今それしかないではありませんか」

「そ。そうね」縋《すが》りつくべき合理的解釈が呈示されてホッとした顔になる。「そうなのよね。今って。それしかないのよね。ほんと。もう。寄るとさわるとその話題で」

「そうそう。その時に拾ったんですけど」とイアリングをテーブルの上に差し出す。

「ルナ姉さんのですよね確か」

「あ。そうだわ。ほんとだ。どこにあったのこれ？」

「本館の階段のところです。それでですね。その別館での話し合いですけど僕たちも加えていただけませんか」

「キューちゃんも？　え。待って。僕たちってどういうこと」

「だから世史夫兄さんと舞姉さんもです。いろいろ話し合うべきことも多いと思うのでこの機会に」

「だ。だけどね。キューちゃん。ええ。あなたの言うことも判るわ。とってもよく判る。だけどね。だけど。えーと。あたしたちってそのう。つまり」

「とにかく大事な話なんです。富士高兄さんにもそう伝えておいてください」自分でもびっくりするくらい僕の口調は無愛想で投げやりだった。友理さんを失った衝撃と痛みは薄れるどころかますます重く激しくなっているようだ。しかしこの場合はそれが却って幸いした。そんな僕の態度を見てこれはよほど重要な用件のようだと判断したらしくルナ姉さん神妙に頷いていた。「世史夫兄さんと舞姉さんには僕の方から話をしておきます。あ。それから。富士高兄さんとのことはもうしばらく秘密にしておいた方がいいですよ」

「ど。え。な。何。何のこと？　何のことだか判んない。あたし全然」

「特に舞姉さんに知らせる時は気をつけることです」

「だ。だからさ。キューちゃんが何を言ってんのかあたし判んなーい。も全然」

「姉妹が同じ男を好きになってしまった場合どんな悲劇が起こり得るかルナ姉さんだって想像がつくでしょ？　富士高兄さんとのことを公表する前に先ずお姉さんに優しくしておいてあげた方がいいと思いますよ。根回しのために。お祖父さまや他のひとたちに報告するのはそれからでも遅くありません。おこがましいかもしれないけど僕の忠告だと思ってください」

「や。やーね。キューちゃんたら。何わけの判らないこと言ってんのよ。そんな泣きそうな顔して。まるで失恋でもしたみたいに」

「失恋したんです。たった今」

「え。あ。あら。あら。そうなの」憐憫《れんびん》の情を浮かべながらルナ姉さんはそそくさと立ち上がった。どうやら僕は相当哀れを催す悲惨な顔をしていたらしい。後からそのことに思い当たるのだが、ルナ姉さんは原因は判然としないがどうやら僕が自殺でも図りかねない心境に陥っていると直感し不安を覚えていたらしい。実際それは当たらずとも遠からずだったわけだから、心配の余り母に御注進に及んだとしてもルナ姉さんを責めるわけにはいかない。「じゃ。あたしこれで。ね」

「後で別館でお会いしましょう。富士高兄さんも一緒に」

「わ。判った。判ったわ。それじゃ」

ルナ姉さんと入れ代わりに舞姉さんがやってきた。そして世史夫兄さんと続く。

〝日程〟通りの順番だ。僕はふたりに従兄妹全員で急遽話し合いたいことがあるから後で別館に来るように伝えた。ふたりとも妙に神妙な顔で承諾してくれる。ルナ姉さんと同様僕の精神状態を危ぶんでいるようであった。

従兄妹全員を別館へ集めたのはもちろん祖父殺害事件防止対策の一環である。ルナ姉さんと富士高兄さんコンビ、舞姉さん、そして世史夫兄さんと〝歴代〟の犯人たちを一遍に拘束しておこうというわけだ。前周の犯人をその都度足止めしておく方法では抜本的解決にならないと僕は言った。今でもそう思っている。しかし発想の転換とひと口に言ってもなかなか妙案は浮かんでこない。とりあえず〝犯人たち〟全員を拘束できる口実を思いついたのでそれを試してみようと思ったのである。案外うまくいくかもしれないし。

祖父の書斎から持ってきた日記。僕はあれを利用するつもりだった。最初は自分だけで読むつもりだったが十数冊ともなると要する時間も半端ではない。ならばいっそ兄たちや従姉妹たちに協力させて分業すればどうかと思いついたのだ。読み通す時間も五分の一で済む。何か興味を惹く事実があれば各自に報告させればいい。そして〝リセット〟されて翌周になれば兄たちや従姉妹たちは自分たちが祖父の日記を読んだことなぞ忘れてしまうわけだから、結果的には僕が独りで盗み読んだのと同じことになる。これは楽だ。

なかなか知能犯だなと自画自賛しながら僕は十数冊の日記帳を別館に集まってきた兄たちと従姉妹たちの前に差し出した。これを今から全員で読んで検討しようと切り出すとさすがに四人とも度肝を抜かれたようだ。

「そ。それは。おい。キュータロー」軽佻浮薄を身上とする世史夫兄さんもさすがに厳しい顔つきになる。「いくら何でもそれはちょっとマズいぜ。マズい。重大なプライヴァシーの侵害だ」

「プライヴァシーを侵害されているのは僕たちの方ですよ」ここからが詭《き》弁《べん》の弄《ろう》しどころである。「お祖父さまは僕たちの意思を尊重するみたいな綺麗事を言っています。だけど実際はどうでしょうか。意思を尊重してくれるのなら話し合いによって跡取りを決めるべきなのではありませんか？　自分にはこれだけの意思と能力がある。そう自己申告してきた者をひとりひとり話し合いによって評価して最終的に選ぶのが筋道なのではありませんか。ところが実際にはそれほど意思がない者も能力がない者も否応《いやおう》なくレースに参加させられている。レースと言っても何かを競わされているのなら判るけれど具体的な指標は何もない。ただお祖父さまの気まぐれによって決められるのです。選ばれたのがたまたま意思と能力が充実した者であればいいけれどそうでなかった場合はどうなります。その者は己れの分《ぶん》を越えた重荷を背負わされることになる。逆に意思も能力もあるのに選ばれなかった者だってその後不本意な人生を歩まなければいけないことになります。そうでしょ。これで僕たちの意思が尊重されているとはたして言えますか？」

「いや。おまえな。だからといって他人の日記を盗み読みしていいって理屈にはならんだろうが」

「彼を知り己れを知れば百戦殆《あや》うからずと言うでしょ」

「な。何だよそりゃ」故事諺《ことわざ》の類いに弱い世史夫兄さん泣きそうな顔になる。「いきなりそんなひとの教養を試すようなことを」

「自分と敵の状況を知り尽くしていれば」舞姉さんが真面目くさった表情で注釈を入れてくれる。「何回戦っても負けることはないという意味」

「これは戦いなのです」僕は舞姉さんの陰鬱な雰囲気に便乗して重々しく宣言した。「僕たちの人権は蹂躙《じゆうりん》されているのです。そうでしょ。こんな理不尽なめに遇《あ》わされて黙っていてはいけない。どうしたらいいか。お祖父さまにこれまでのやり方を撤回していただく他はない。単なる気まぐれで決めてしまうのではなく真に志《こころざし》と才覚のある者たちだけを公平に競わせるという方法に変えていただくのです」

「しかしそんなことどうやって。あの頑固な祖父さんが一度決めたことだぞ」

「だからこそ敵を知らなければいけないのですよ。この日記によってもしかしたら重要な情報がもたらされるかもしれない。お祖父さまとのかけひきの際に非常に有効なカードとして使えるような重要な情報が」

「それは何か。おい」面白がるべきか畏《おそ》れおののくべきか決めかねているみたいに世史夫兄さんは曖昧な薄ら笑いを浮かべた。「脅迫する材料という意味か。祖父さんを」

「場合によってはね。だけどそれも致し方ない。僕たちだって自分と家族たちの将来を人質に脅迫されているようなものでしょ」

「見たところ鍵がついているようだが」日記帳を一冊手に取ると富士高兄さんは独《ひと》り言《ご》ちるように呟いた。平静を装ってはいるがだいぶ心が動かされているらしい。どちらにせよ祖父の弱みを握られるものならば握っておくに越したことはないと計算しているようだ。「読むとしてどうやって読むんだこれを。それとも鍵も一緒に手に入れてあるのか？」

「壊すんですよ。これで」用意してきたドライバーを僕が掲げ持つと四人とも笑い出したくなるほどの勢いで後ずさっていた。「大丈夫。鍵については僕が責任を持って元通りにしておきます。読んだ後の日記帳ももちろん僕が責任を持って返しておきます。絶対にお祖父さまにはバレないように。仮にバレたとしても兄さんたちや姉さんたちに迷惑が及ぶような真似は致しません。約束します。どうか僕を信用してください」

それで決心がついたようだった。最初に富士高兄さんが三冊日記帳を手に取る。ドライバーで鍵をこじ開けてやると黙々と読み始めた。それにつられたように世史夫兄さんも手を出す。富士高兄さんに対抗したのか五冊も一遍に手に取った。最後まで迷っていたのはルナ姉さんだったが、舞姉さんが躊躇《ためら》いがちながらも三冊手に取るのを見て決心がついたようだった。負けずに四冊手に取る。

別館は異様に静かな熱気に包まれていた。それだけ後継者問題は全員にとって深刻な悩みなのだ。僕は窓際に腰を降ろして十数年前の日記を読み始めた。祖父と胡留乃叔母さんが開いた無国籍風洋風料理店が急成長を遂げる時代である。多忙だったせいか空白のページが多く書いてあったとしてもせいぜい数行で読むのは楽だ。書いてある内容も店でその日に一番売れたメニューとか他愛ないものが多い。

ページを捲っていると眼の隅でひと影が動いていた。窓の方を見てみると渡り廊下を歩いている祖父である。一升瓶をかかえてうきうきと母屋の方へ向かっている。もちろん独りだった。よしよし。世史夫兄さんもここで一緒にいることだし今周こそ事件は起こり得まい。僕はこの時そう確信していた。

「なー兄貴」日記帳を捲りながら世史夫兄さんが首を傾げる。「河添《かわぞえ》って誰だっけ。どこかで聞いたことがあるような気がするんだけど俺」

「河添？」何か思い当たることでもあるのか富士高兄さん日記帳から顔を上げる。

「河添誰だ？」

「書いていないな――いや。ちょい待ち。ええと。河添昭太《しょうた》」

「そりゃあれだ。親父の会社の社長の名前。同姓同名なのかな。それとも本人か」

「本人じゃないかな。ほら。ここに社名も出てくる」

「てことは祖父さんは河添社長と知り合いなのか。知らなかったな。全然聞いたこともなかった」

「ねーお姉ちゃん」ルナ姉さんも首を傾げながら日記帳から顔を上げる。「釣井《つるい》って名前聞いたことない？」

「釣井？　そうね。そういえば」妹に質問されるなんて滅多にない経験なのだろう。舞姉さん珍しく積極的にルナ姉さんの手元を覗き込んだ。「釣井。釣井ねえ。どこかで聞いたことがある名前ねそういえば」

「うん。そうなんだよね。でも憶い出せないな。ええと。釣井真由《まゆ》って書いてある。女だね。うーんと。誰だったかなあ」

「あ」突然舞姉さんが素っ頓狂な声を挙げたものだから世史夫兄さんなどは手に持っていた日記帳を取り落としてしまった。「ル。ルナ」

「ど。どうしたの。お姉ちゃん」

「そ。それ。それって」ルナ姉さんの手から日記帳をひったくる。「釣井。釣井真由。これ。これってあれじゃない。あれよ。パパがほら。パパがこの前手を出して大問題になったあの。あの生徒の名前……」

「あ。ああああ」男の雄叫《おたけ》びみたいに語尾を引っぱってルナ姉さんも悲鳴を挙げる。

「そうだ。そ。そうだよ。お姉ちゃん。確かにあの生徒だ。間違いないよ。あの娘よ。あの娘だよこれ。でも。で。でも」

「どうして。ど。どうしてこんなところに出てくるの？　あの娘の名前が。どうして？　どうして？」

僕たち兄弟もルナ姉さんたちの手元を覗き込んだ。そこには見慣れた祖父の筆跡で『釣井真由と合意』と記されていた。僕たちは慌てて他の日記帳にも同じ名前が出てこないか手分けして調べた。すると名前は出てこないもののその娘と関連がありそうな記述はその前年の日記帳からも発見された。以下主なものを列記してみよう。

『金で解決できる娘なら当節いくらでもいると思ったが予想外』

『その筋から情報あり。学校を辞める口実を欲しがっている娘がいると聞く。打診してもらうことにする』

『金百万円也を提示してくる。分割で払うと伝えると即金で欲しいと言う。急にまとまった金を持つと怪しまれるので困ると断ってもらう。交渉難航』

『金百万円分割払いの件了承。但《ただ》し就職口の世話もして欲しいと条件追加。ウチの系列は差し障りがあるので交渉ついでにその筋に任せることにする』

『名前は釣井真由とのこと。写真を見ますかと訊いてくる。何のつもりか。断る』

『釣井真由と合意』

『等《ひとし》の件、なかなか発覚しないと訝《いぶか》っていたら生徒たちの間では噂になっている由《よし》』

『首尾上々』……

首尾上々という表現を見て思い当たることが僕にはあった。今年一月一日の分の日記である。『両家とも夫は姿見せず』の次にくるフレーズだ。『首尾上々』——ということはもしかして……

「兄貴」

「ん」

「見てみろよ。これ」

直接声をかけたのは富士高兄さんにだったが、ルナ姉さんも舞姉さんももちろん僕も吸い寄せられるように世史夫兄さんの手元を覗き込んでいた。そこにはこうあった。

『時節柄口実には全然困らないとのこと。むしろ役員整理その他で頭を痛めている折、渡りに船であると河添社長から感謝される。礼金については不要なので例の一件の便宜よろしくとのこと。承諾』

『河添社長より連絡。リストラ用に名目だけの係を増設の由。道也《みちや》だけを押し込むと怪しまれるかもしれないのであと数名も同時に配属して欲しいとくれぐれも頼む』……

「これってあれか。つまり」呆れるべきか憤るべきか決めかねた折衷《せっちゅう》案みたいに世史夫兄さんは日記帳を指で弾いた。「祖父さんが裏から手を回したってことか？　親父を閑職に追い込むために」

「というよりも」富士高兄さんもさすがにこの事態が自分にとってどのような損得をもたらすのか測りかねているようだ。「会社から追い出させるためにと言うべきかな。最終的には」

「パパのこれだってそうだわ」態度を決めかねている男性陣と比べるとルナ姉さんははっきりと激怒していた。「要するにこれってお祖父さまがこの釣井って娘を雇ってパパを陥れたってことでしょ？　パパを誘惑させて。関係をもたせて。その噂を拡げる。そしてパパは学校を馘首《クビ》になる。そう画策したってことでしょ？」

「そんなふうにも」富士高兄さんは慎重な口調を崩さなかった。「とれる」

「とれるじゃなくてそうなのよ」恋人から力強い賛同が得られず心外だったのだろう。ルナ姉さん思わず亭主の尻を叩く妻の口調になって富士高兄さんに嚙みついていた。「他に考えられないじゃない」

「だけどさ」世史夫兄さんは途方に暮れたように壊れた鍵を弄んでいる。「仮にそうだとしてもだよ。そんなことをして祖父さんにいったいどんな得があるっていうんだ？」

「決まってるじゃない」舞姉さんは淡々としていたが、彼女が妹に負けず劣らず激怒しているのは誰の眼にも明らかだった。「後継者争いを面白くするためよ。夫たちが落伍して失業者になってしまったらウチの母だって加実寿伯母さまだって自分の子供たちを売り込むのに必死にならざるを得ない。死にもの狂いで自分に擦り寄ってくる。その醜態ぶりを眺めて楽しんでやろうっていう魂胆よ」

「そんなに悪趣味なひとかな。あの祖父さんて」

そう呟いたものの世史夫兄さんも完全には舞姉さんの説を否定し切れないでいる。むしろ表情の方はそれしか考えられないと彼女の説を支持していた。

僕は何を言っていいか判らなかった。日記から何か面白いことが出てくるかもしれないという期待がないわけではなかった。しかしこんな大きな爆弾が飛び出してくるとは正直思ってもみなかったのだ。まさかあの祖父が僕たちの家族に対してそんな陰謀を仕掛けてきていたなんて。

もしかしたら……ふと変な考えが頭に浮かんでくる。もしかしたらこれが動機なのかもしれないと。直接の動機ではないにしても祖父殺害事件と何らかの関連があるのかもしれない。僕はこれまで祖父は誰からも恨みを買うようなひとではないと漠然と決めつけていたのだけれども万一この陰謀を親族のうちの誰かが知っていたとしたら――

僕の思考はしかしそこで停止していた。ただでさえ驚愕《きょうがく》している最中に窓の外に信じられないものを目撃して頭が空白になってしまったのだ。渡り廊下を歩いているひと影。あれは……

母だった。本館から母屋の方へ向かっている。しかしどうして……顎《あご》が外れそうなほどのショックを味わいながら僕は痴呆のようにその姿を眺め続けるしかなかった。どうして母が母屋なんかへ行くのだ。そんな行動は〝日程〟の中に組み込まれてはいないぞ。そんなことは起こってはいけない。断じて起こってはいけないことなのに。

どれくらい時間が経過しただろう。母は本館の方へ戻っていった。半ば予感していた通り母は再び母屋の方へ向かう。両手で胡蝶蘭の花瓶を持って。

それでも事件は起きる

祖父の死体を発見したのは葉流名《はるな》叔母さんだった。例によって話し合いのために祖父の姿を探していたのだ。その叔母さんに母が祖父なら母屋の方へ行くのを見たと告げたのである。死体の発見者に仕立てるために。

警察の事情聴取の順番を待っている間に僕はルナ姉さんや舞《まい》姉さんたちとあれこれ情報交換をした。その結果何故母が〝日程〟にはなかった行動をとることになったかを僕なりに理解した。やはりこの僕が〝原因〟だったのである。

ルナ姉さんは富士高《ふじたか》兄さんを誘って別館へ来る前に母の部屋へ寄ったというのである。そして僕の様子がどうも変だと告げた。いつもの茫洋《ぼうよう》とした雰囲気とは打って変わって妙に眼が血走っている。本人は失恋したとか口走っていてその真偽のほどは不明だが何か深刻な出来事があったのは間違いない。相当思い詰めている様子で下手したら自殺でも図りかねない雰囲気だった。そう母に進言したというのである。僕のことを心配して。

母がそれをどれだけ真《ま》に受けたかは判らない。多分あのボケッとした息子に限ってそんな自殺なんて複雑な形而上学的思考を要する行為ができるわけないわと一笑に付したのではないかと思う。ただ後継者問題のこともあるし檄《げき》を飛ばすついでに様子を見てこようという軽い気持ちで母屋へ向かったのだろう。ルナ姉さんは別館で僕たちが会っていることまでは告げなかったため、母は僕が当然屋根裏部屋にいるものと思い込んでいた。だから母屋へ向かったのだ。

そこまでは判った。そこまでは判ったのである。だがそこから後が判らない。屋根裏部屋へ行ったものの僕の姿はなく、そこには酒盛りをしている祖父がいた。そこでふたりの間にどういうやりとりがあって母が祖父を殺害するに至ったのかという経緯がまるで判らないのだ。凶器はまたしても胡蝶蘭の花瓶が使われていた。どうしてなのか。ルナ姉さんと富士高兄さんコンビや世史夫《よしお》兄さんの犯行を参考にできる筈がない母がどうして彼らとまったく同じ手口を使うのか。何の必然性があって。判らない。謎だ。

これはもう本人に訊くしかないのではないか。そう思ったりもする。しかし訊いてみたところで誰もそう簡単に教えてくれはしないだろう。一月二日がその都度〝リセット〟されていることを僕だけではなく犯人たちも知っていればなあと思わずにはいられない。やり直しが利くと判っていれば彼らだって喜んで犯行の経緯と動機を打ち明けてくれるだろう。〝リセット〟されれば罪体《ざいたい》としての死体は生き返るわけだし行為そのものが消えてしまう。そのことさえ判ってくれていれば犯行の経緯と動機を母だけではなくルナ姉さんと富士高兄さん、舞姉さん、世史夫兄さんたちも素直に話してくれていただろう。しかし彼らの主観ではこの一日はやり直しの利かない一日なのだ。罪を犯してしまった以上それは終生をかけて守り通さねばならない秘密と化してしまう。

そういうわけでその日その日に本人たちから聞き出すという方法はとれない。僕にしても身内たちに面と向かって今殺人を犯したでしょ、神妙に経緯と動機を白状してくださいなと糾弾できる自信はない。いくら何をやっても〝リセット〟されると判ってはいても心情的に抵抗があり過ぎるのだ。だからその点については想像するしかない。しかしルナ姉さんと富士高兄さんコンビや舞姉さんの場合はともかく、世史夫兄さんや母たちの場合の動機は想像しようがないことも確かだ。このまま永遠の謎になってしまうかもしれない。何しろ〝リセット〟される度に犯人たち本人の記憶から事件そのものが抹消されてしまうんだから。真相究明のしようがない。だがそれも仕方がない。僕にとって大事なことは経緯と動機の解明ではなく祖父殺害を阻止することなのだから。

しかしここにも問題がある。はたして僕はそこまで苦労して祖父を救ってやらなければいけない義理があるのだろうかという疑問が湧いてきたのである。言うまでもなく日記帳から発覚した祖父の陰謀のせいだ。祖父が裏から手を回してウチの父を閑職に、そして鐘ヶ江《かながえ》の叔父さんを懲戒免職に追いやったという衝撃的事実。

確かに僕は父にも母にもその価値観の相違故ついてゆけない面が多々ある。尊敬できない部分も沢山あるし愛情を抱きようがないと諦観してしまう瞬間すらある。だけどそんな手間のかかった策を弄してまで破滅に追い込まれなければならないほどの悪人たちなのかなあとも思うのである。確かにその昔母は薬流名叔母さんと共に祖父に冷たい仕打ちをした。その恨みが未だに忘れられないというのもまあ判らないでもない。だけど母と叔母さんの夫やその家族たちの社会的地位ひいては生活や将来までをも巻き込む形での意趣返しというのは、ちょっと大人げないんではないかなあと思うのである。はた迷惑な。

そんなはた迷惑な老人の生死なんか自分の知ったこっちゃない。もう放っておこうかなと思ったのは事実である。どうも何しても殺されてしまう運命にあるみたいだし。うん。運命なら仕方ない。放っておこう。放っておきましょう。知らん。もう知りませんと。

しかし結局やっぱり放っておけないと思い直した。それは祖父の事件が本来的な意味での〝運命〟とはちょっと違うことに改めて気がついたからである。何度も言ったようにこの一月二日のオリジナル周に祖父には何の異変も起こってはいない。殺されるという事態に陥ったのは第二周からだ。換言するとこの事件は本来の一月二日には起こり得なかった筈の出来事なのである。僕が本来の〝日程〟を狂わせることによって奇妙な因果律を発生させなければ起こり得なかった。つまり祖父の死とは〝運命〟とは言えないのである。言うなれば〝人災〟である。そういう理屈になる。普通の人災なら取り返しがつかないところだが幸い僕の場合はやり直しが利く。やり直しが利く限り取り返しがつくように努力するのがやはりひとの道というものであろう。そう考え直したのである。祖父を救うのは自分の〝責任〟なのだと。

例によって事情聴取の順番待ちをしていると午前零時がやってきた。〝リセット〟されるや屋根裏部屋の布団の中で眼が醒める。一月二日。第六周の始まりである。喉の渇きと眠気と戦いつつ前周と同様僕は自分の腿をつねって無理矢理眼を醒ました。午前三時である。

もはや習慣になってしまった階段のチェックを終えると、拾ったイアリングを弄びながら屋根裏部屋を歩き回り対策を練った。さて。今周はどうしたものか。今周を含めてやり直しのチャンスはあと四回ある。ただし最終周である第九周は一月二日の〝決定版〟となってしまうためにやり直しは利かない。確実な阻止方法をその時までに確立しておかなければならない。第八周はその方法が確実かどうか試すテスト〝周〟である。つまり厳密に言えば新しい試みが許されるのは第六周である今周と翌周の第七周の二回だけということになる。

六時になる前に僕は母屋を後にした。本館の胡留乃《ことの》叔母さんの部屋へ上がる。予想通り叔母さんはちょうどダイニングへ降りようとしているところだった。僕の顔を見て大袈裟に驚く。「あら。まあ。随分早いこと。大丈夫なの？　身体の調子は」

「ええ。何とか」皆がみんな開口一番に僕の二日酔いのことを心配してくれる。自分では新年会の時に飲んだ量はそれほどでもなかった印象があるのだが、他人の眼から見ると相当心配な量だったのであろう。「お騒がせしました」

「いいえ。キューターローちゃんが悪いんじゃないわ。未成年と知っていてあんなに飲ませるんだものね。後で叱っておかなくちゃ」

「それはそうと」確か新年会の時は他ならぬ胡留乃叔母さんにも酒を勧められた記憶が僕にはあるのだけれども。「実はお願いがあるのですが」

「まあ。何かしら」

「あの。変なお願いであれなんですけど。胡蝶蘭を貸していただけませんか。今日一日だけでいいのですが」

「胡蝶蘭？」叔母さん眼を丸くする。「胡蝶蘭てあの胡蝶蘭？」

「ええ。あの胡蝶蘭です。友理《ともり》さんが買ってきた」

「それは別に構わないけど。どうするのあれを？」

「写生をしようかなと思って」

「写生？　まあ。キュータローちゃんて絵なんか描いてたっけ？」

「冬休みの宿題なんです」ほんとは学校の芸術教科選択は美術ではなく書道をとっているのだが。まあバレっこないだろ。「ここに滞在するついでに何か描くつもりでスケッチブックも持ってきていたことを今朝憶い出しまして」

「あらあら。そうだったの。感心だこと。もちろんいいわよ」いいわよと言いながら一向に部屋から花瓶を持ってきてくれる様子がないので僕が怪訝《けげん》に思っていると「あら。ここじゃないわ。階下《した》よ」

「え？　だって叔母さまの部屋に上げておくとかおっしゃってませんでしたっけ」

「そのつもりだったんだけど。あんまり綺麗だからしばらく皆にも観賞してもらおうと思って。だから待合室に置いたままなのよ。気がつかなかったの？」

　全然気がつかなかった。考えてみれば一月二日の〝反復〟が始まって以来待合室に入ったのは前周の夜中に祖父の書斎に忍び込む直前だけだ。あの時は部屋が暗いままだったので気がつかなかったらしい。もちろん〝反復〟の度に事情聴取の順番待ちのために待合室にいつも詰めてはいるが、事件後は凶器である花瓶は現場の屋根裏部屋の方に移っているから気がつきようもない（舞姉さんが犯人の時だけは別なわけだが、やはり事件のことで動揺していたのか花瓶が待合室に飾られているのには全然気がつかなかった）。

それにしても。胡留乃叔母さんの部屋にわざわざ忍び込むなんてリスクを冒してまで何故犯人たちは揃いも揃って胡蝶蘭の花瓶にこだわるのかとずっと不思議に思っていたのだが、特定の個室ではなく誰でも気軽に入れる待合室にずっと置かれていたとなると事情はまったく変わってくる。何か凶器に使えそうなものと考えて咄嗟に待合室に飾られていた花瓶を思い浮かべたというわけなのだろう。舞姉さんだけが現場にあった一升瓶を使ったというのは彼女の感情的爆発がそれだけ大きかったということか。それとも逆に他の者たちに比べると意外に舞姉さんの方が冷静だったと見るべきか。

胡留乃叔母さんと一緒に階下へ降りてみるとなるほど胡蝶蘭の花瓶はちゃんと待合室に飾られていた。「母屋の方へ持っていってもいいですか？」

「いいわよ。でも気をつけてね」

花瓶は後で母屋の納戸の中にでも隠しておくつもりだった。もちろん凶器を始末するだけで犯行が防げるとは思っていない。これはあくまでも第一段階である。その第一段階のためのお許しが意外にすんなり出て気が緩んでいたらしい。キヨ子さんと自分と一緒に朝食を摂《と》らないかと胡留乃叔母さんに誘われてつい承諾してしまった。承諾してしまった後でふと嫌なことに思い当たる。

僕がここで食卓に加わることは本来の〝日程〟にはなかったことなのだ。本来ならばここで胡留乃叔母さんがキヨ子さんに後継者問題についての意見を求め互いに検討するという場面が展開される筈なのである。ところが僕という第三者がいるために一向にその話題はふたりの間で持ち上がってこない。当たり障りのない世間話ばかりしている。それはいいのだが〝日程〟をこんなふうにして狂わせることでまた変な因果律が形成されてしまうんじゃあるまいなと嫌な予感に襲われてしまうのである。また意外なところから〝伏兵〟が現れるんじゃあるまいなと。

しかし今さら中座するわけにもいかない。ままよと開き直って食事を続けていると〝日程〟通り友理さんがやってきた。社長宅に泊まっていながら図々しく寝過ごしてしまったことを前周とほぼ同じ言い回しで詫びる。胡留乃叔母さんの対応も同じだった。

ところがここからが少し違ってくる。〝日程〟通りであれば友理さんと入れ代わりに胡留乃叔母さんとキヨ子さんはダイニングから出てゆく筈だった。事実ふたりはとっくに食事を終えて皿まで洗い終わっている。なのに友理さんが僕の隣りに座って食事を始めても一向にふたりは出てゆく気配を見せない。そのうちに〝順番〟通りに槌《つち》矢《や》さんがやってきた。

「キヨ子さん。ちょっとコーヒーでも飲みましょうか」まったく〝日程〟にはないそんな科白が胡留乃叔母さんの口から飛び出すに至って僕は頭をかかえてしまった。まずい。まずいよ。いよいよ〝日程〟が大幅に狂いつつある。「こういう顔ぶれでお食事をするというのも楽しいわね。何か。お菓子が余ってたと思うわ。あ。それから蜜《み》柑《かん》もね。出しておいて頂戴」

いつになく胡留乃叔母さんはウキウキしている。どうやら彼女にとって気のおけないメンバーが集まったからちょっとお喋りしたい気分になったということらしい。まずいよなあ。これが変な〝結果〟に結びつかなきゃいいんだけど。

「ねえ。キュータローちゃん」僕だけでも早く出ていった方がいいかもしれないと茶碗を持って立ち上がろうとしたら胡留乃叔母さんに捕まってしまった。「あなたは誰が選ばれればいいと思ってるの？　あたしの養子として。よかったら忌憚《きたん》ないところを聞かせて頂戴な。大丈夫。オフレコってことで誰にも言わないから。あなたのお母さんにも」

なるほどと僕は納得した。やはりその話題にはなるわけだ。元通りの〝日程〟にでき得る限り忠実であろうとする抑止力が働いて。前周とは少し状況が違ってはいるが。

「それは友理さんがいいと思います」

「あら」自分の意中のひとと合致した喜びと驚きに胡留乃叔母さんは顔を輝かせて身を乗り出してきた。「それはまたどうして？」

「もちろん槌矢さんでもいいですけど」それはもちろん彼女が有能だからですと答えかけて慌てて答えをそう修正する。そんな答え方をしたらまるで同席している槌矢さんの方は無能ですからと皮肉っているみたいに聞こえるものな。「要するに有能な方が継ぐべきだと思うんです」

「キュータローちゃんたちじゃ駄目なの？」戸惑っている友理さんと槌矢さんに愉快そうな一瞥をくれておいてから胡留乃叔母さんはさらに追及してくる。意外に底意地の悪い性格である。「あるいは舞たちでは？」

「舞姉さんは叔母さまの養子としては適格だと思います」

「おやおや」今度は自分の胸中を言い当てられたような気がしたのだろう。顔の輝き方が中途半端で少し警戒するような表情が覗いていた。「それはまたどうして？」

「舞姉さんが一番叔母さまに似ているように思うからです。むしろ葉流名叔母さまよりも胡留乃叔母さまの方に似ているような印象を受けるくらいです。もちろんだからと言って実際に母娘となってそれでうまくやっていけるかどうかは判りませんけれど」

「養子としては申し分ない。だけどエッジアップの跡取りとしては不適格だと。キュータローちゃんが言いたいのはそういうことかしら？」

「舞姉さんだけではありません。僕たちは皆それぞれ違う意味で適性がありません。富士高兄さんはあの通りどちらかと言えば研究者タイプです。世史夫兄さんは企業従属型というのか使われるのはうまいですけど逆にひとを使うのはどうでしょうか。父に似て逆境に弱い面もありそうですし」

「キュータローちゃんは？」

「何しろベストセラーを八年遅れて読む人間ですから。世の中のテンポにはついていけません」

「ルナは？」

「男性によって価値観が根底から変わってしまいそうですね。見かけによらずなんて言うと変かもしれないけど古風で尽くすタイプだから経営者には向かないと思います」

「驚いたわねどうも」胡留乃叔母さんは愉快そうにコーヒーを啜《すす》る。「キューターローちゃんがそんなに観察眼が鋭いとは思わなかったわ。ただボーッとしているだけの坊ちゃんだと思ってたのに」

「ボーッとしているだけなんですほんとに。何しろ一日が他のひとよりも長くて」

「要するに身内は皆ダメだと」胡留乃叔母さんはもちろん僕のぼやきの意味を詮索することもなく遮った。「友理さんか槌矢さんか。とにかく外部から新しい血を注入した方がいいという考え方なのね」

「まあ。そういうことです」

「それじゃあ友理さんと槌矢さんとではどちらがいいと思っているの？」

「それは僕だって一応男の端くれですから女性の方に点が甘くなりますよ」

「あらあら。まあまあ。結構言うじゃない。もしかして」女の子からチョコレートを貰った幼稚園児をからかっている園長先生みたいに眼を細める。「キュータローちゃん友理さんみたいなひとが好きなの？」

「ええ。素敵だと思います」

「あんなこと言ってるわよ。生意気に」笑いながら叔母さんはテーブル越しに腕を伸ばして友理さんの手の甲を叩いた。「友理さんの方はどう？　キュータローちゃんみたいな感じの男の子は」

「え。ええ。あの」友理さんが口籠もっているところを見たのは初めてだ。そりゃ困るよなあ。自分には恋人がいますからと真面目に断るのも何か変だし。さりとて社長の甥をつかまえてこんなのはちょっとと正直なところを言うわけにもいかないし。

「あたしも。その。素敵だと思います。はい」

「あははは。いいわよ。無理しなくても。こんなのはちょっとねえ。あなたには釣り合わないわよねえ」こんなのって僕のことかな。そこまで卑下する必要もないと思うんだが。「ところでねえ。友理さん。この機会に訊いておきたいんだけど。あなた付き合っている男性とかいるの？」

「え」最初はどうはぐらかそうかと考えているふうの友理さんだったが、胡留乃叔母さんが後継者問題に絡《から》めて質問していると気がついたらしい。いつもの逡巡のない冷静な口調と表情に戻っていた。「はい。実はつい先日結婚を申し込まれまして」

〝抑止力〟は侮《あなど》れない。やっぱりこの話題になってしまうのか。僕はそっと溜め息をついた。せっかくひとがショックを乗り越えようと健気に頑張っているのに。まあ仕方がない。槌矢さんのショックに比べればまだましかもしれない。僕にとっては〝二度目〟だからまだ覚悟ができていたが、彼にとっては〝初めて〟聞かされる話だものな。そっと様子を窺うとはたして槌矢さんは滑稽なくらい固まっていた。箸《はし》を咥《くわ》えて眼を剝《む》いたまま。

「まあ」そんなに直截《ちょくさい》な答えが返ってくるとは叔母さんも予想していなかったらしい。俄然瞳を輝かせた。「そ。それで？」

「お受けしようと思っているんです」

「さぞかし」叔母さんが洩らした感に堪えないといった吐息はあながち社交辞令というわけではなさそうであった。「立派で素敵な殿方なのでしょうね。何しろ。何しろあなたという女性の心を射止めてしまっているんですものね」

「まだ少し」躊躇《ためら》いがちながらも友理さんは微笑を浮かべていた。余り仏頂面を晒《さら》してするような話題ではないと思い直した彼女なりの気配りだったのかもしれないが、失恋したばかりの身にとっては肺腑《はいふ》を抉《えぐ》られる心境である。そっと盗み見ると槌矢さんも今にも卒倒せんばかりに寄《よ》り眼《め》になっていた。「先のことにはなりそうですが」

「その方は例えばあなたがあたしの養女になったとするわね。その場合ウチに婿入りして渕上《ふちがみ》の姓を継ごうと思えば継げるひと？」

「いえ。多分それはできないと思います」

「まあ。それじゃ困るわね」普段仕事をしている時にはこんな顔になるのか、胡留乃叔母さん一転責めるみたいな眼で友理さんを睨みつけていた。「もし父があなたを指名したらどうするつもりなの？」

「実はそのことをお話ししようと思っていたんです。社長の養女候補リストからはやはり外していただけないものかと」

「それは無理だと思いますよ」ようやく身体が動くようになったらしい槌矢さんがそ

う口を挟んだ。「会長はあの通り一度言い出したことは絶対にとは申しませんが滅多に翻さない方ですし」

「早く解決しておいた方がいいわねその問題は」胡留乃叔母さんは槌矢さんを無視するみたいに「もしあなたがその方の所へお嫁に行く方が早ければ父も遺言状を書き直す余裕があるけど。万一父が死ぬ方が早かったとしたら。あなたがその方との結婚を諦めるかそれともその方に渕上家に婿入りしてもらうかどちらかになってしまうもの」

「あたしが辞退するわけにはいかないでしょうか。養女になることを」

「うーん。不可能ではないでしょうけど。父がいなくなった時点で一旦は全ての決定権はあたしに委ねられるわけだから。一応。でもね。あたしとしては個人的に友理さんに跡を継いで欲しいのよね」同じく候補になっている槌矢さんが同席しているのに彼を差し置くような発言をしたことにさすがの胡留乃叔母さんも気が咎めたらしい。「キュータローちゃんのおめがねにもかなっていることだしねえ」とひとをダシにしてフォローする。迷惑な。

平静を装ってはいるものの槌矢さんは心穏やかではないようだった。指名権を持っているのはあくまでも祖父であり胡留乃叔母さんではないことは判っていてもやはり不安なのであろう。いざという場合に備えて友理さんを恋人と別れさせて自分の妻候補に据え〝落選〟対策が講じられないものかと画策しているような顔をしていた。

〝日程〟の順序通りルナ姉さんがダイニングへと入ってきた。おはようと愛想良く笑いながら槌矢さんの隣りへ座る。友理さんとルナ姉さんとを（自分の胸中で）ふた股かけているせいか槌矢さんは微笑を返しながらもどこか後ろめたそうである。ように見える。単なる僕の思い込みかな。

「何だ。ここにいたのか」祖父が入ってきて座の空気が一気に緊張していた。ふと僕は壁に掛かっている時計を見ていた。午前八時にあと一分である。「胡留乃。キヨ子さん。ちょっと来てくれんか」

叔母さんとキヨ子さんが立ち上がって祖父の後に続いた。どこへ向かっているのか僕には判っている。母屋の台所だ。そこで昨夜赤い折り紙が無かったから折れなかった文房具屋で買ってきてくれんか、店は三ヶ日は閉まっていますという例のやりとりが交わされるわけである。他の者たちに聞かれると体裁が悪い話題だからわざわざ母屋にまで行くのだろう。

取り残された僕たち四人は急に会話が途絶えてしまった。友理さんが立ち上がると会釈して出てゆく。それを追いかけるようにして槌矢さんもそそくさと出ていった。おそらく友理さんに平凡な結婚なんかして満足するんじゃない、自分と一緒にエッジアップを守《も》り立《た》てていこうと提案するつもりなのだろう。そして前周同様肘鉄《ひじてつ》を喰らうと。

「あの。これ」黙々と箸を動かしているルナ姉さんの前に僕はイアリングを差し出した。「落ちてましたので」

「あ」御飯が気管に詰まったらしい。ごほんごほんと咳き込んだ。「あ。あそ。あ。ありがと」

「実は相談があるんですが」何か問いたそうにしているルナ姉さんの眼線を無視して僕はそう切り出した。「後で皆に大広間に集まって欲しいんです。葉流名叔母さんにも舞姉さんにも声をかけておいてくれませんか」

「そ。相談？　相談て何の？」

「他にないでしょ。後継者問題についてですよ。ウチの母や兄たちにも来てもらいます。あ。でも富士高兄さんにはルナ姉さんから伝えておいてください」

「あ。あの」泣きそうな顔になる。「今日じゃなきゃダメなの？」

「今日じゃなきゃ駄目なんです」

「あたし用があるんだけどなー」

「いつでもできるでしょ。富士高兄さんと密会することなんか」げっと喉を鳴らせるルナ姉さんを無視して畳みかける。「それから僕が皆の前で何を言っても富士高兄さんとの関係についてはいっさい口にしてはダメですからね。少なくとも今日だけは秘密にしておくのです。兄さんにもそう釘を刺しておいてください」

そう言い終えるや舞姉さんがダイニングへ入ってきた。間一髪のタイミングだ。「ちょうどよかった。舞姉さんには僕から伝えておきます」じゃ頼みましたからねと念を押すと、ルナ姉さんは顔をひきつらせたまま皿を洗いもせずにお化け屋敷から逃げるみたいな勢いで飛び出していった。入れ代わりに世史夫兄さんが入ってくる。僕はふたりにも大事な話があるから後で大広間に集まってくれるようにと伝えた。

事態は泥沼の様相を呈し続けているがこうなれば仕方がない。とにかく足りない僕の頭で考えつく限りのことをやっておくしかないではないか。母に祖父を殺す可能性があるのなら葉流名叔母さんにだってあるだろう。ならばいっそのこと全員を一遍に拘束してやろうという目論見である。僕などという餓鬼の招集に母や葉流名叔母さんが応じてくれるかどうか不安もあったが後継者問題についてとなるとやはり気になるというか血が騒いだらしい。ちゃんと大庭《おおば》家と鐘ヶ江家の全員が大広間に集まってくれた。

「いろいろとお互いに言いたいこともございましょうけれども」母と葉流名叔母さんの顔を見比べながら僕はそう切り出した。「ここはひとつ両家が手打ちをするべき時期ではないかと思います」

「手打ち？」あんたの言う手打ちってウドンのことじゃないでしょうねとでも母は言

いたげである。「って。何を手打ちするのよ。いったい」

「後継者問題についてです。渕上家の。この際大庭家と鐘ヶ江家が自分のところの子供こそ正当な跡取りだと張り合っていても仕方がないでしょう。槌矢さんや友理さんが指名されてしまったら僕たちは共倒れになってしまいます。それならばいっそ協力し合った方がお互いに得だと思いませんか？」

「協力ってってさ。あんた。いったい何をどんなふうに」相変わらずアンニュイさを周囲に自己申告している葉流名叔母さんを母は忌《い》まいましげに一瞥《いちべつ》しながら「協力しろっての？」

「具体的には例えばお互いの子供を結婚させるとかですよ」ヒックとしゃっくりをして驚いたのをごまかしているルナ姉さんを無視して続ける。「富士高兄さんと舞姉さんか。舞姉さんと世史夫兄さんか。あるいはルナ姉さんと富士高兄さんか。ルナ姉さんと世史夫兄さんか。組み合わせはともかく結婚させる。こんなことを言うのは大変心苦しいのですが本人たちに互いに愛情があるかどうかは別とします。政略結婚のようなものですね。でも事態はそれだけ逼迫《ひっぱく》しているとは思われませんか。兄さんたちと姉さんたちのうちからカップルが生まれればお祖父さまの気持ちも変わってくるかもしれません。いえ。それしかお祖父さまの気持ちを変えられる方法はないのです。そのカップルから子供が生まれたと想像してみてください。お祖父さまにとっては可愛い可愛い曾孫となります。この曾孫のために何か自分は残してやらなければならないと考える可能性は充分あります。そしてその子供とはお母さまと葉流名叔母さまの共通の孫です。この子供をかすがいとして渕上家はもちろん大庭家も鐘ヶ江家も仲良く発展してゆけるものと」

「キュータロー。冴えてるじゃないか」喜んだのは世史夫兄さんだ。「どうして誰もそんなことを考えつかなかったんだろうな。いやあ。天才じゃないかおまえ」あたしだって考えついてたもんと呟くルナ姉さんを振り返って「じゃあ早速俺とルナちゃんが結婚するってことで」

「ちょっと待ってよ」いかにも自分以外の人間は皆単細胞なんだから困るわとでも言いたげな含みを込めて葉流名叔母さんが唇の端を吊り上げる。「子供たちを政略結婚させるのは結構だけどもさ。いざ結婚させたものの蓋《ふた》を開けてみたら結局指名されていたのはあの槌矢か友理だったなんてことになったらどうするの？　洒落にならないわよ」

「祖父さんが生きている限り」ルナ姉さんとのことが頭にあるのか富士高兄さん珍しくむきになっている。「遺言状は何度でも書き直せる。最終決定なんて言っているのは本人だけなんだから。その本人の考えを変えさせるための手段として曾孫を使って懐柔してはどうかという提案をしているわけだろ。キュータローは」

「その通りです」

「愛情のない結婚に人身御供《ひとみごくう》の曾孫ときたわね。よくもまあそんな非人間的なことを思いつきますこと。いくらお金が欲しいからとはいえ」ふふんと葉流名叔母さん鼻で笑いながら嫌悪感を表す。「高校生のくせに。末恐ろしいこと。誰に似たのかしら」

「な。な。何ですって」金の亡者呼ばわりされるのはもちろん不本意ではあったが、僕だって自分の生活への不安がまったくないわけではなかったので黙っていようとした。ところが黙っていられないのが母だった。「ウチの子がせっかく。せっかく生産的な提案をしてやっているのに。お互いのために。あんたとあんたたちの娘のためを思って。なのに。なのに。何よ何よ。その態度は」

「何があたしたちのためですって。笑わせないでよ」何がそんなに気にさわったのか葉流名叔母さんにしては珍しく、けけけ、とヒステリックな響きの笑い方になる。「自分たちのためじゃないの。自分たちの取り分がなくなったら困るからそんな苦肉の策に辿り着いただけでしょうが。ほざくんじゃないわよ。おためごかしを。金が欲しいなら欲しいと。素直に言ったらどうなのよ。ええ。言ってみなさいよ欲しけりゃ。それを。それを。あたしたちのためときた。言うに事欠いて。恩着せがましい」

「まあまあ叔母さま。どうか落ち着いてください」僕としてはもとよりこの提案がまとまることを目的としているわけではない。交渉が決裂したって一向に構わない。夕方まで全員をここに拘束できていればそれでいいのだから。ただ余りにも早く大喧嘩に突入してどちらかが席を立つという展開に陥っては困るので一応仲裁に入っておく。「正直僕はお金が欲しいです。父があいう状態ですから生活や将来には不安がある。大学だってちゃんと行きたいし。だから——」

「よせ。みっともないこと言うんじゃない」激昂して立ち上がったのは富士高兄さんだった。満面に朱を注いで握りしめた拳《こぶし》が震えている。こんなに興奮している兄さんを見るのは初めてだった。「キュータロー。お。おまえ。おまえ侮辱されているんだぞ。判らないのか。侮辱されているんだぞ。それが判らないのか。媚《こ》びへつらうような態度をとるんじゃない」

「まあまあ。兄貴。そんなに怒るなよ。悪気はないんだからさ。キュータローにはな。そうだろ。な」

「そうよね。悪気はないのよね。金銭欲があるだけだもの」

「口を慎め」葉流名叔母さんにしてみれば甥に当たっても仕方がなかったと反省しての笑ってごまかす式の冗談のつもりだったようなのだが、富士高兄さんはまともに受け取ってしまった。「金銭欲たっぷりはお互いさまだろうが」

「そんなに怒ることないじゃない。フーちゃん」兄さんの激怒ぶりに辟易したのかルナ姉さんうっかり愛称で呼んでいた。だが誰も気がつかないようだ。「ママだって悪気があるわけじゃないわよ。ただちょっと——」

「おまえは黙ってろ」

「おまえですって。ウ。ウチの娘を」葉流名叔母さんの唇から皮肉ったらしい微笑が完全に消滅していた。母に負けないくらい眼が吊り上がる。「ウチの娘をおまえ呼ばわり。何様のつもりなの。あんたは。え。いったい何様のつもりなの。謝りなさい。今すぐ。そこに手をついて。謝りなさい。土下座をしなさい」

「土下座するのはおまえだ」どうやら富士高兄さんは滅多に怒らない代わりに一度怒りだすと歯止めが利かなくなるタイプだったようだ。唾を飛ばして吠えまくる。「土下座して弟に詫びろ。この因業婆あめ」

「ば。婆あですって。ママが」まるで音叉が共鳴するみたいにルナ姉さんまでが吠え始めた。「ひとの親つかまえて。婆あとは何よ。婆あとは。この野蛮人」

「うるせえ。おまえは黙ってろって言っただろうが。ややこしい」

「謝ってよ」ルナ姉さん泣き出した。今回はよく彼女が泣く場面に出くわす。これまで明朗快活な現代娘というイメージに惑わされて気がつかなかったけれども彼女って単なる泣き虫だったのかもしれない。「謝ってったら謝って。でないとあたし許さない。許さないから一生。あなたのこと」

「なんで許してもらわなきゃならんのだ。俺がおまえに。ふざけるんじゃない。だいたい何かといやおまえはビービーびーびー。泣きゃ勝ちだと思ってやがる」

「ひどい。ひ。ひどい。優しいひとだと思ってたのに。あんなにあんなに優しいひとだったのに。あれは何だったのよ。あれはいったい何だったのよ。知的で優しいあたしの好きなフーちゃんはどこへ行ってしまったの」

「阿呆。男が女に優しくするなんてだな。やらせてもらうために決まってるだろうが。一発やるための方便に決まってるだろうが。カマトトぶるんじゃない」

「な。な。な」葉流名叔母さん形相凄まじく富士高兄さんに摑みかかった。「こ。この。ひとの。ひ。ひとの娘を。きききき。傷ものに」

「馬鹿か。二十歳過ぎておぼこだったらそっちの方が気味が悪いやい。ひと並みに抱いてやったんだ。ありがたく思え」

「こ。こ。ここここ殺す」

「わ。やめろ。やめなさいってば」富士高兄さんに殴りかかる葉流名叔母さんを止めようとした世史夫兄さん。「ぐ」逆に振り回した叔母さんの肘がみぞおちに綺麗《きれい》に入ってひっくり返ってしまった。「げふ」

「やめなさい。こら」母が葉流名叔母さんにむしゃぶりついた。滅茶苦茶に両手を振り回して顔を引っかく。「やめなさい。やめ。こら。やめなさいってのよ。この。やめなさいって言っているのが聞こえないの。この。このこのこの」

「だ。だ。大丈夫？」泡を吹いて倒れてしまった世史夫兄さんと尻餅をついて号泣しているルナ姉さんに挟まれて舞姉さんが途方に暮れている。「ね。ねえったら。あ。あの。これ。ねえ。どうしたらいいの。ねえ。どうしたらいいのお」

「だいたい息子にどういう教育してるのよ。あんたは」叔母さんも負けずに母の髪をひっぱる。「さかりのついた犬コロみたいに。どうしてくれるのさ。いったいどうしてくれるのさ。嫁入り前の娘を」

「うるさいわね。この。そっちこそ娘をどういう育て方してんのさ。一緒に寝たってんならそりゃあんたんとこの馬鹿娘が誘惑したに決まってるでしょうが。頭がパッパラパーのくせして。尻と胸ばっかりでかくなって。あんたにそっくりよ。あんたにそっくり。この淫売。すべた。おたんこなす」

「あんたに言われたくないわ。あんたに。淫売はどっちよ。あのボロ定食屋を継ぎたくないばっかりにわざわざ大学まで行って。男咥え込んできたのはどこのどいつだ」

「恋愛よ。あたしのは。あたしのはちゃんとした恋愛なんだ。普通なんだ。男咥え込んだのはあんたの方じゃないのよ」座布団を引っ摑むや叔母さんをボコボコ殴りつける。「十六のくせして。娘っこのくせして。学校の教師をたらし込んで。無理矢理アパートに転がり込んだのは誰よ。この。この淫乱。淫乱の娘は淫乱じゃ」

「姉さんが悪いんじゃないの」叔母さんも負けずに座布団を摑むや逆襲する。積年の慚恚《ざんい》が一気に噴出してきたのか声が罅割《ひびわ》れて眼尻からは涙が滲んでいた。「姉さんが悪いんじゃないのよ。あたしたちを。あたしたちを見捨てて逃げ出して。長女のくせに。ちょ。長女のくせに。すたこらさっさと逃げ出して。あたしだって逃げたくなるわよ。姉さんが悪いんじゃないか。全部全部姉さんのせいよ。何もかも姉さんのせいなのよお」

「あたしは何にもしていない。普通の結婚をしただけだ。普通の結婚をしただけなんだ。いいじゃない。いいじゃないか。普通に結婚したって。あたしには幸福になる権利がないっていうの」母も涙を流しながらボコボコ叔母さんを殴り返す。「長女だからって。長女だからって。ただそれだけで。ただそれだけのことで何もかも犠牲にしなくちゃいけないっていうの。なんで。なんでよ。あたしだって幸福になりたい。そうよ。ひと並みに幸福になりたかっただけなのよお。それがそんなに酷《ひど》いことなの。そんなに酷いことだったたって言うの」

「いったいこれは何事」いつの間にか僕の傍らには胡留乃叔母さんが佇《たたず》んでいた。おんおん泣き喚きながら髪を振り乱し座布団で殴り合いをしている姉と妹を茫然と眺めている。その横には友理さんも立っていた。やはり啞然とした顔で眼前の乱闘を見ている。「何をやっているのふたりとも」

「どうも。その。ちょっとした感情的行き違いがあったようでして」

「や、やめろよ。母さん」ようやく復活して起き上がった世史夫兄さんがふたりの間に入ろうとした。ところが双方から同時に座布団を喰らわされて吹っ飛んでしまった。背中から障子に激突して大破させると縁側に転倒する。「がほ」

「とにかく落ち着いてください」きっかけをつくった責任のある身としては傍観し続けるわけにもいかない。僕も果敢に挑戦してみたのだがやはり二枚の座布団に弾き返されてしまった。床の間に転げ込んだ拍子に足で掛け軸を引きずり倒してしまう。

「にゃ」

「だ。大丈夫ですか」友理さんが駆け寄ってきて頭を起こしてくれた。しばし幸福感に浸《ひた》ってしまったがよく考えたらそれどころではない。「しっかりしてください」

富士高兄さんが葉流名叔母さんにタックルしていた。転倒させたはいいが叔母さんの手から座布団がフリスビーみたいに飛んで母の顔面を直撃した。母は舞姉さんとルナ姉さんの痩身をプレスするみたいに仰向けに倒れ込む。それまでおろおろしていただけの舞姉さんだが母の脂肪の下敷きになって急に憤怒にかられたらしい。座布団をつかむや富士高兄さんめがけて投げつけた。それを見たルナ姉さんが別の座布団をつかんで加勢した。たて続けに富士高兄さんは座布団攻撃に遇って追い詰められ襖を蹴り破る。たちまち大広間は小学校の修学旅行の一団が泊まり込んだ旅館さながらに座布団投げの一大バトルへと突入してしまった。

群集心理とは怖いものだ。それまでやめなさいあんたたちいい加減にしなさいと金切り声を挙げていた胡留乃叔母さんまでもが座布団攻撃を顔面に喰らった途端豹変し自らも座布団を何枚も掻《か》き集め始めたのだ。やはり積年の蟠《わだかま》りが心にあったのだろう。ここぞとばかりに母と葉流名叔母さんばかり狙って座布団を叩きつけてゆく。縁側で昏倒していた世史夫兄さんも復活するや性懲りもなく座布団投げに参加するありさま。何だか知らないが面白そうだから俺もやっちゃうよという無責任な腕白小僧の嬉々とした表情を浮かべながら。

「いけません」立ち上がろうとした僕を友理さんが押さえつけた。「今止めようとしても怪我をするだけです」

そういうわけで僕と友理さんのふたりだけは座布団合戦に参戦せず床の間の狭い空間で身を寄せ合いながら嵐が通り過ぎるのをひたすら待ったのであった。彼女の身体はいい香りがしていて普段なら夢見心地になってしまうところなのだが今はそれどころではない。親戚が入り乱れて座布団を互いにこれでもかこれでもかと叩きつけ合っている光景は何と申しましょうか地獄絵図さながらである。おまけに皆がみんなトレーナーにちゃんちゃんこ姿ときているから余計に滑稽というか何かの新興スポーツに見えなくもないところが笑える。いや笑い事じゃないんだが。

あろうことか騒ぎを聞きつけて様子を見にきたキヨ子さんまでが参戦してしまう始

末。どうも座布団を顔に叩きつけられるというのは人間の心の奥底にひそむ独特の復讐欲を刺戟してしまうようである。やられたらやり返さずにはおれないという。敵味方も全然関係なくなってしまう。まがりなりにも大庭家と鐘ヶ江家の対決といった体裁を整えていたのは最初の数分だけで、あとは滅茶苦茶。誰彼構わずボコボコと投げつけ合って無邪気に遊んでいるのならまだしも、全員マジで眼が血走っているのだからたまらない。大広間には悲鳴と怒号が充満し今にも天井が落下してきそうであった。

いったい何時間が経過したのだろう。全員が息をぜえぜえ乱しながら呆けた表情を晒して床にへたり込んでいた。髪は乱れ放題に乱れ鼻血を流している者までいる。誰も言葉を発しなかった。虚《うつ》ろに宙を睨んでいる。ともかく騒ぎは一段落したようだ。広間はまるで竜巻に襲われたようなありさまである。破れていない襖は一枚もなく枠組みが破壊されていない障子もこれまた一枚も残っていない。縁側のガラス戸のガラスは大半が割れて天井からぶら下がっている電灯は飛び交う座布団に翻弄された痕跡も生々しくまだぶらぶら揺れている。視界が霞むほどの埃《ほこり》が舞っていた。

友理さんが救急箱を持ってきて怪我をしている者の手当てを始めると、ようやく皆にも理性が戻ってきたようだ。いい歳をした大人である筈の自分たちの余りにも子供じみた大乱闘を恥じる余裕が出てきたのか、互いに眼線を逸らし合ったりしている。

「あーあ」誰にひっかかれたのか頬の傷に絆創膏《ばんそうこう》を貼りながら胡留乃叔母さん溜め息をついた。「お父さんが見たら何て言うかしらねえ。これ」

「旦那さまはどうされたのでしょう。そういえば」キヨ子さん破れた割烹着をなさけなさそうに弄んでいる。「こんなに大騒ぎになっているっていうのに。それともお休みになっていて全然聞こえないのかしら」

「あの……いないと言えば」僕が真っ先にそのことに気がついていた。嫌な予感が火事場の黒煙のように膨らんでゆく。「槌矢さんもいらっしゃらないようですが……どうしたんでしょう？」

「槌矢さんですか」そう応じたのはキヨ子さんだった。「槌矢さんならさっき見ましたけど。何ですか。母屋の方へ行ってましてね。どういうつもりか知らないけど。お嬢さまの胡蝶蘭を持って」

余りの自分の迂闊《うかつ》さに僕はそのまま気絶してしまいそうだった。叫び声を挙げなかったのが不思議なくらいである。そうだ。胡蝶蘭を納戸に隠しておくつもりだったのに。すっかり忘れていた。何てこった。親戚を全員大広間に集められたことで油断していたのだろうか。「そ。それで。あの。槌矢さんはそれからどう……」

「しばらくしたら戻ってきたんです。でも花瓶を持っていないじゃありませんか。だからあたし近寄っていって、お花をどうされたんですかってお訊きしたんです。そしたらびっくりしたような顔をなさって。ええ。まるで幽霊でも見たみたいな。それで外へすっ飛んでゆくんです。何も言わないで。こっちは呆気にとられてたんですけど」

嫌でも事件は起きる

何だかもう嫌になってきた。どうして槌矢《つちや》さんが祖父を殺さなきゃいけないのだ。いったいどういう動機があるのやらさっぱり判らない。しかし槌矢さんが犯人である事実は動かしようがない。こういうことだったようなのだ。

僕たちが大広間で大乱闘を繰り広げている間じゅう、祖父は母屋の屋根裏部屋で独り酒盛りをしていた（筈である）。そこへ槌矢さんが訪れた（と思われる）。どういう経緯で槌矢さんがそこへ赴く気になったのかは判らない。あるいは想像するにこの僕に取り入る目的だったのかもしれない。言うまでもなく、朝ダイニングで交わされた会話のせいだ。胡留乃《ことの》叔母さんは友理《ともり》さんに後継者になって欲しい理由を僕が御執心だからというふうに説明した。もちろん叔母さんにとっては軽口の類いだったのだが槌矢さんはまともに受け取った。あの後友理さんにも肘鉄を喰らった（であろう）こともあって自分の立場が不利になりつつあると思い込み切羽詰まっていたのだろう。僕の発言が胡留乃叔母さんに影響力を持つのならば今からでも僕に取り入っておいた方がいいと判断した。だから屋根裏部屋には僕に会うつもりで赴いた。ところがそこには僕は居らず代わりに祖父がいた――というわけである。

そこまではまあ判る。例によって判らないのはこの後からだ。どういう事情があって槌矢さんは祖父を殺すに至ったのか。とにかく槌矢さんは本館の待合室に飾られている胡蝶蘭の花瓶を取りにきた。そこをキヨ子さんに目撃されたのだがこの時の槌矢さんは彼女に気がついていなかった。そして犯行後に現場に花瓶を放置したまま出てきたところで再びキヨ子さんに遭遇する。キヨ子さんにお花をどうされたのですかと訊かれた槌矢さんは驚いた。凶器を現場に運ぶところを目撃されていたとは思いもよらなかったのだろう。祖父の死体が発見されれば自分が犯人であると判明するのは時間の問題になる。警察に通報されたら一巻の終わりなのでその前に逃げ出そうと決心した。そういうことだったようだ。だが経緯は想像がついても肝心の動機に関しては依然不明のままである。

通報を受けた警察はすぐに非常線を張ったらしい。槌矢さんが捕まれば本人の口から動機その他の詳細は明らかになるだろう。いや明らかになる筈だったと形容した方が正確である。だがもちろん椎矢さんの口から真相が語られる機会は永遠に訪れない。彼が逮捕される前に午前零時が過ぎて一月二日は〝リセット〟され第七周へと入ってしまったからである。

午前三時に喉の渇きで一旦眼が醒めたものの無理して起きる気にならず僕はそのまま眠り続けた。いささかふて寝気味である。いくら泥縄式とはいえ自分としては一生懸命やっているつもりなのにその努力を嘲笑するみたいに予想もしていなかった別の誰かが伏兵として現れ祖父を殺してしまう。もう嫌になってきたというのが正直なところである。どうにでもなれという気分だったのだ。

今度は椎矢さんも同時に拘束しておく手段を考えなければならない。しかしそれで阻止できるのだろうか。こうなってきたら本当に何でもアリである。椎矢さんを足止めしたと思ったら今度は胡留乃叔母さんかキヨ子さんが〝代理〟犯人に化けてしまうかもしれないではないか。それどころか友理さんだって。考えたくないことだがそれだって充分に可能性はある。

何とか全員を足止めしておく方法を考えなければならない……夢の中で僕はあれこれ頭をひねっていた。大庭《おおば》家と鐘ヶ江《かながえ》家だけではない。椎矢さんも友理さんも。胡留乃叔母さんもキヨ子さんも全員一遍に拘束できる手段はないものか。

いや待てよ。ふと僕はとんでもない可能性に思い当たる。全員を拘束したと思ったら今度は〝外部〟から全然別の〝代理〟犯人が現れるんじゃあるまいな。おいおい。そんなの反則だぞと言ってみても始まらない。そういう不意打ちだって考慮しておかなければならない。現にウチの父と鐘ヶ江の叔父さんという立派な〝伏兵予備軍〟がふたりもいるではないか。自分たちを閑職や馘首《クビ》に追い込んだ張本人が他ならぬ祖父であることをもし父や叔父さんが知っていたとしたらこれ以上の動機はないことになる。新年会を遠慮すると見せかけておいて実は渕上《ふちがみ》家の近辺に潜伏し機会を窺っていたなんて冗談ではなく充分にあり得る。嫌だぞそんなの。

ということはだ。結論に達して僕は布団から起き上がった。槌矢さんや胡留乃叔母さんたちだけでは駄目なのだ。拘束するのなら祖父も含めて全員を一遍に足止めしなければならない。そして監視の意味も込めて全員を一ヵ所に集めておくのだ。夕方まで。もうそれしか祖父殺害事件を阻止する方法は残されていない。しかし具体的にはいったいどんなふうにそれを実行すればいいのか。

起きたのは午前八時だったが、考えごとをしている間にいつの間にか十数分を過ぎてしまっている。僕は慌てて屋根裏部屋を出た。階段に落ちているルナ姉さんのイアリングには眼もくれずに僕は台所へと降りていった。どうせ今本人に返してもまた同じ場所に戻ってくるだけだ。拾うのは最終周でよかろう。

台所へ入ってゆくと胡留乃叔母さんだけがそこに残っていた。例の赤い折り紙がなかったから折れなかった店は三ガ日は閉まっている云々の会話はもう終わっているらしい。祖父とキヨ子さんはもう本館へと戻っているのだろう。

「あら。キュータローちゃん」叔母さんは僕の顔を見て何故かひどく驚いていた。万引きしている現場を押さえられたみたいに悔恨と畏怖めいたものがないまぜになっている。もちろんその頰には絆創膏《ばんそうこう》なぞ貼られてはいない。「あ。そ。そうか。あなた母屋の部屋で寝ていたのよねそういえば」

「誰もいないと勘違いされていたのですか母屋には」叔母さんの態度への不審が直感を促したらしい。ふと頭に浮かんだことをそのまま口にしてみた。何か事件に関する糸口が摑めそうな予感が働いていたのかもしれない。「そうですか。だからお祖父さまをわざわざここへ連れてきていたのですね。例の折り紙についての内緒話をするために」

「キュータローちゃん。あなた」その時の胡留乃叔母さんの反応を驚きと形容しては間違いだろう。いや驚くことは驚いていたのだが同時にどこか安堵したような表情が覗いていたことも確かだ。自分だけ（正確にはキヨ子さんもだが）が知っているという重荷からこれで解放されるのだという。「聞いていたのね。さっきの話」

「ええ。もう何度も何度も」つい僕はそう口走っていた。何度も何度もあの会話を聞いているのはもちろん僕だけであって、実際にあの会話が交わされたのは一度だけなのだが。「とにかく聞きました」

「じゃあもう」叔母さんの表情は引きつっていた。諦観が色濃く滲み出し急に老け込んだような印象が強まる。「知っているのね何もかも」

「お祖父さまが折り紙で鶴を折っていらっしゃるということですか。黒と」喋っているうちに漠然としていた考えが徐々に具体的な仮説としてまとまってゆく。今までどうしてそんなことに思い当たらなかったのか不思議なくらい単純なことだった。「青と黄色。しかし赤の折り紙だけがなかった。つまり僕ですね。僕の色だけがなかった」

「そうよ」叔母さんは頷いた。「その通りなの」

「折り紙の色は僕たちが着せられているトレーナーの色と同じなんだ。黒が槌矢さんと友理さん。青が富士高《ふじたか》兄さんと舞《まい》姉さん。黄色が世史夫《よしお》兄さんとルナ姉さん。だけど緑色の折り紙は最初からない。用意する必要がないからです。折り紙の色はエッジアップの後継者候補が着ているトレーナーの色だけなのですね」

「そうよ」叔母さんは溜め息をついた。だが却《かえ》って気が楽になった面もあるのだろう。躊躇《ためら》いがちながら笑顔を浮かべてもいる。「まったくその通り」

「それぞれの色で折った鶴を使って遺言状に記すべき後継者を選ぶ。ところが用意していた筈の赤い折り紙つまり僕の色がなかったために折れなかった。すなわち後継者を選ぶことができず従って遺言状を書くこともお祖父さまはできなかった。そういうわけだったのですね」

「そんな細かいことまで知っているの？　それはキュータローちゃんだけ？　それとも他のひとたちも」

「遺言状が書かれていないらしいことは知っています。少なくともルナ姉さんや他の兄弟たちは。だけど折り紙のことはまだ知らないと思います。僕もお祖父さまが折り鶴を使ってどんなふうに後継者を決めるつもりなのか具体的な方法までは知りません」

「他愛もない方法なのよ。子供っぽいというか説明するのも馬鹿馬鹿しくなるくらい」吐き捨てるみたいに嘆息したものの叔母さんは何か思い直したみたいに屈託のない笑い声を挙げる。「折った鶴はそれぞれ紙で作った箱に入れておく。箱は二個で男女別々。つまり男の箱には黒、青、黄色、赤の四色。そして女の箱には黒、青、黄色の三色の折り鶴を入れておくわけ。箱の上部には拳《こぶし》大の穴が開いているの。そして眼を瞑《つむ》ってそれぞれの箱に両手を突っ込んで両方から折り鶴をひとつずつ摑み出す。それだけで決まり」

「すると」箱というのはもちろん書斎で見たあの大きめのティッシュ箱という趣きのあれだ。僕が見た時はまだ一個しか作っていなかったが赤の折り紙がなければどうせ

〝抽選〟はできないからと途中で作るのをやめたのだろう。「ふたり選ぶつもりなのですか？　後継者を？」

「男と女をひとりずつね」

「でも変ではありませんか。新年会の席でお祖父さまは過去五年間に誰が後継者になっていたか発表なさいましたよね。あの時は確か年ごとにひとりの名前しか挙げられなかった筈ですが。最初にルナ姉さん。次もルナ姉さんときて槌矢さん。富士高兄さん。そして友理さんと」

「それはね。最初に摑んだ鶴の方の名前だけをとりあえず発表したわけ。過去五年間にも本当はもうひとりずつ選ばれているの。だけどふたり同時に後継者として指名していたということはとりあえず秘密にしておきたいらしいのね。正式に発表するまで。そして皆を驚かして。できればそのふたりがその驚きを共有することがきっかけになって結婚してくれればいいなんて他愛もないことを考えているみたい」

「過去五年間の」つい好奇心からそんなどうでもいいようなことを訊いてしまった。「それぞれのパートナーとして選ばれていたのは誰々なんです？」

「世史夫。槌矢。舞。そしてもう一度舞ときて最後はあなただったわ。キュータローちゃん」

ということは友理さんのパートナーに指名されていたのはこの僕だったわけか。しかしそれは既に破棄されるべき運命にある組み合わせだ。既に無効になってしまった関係。今の僕の心境を実に的確に象徴している……などと感傷に浸っている場合ではない。

なるほど。確かに跡取りを選ぶという重要な選択をするにしては他愛ないというか幼児的な方法だ。前々周だったろうか。ダイニングで盗み聞きした胡留乃叔母さんとキヨ子さんの会話を憶い出す。叔母さんは何もあんな方法でやらなくてもいいのにと大層《たいそう》嘆いていた。キヨ子さんはそれを慰めようとしてか老齢になると子供に返ると言いますからといった意味のことを口にしかけていた。ちょうどその時に友理さんがやってきてふたりの会話は中断してしまったわけだが、要するに祖父の決め方が余りにも子供じみているという批判をふたりはしていたわけだ。胡留乃叔母さんが賭け事めいてはいるけれど賭け事と呼べるほどのものではないと言っていた意味も今ではよく判る。

「それは判りました。だけど僕たちひとりひとりにあてがわれる色はずっと決まっているわけでしょう？　例えば僕なら色は赤でそれがずっと変わらないわけです。それなのに何故いちいち同じ色のトレーナーを着せられるのでしょうか？　新年会に来る度に」

「だから」叔母さんの顔から微笑が消えて息苦しそうに首を横に振る。「判らなくなっているのよ。孫たちの顔が。徐々に区別がつかなくなってきているの。それだけじゃない。記憶力もだいぶ怪しくなってきている。だから折り紙を折るにしてもこの色のトレーナーを着ているのは誰だからとその都度その都度いちいち本人を見て確かめないとイメージが湧いてこないらしいのね」

「それはもしかして」嫌でも富士高兄さんが話していた逸話を憶い出さずにはいられなかった。祖父が彼のことを世史夫兄さんと間違えていたというあの。「ボケが始まっているという意味でしょうか」

「もちろん」何故か叔母さんは腹立たしげに声を荒らげていた。「そういう意味に決まっているでしょ」

「そんなにひどいのですか」

「普段はまともなのね。そういつもいつも症状が出るわけじゃない。だから気づかれていないのよ大半のひとには」

「知っているのは叔母さまだけですか」

「もちろんキヨ子さんも知っているわ。だからああして話を合わせてくれてるの」

「すると僕も黙っていた方がよろしいでしょうか。この話は」

「そうね。できればね。いずれ症状が進行したら隠しようがなくなるでしょうけど。でもこの時期にバレるのはやっぱりまずいと思うわ。せめて遺言状を書いてしまうまでは隠し通さないと。でないと姉や葉流名《はるな》にいたずらに騒ぎ出すきっかけを与えることになりかねない。ボケ老人の決定なんか無効だとか何とか言って。そうなったら事態が混乱して収拾がつかなくなるだけだから」

「判りました。そういうことであれば僕も沈黙を守ります」

「ありがたいわ。そうしてくれると」

「その代わりと言っては何ですが」これはいい口実ができたと僕はひそかに快哉を叫んでいた。台所へ降りてくるまでは皆の前でどんなデッチ上げを並べたてればいいのかと困り果てていたのである。「実はお願いがあるのです」

「何かしら」

「今日一日。というか厳密に言えば夕方までなのですが。大広間で新年会の続きをやるように取りはからっていただけませんか。もちろん全員を集めて」

「それはもちろん構わないけれど」叔母さんは眼を白黒させていた。あんたそんなに宴会がやりたいのと暗に僕が未成年であることを憶い出させようとしているみたいな顔をしている。「どうせあなたたちが帰るまで何も予定はないんですものね今日は。でも」

「じゃお願いします。約束ですよ。必ず全員を集めてください。槌矢さんも友理さんもキヨ子さんも。もちろんお祖父さまもです」

「あんまり飲ませたくないのよね。父には」非難がましく眉をひそめる。「ただでさえいろいろあるんだから。キュータローちゃんは知らないだろうけど」

「倒れて意識を失っていたという話ですか。数分間ほど。心配した叔母さまが脳神経外科へ行って欲しいと頼んだとか」

「そんなことまで知ってるの？　いったい誰から仕入れてるのよそんな情報」

「もちろんお祖父さまからです」胡散臭そうに何か言い募ろうとしている叔母さんを慌てて遮る。「もちろんお祖父さまに無理に飲んでいただく必要はまったくございません。ただ必ず同席させていただければそれでいいのです。それも夕方まで」

「判ったわ。何だか知らないけど。約束します。急遽《きゅうきょ》お料理の方もキヨ子さんに頼んでおくわ」

「僕が頼んだということは黙っていてください。皆さんには。あくまでもこれは叔母さまの発案ということで」

「はいはい。仰《おお》せの通りに致しますわ」

「ありがとうございます。できれば昼前頃から始めていただければ大変ありがたいのですが」

「それじゃ早速用意するわ」

「時に叔母さま」ふとこの機会に確認できることは全部確認しておこうと思いつく。

「河添昭太《かわぞえしょうた》という方を御存知ですか？　あるいは釣井真由《つるいまゆ》とかは」

「河添？　いいえ。そういう知り合いはいないと思うけど。釣井というのも記憶にないわね。誰なのそれ？」

「いえ」嘘をついている様子はなかった。父と鐘ヶ江の叔父さんを陥れたのは祖父独りの仕業で胡留乃叔母さんは関わっていないということなのだろう。「何でもありません」

胡留乃叔母さんは本館へ戻ってゆく。僕は久々に肩の荷が降りてくれたような解放感を覚えていた。もう大丈夫だ。もうこれで事件は起こりっこない。大広間に全員を集めてそれとなく動きを監視していればもう祖父が殺害されるなんて事件は起こりっこないだろ。前にも言ったように最終周の直前の第八周は〝テスト〟周として取っておかなければいけないために七周目は新しい試みができる最後のチャンスなのである。その最後のチャンスについに決定的な阻止方法を確立することができたのだ。それも思いがけなく胡留乃叔母さんの協力を得るという形で。

そうだ。さらに念には念を入れよう。僕は本館の待合室へ行くと飾られている胡蝶蘭の花瓶を手に取った。誰にも見られていないことを何度もしつこいくらいに確認しながら母屋まで持ってくる。窓の外から見られているという可能性もあるのでその点にも神経質なくらい気を遣いながら花瓶を無事に納戸の中へ隠すことに成功した。これで凶器も始末できたわけである。もう怖いものはない。どんな不測の事態が起ころうとも祖父が殺されるという事件だけは絶対に起こる筈がない。僕は日本海溝《かいこう》よりも深く確信していた。

安堵と嬉しさの余りかじっとしていられない。ひと足先に大広間で待つことにした。誰もいない。もちろん襖も障子もガラスも破れていないし掛け軸も無事である。〝リセット〟の仕組みをよく承知している僕の眼から見ても思わず笑みがこぼれてしまうほど見事な復元ぶりであった。

しばらくするとキヨ子さんが現れて料理の用意をし始めた。僕はいそいそと手伝いを申し出る。胡留乃叔母さんに指示されたのか友理さんも手伝いに現れた。続いて胡留乃叔母さん。気の早い面々つまり朝酒を飲みたい連中も次々に顔を出し始めた。世史夫兄さんがやってきてルナ姉さん。富士高兄さんに舞姉さん。葉流名叔母さん。母。槌矢さんと揃った。あとは祖父を待つばかりだ。

だが肝心の祖父がなかなか姿を現さない。槌矢さんが二階に呼びにいってくれたがすぐに戻ってくる。お部屋にはいらっしゃらないようですけど。どなたか居場所を御存知ありませんか？

時間的に言って祖父が既に母屋の方へ向かっていてもおかしくない。時計を見てそう判断した僕は立ち上がった。さっき祖父が母屋の方へ行くのを見たような気がするからちょっと覗いてきますと皆に言い置く。もちろんこれは槌矢さんを始め他の者たちの誰にも祖父を呼びにいかせないためである。これまでの経験から言って誰が〝代理〟犯人に化けてもおかしくないのだ。へたに祖父とふたりきりにさせて犯行の機会を与えてしまうなんて愚の骨頂である。ならば僕自身が行くしかないではないか。せっかくここまでお膳立てしておきながら最後の詰めが甘かったために再び事件が起こってしまうなんていうのだけは願い下げである。

渡り廊下を通って母屋に入る。台所を抜けて階段を上がろうとした僕の足がぎくりと止まっていた。床から誰かが僕の顔を睨み上げている。

祖父だった。両足を階段に引っかけた姿勢で床に仰向けに倒れている。その頭部だけが台所のスペースにはみ出てきているのだ。両腕を万歳する恰好で拡げ白髪が赤黒く染まっている。睨み上げてくる眼球が白濁《はくだく》していた。

僕はその場で尻餅をついていた。誰かがその時の僕の顔を見ていたら気がふれたかと思ったであろう。まさしく悪夢以外の何ものでもなかった。茫然自失となりながらも祖父の腕をとって脈をとってみることを忘れない自分が何だかひどく可笑《おか》しかったことを憶えている。

祖父は死んでいた。間違いなく。

事件は最後にあがく

　ひょっとしたら僕って呪われているのかもしれない。そう思わずにはいられなかった。事件対策は万全だった。本当に万全だったのだ。金城鉄壁だったと言ってもいい。事件が起こり得る余地は全然残されてはいない筈であった――たったひとつの見落としを除いては。

　たったひとつだけ僕が見逃していたもの。それはルナ姉さんのイアリングであった。朝台所へ降りてゆく際にそれを拾っておきさえすればよかったのだ。その細事さえ怠っていなければ祖父が死ぬことはなかったのだ。そう。もうお判りであろう。祖父は今回ばかりは誰に殺されたわけでもなかった。ただ独りこっそりと酒盛りをするため屋根裏部屋へ行こうと階段を上がり切る直前に足を滑らせてしまっただけなのである。印鑑状に丸まったあのイアリングを踏んづけて。階段が急勾配だったことも災いした。一気に転げ落ちた祖父は段差の角に頭を激しく打ちつけた。そしてあっさりと死んでしまったというわけなのだ。冗談みたいな話だ。〝リセット〟でやり直しが利くからいいようなものの、やり直しが利かなかったら泣くに泣けないほどのお粗末さである。

くそ。まったく。口惜しさに歯ぎしりしている間に一月二日は〝リセット〟されて第八周目に入っていた。午前三時だ。腿をつねって眠気を振り払うまでもなく僕は布団から跳び起きていた。それほど頭にきていたのだ。己れの馬鹿さ加減に。すぐに階段に出るとイアリングを拾い上げた。こんなちっぽけなもののために前周の素晴らしくも完璧な対策がすべて水泡に帰したのかと思うと、口惜しいというより笑い出したくなってくる。

さて。いよいよ第八周である。何度も言っているように最終周の直前のこの周はテスト周である。最終周はやり直しが利かないために全ての段取りをひと通り復習しておかなければいけない。言わばリハーサル周である。もう新しい手順を試みている余裕はない。今周は絶対確実な手順を最終周に滞りなく〝演じ〟られるようにおさらいしておかなければならないのである。

しかしである。これまでに判明している祖父殺害事件阻止のための絶対確実な方法というのは実は僕が酒盛りに付き合うというそれしかないのである。前周試みた祖父を含めた関係者全員を大広間に集めておくという方法はまだその確実性が証明されていない。確かに誤謬《ごびゅう》はルナ姉さんのイアリングだけだったように見える。そのイアリングさえ回収しておけば同じ方法で今度こそうまくいくようにも思える。しかしイアリングを回収した言わば完全な状態で試していない以上、この方法を使うのは得策ではない。確かにこの方法は完璧だと今でも僕は思っている。だが大広間で宴会最高潮という衆人環視の中で殺人を試みる〝犯人〟が絶対に出てこないとは限らないのだ。もちろん出てこないかもしれない。しかし絶対に出てこないという確実性を証明するための実験は前周が最後のチャンスだったのである。

もう祖父の酒盛りに付き合うしかない。僕はそう諦めていた。確実性が証明されている方法がそれしかない以上、今周はそのリハーサルに当てるしかない。

僕は少し用心深過ぎるのではないかと見る向きも当然あると思う。酒盛りさえ付き合えば絶対確実が保証されているのならそれを今さらリハーサルする必要はないんじゃないのかと。今周はとりあえず別の対策を試みておいて最終周にだけその最後の手段を実行すればいい。何も滅茶苦茶に酔い潰《つぶ》れて吐きまくるなんて苦しい思いを好きこのんで二度も繰り返す必要はないんじゃないのかと。

実は僕もそう思わないでもない。少し用心深過ぎるのではないかと。しかしこれが僕の性格なのだから仕方がない。長年〝反復落とし穴〟などというものに翻弄されている身としては絶対に確実なんてものはこの世にないのだと達観してしまうからだ。運命すらそうだ。いや運命こそ不確実性の典型である。こうなるのが運命だったから避けようがなかったなんて言い回しは一見抗《あらが》いようがない絶対性というものを内包しているかのように聞こえる。だけど反復現象の中で未来のあり得たかもしれない可能性を枝分かれする形で幾つも提示されることに慣れている僕にとってはそんな言葉は何の説得力もない。海聖《かいせい》学園の編入試験に合格することは僕の運命ではなかった。僕の意思次第で不合格にだってなり得た。そう。反復落とし穴の中ではこの僕こそが運命を変え得るゲームマスターとなる。だからこそ怖いのだ。

僕はこれまで自分の気まぐれで随分運命（という言い方が大袈裟なら周囲を取り巻く日常）に変更を加えてきた。大概はオリジナル周とは全然違う出来事をその日の決定版として世に送り出すのが常だった。そんな自分勝手なある意味では暴挙としか呼びようがない行為を平気でできたのも、僕というどこの何様でもない平均的凡人の周囲でちょこちょこと運命が多少変わったところで大したことなんかないという気楽さ故であった。しかし人間の生死がかかっている〝修正〟や〝変更〟に携わったのはこれが初めてなのである。気楽にやれるわけがない。

反復落とし穴に落ちている間はいろいろ変更を加えてみたものの、結局オリジナル周と同じ日を決定版にした経験もないではない。しかしそれはあくまでも日常的細事しか関わっていないから気楽にやれたことで、何から何まで完璧にオリジナル周通りに元に戻したという意味ではなかった。だいたい基本的には元通りのようだからこんなもんでまいいかという粗雑極まりない〝復元〟だったのだ。でもそれで何の問題もなかった。

今度ばかりはそうはいかない。細部に至るまで完璧にオリジナル周通りに行動しないと祖父の殺害は阻止できないような気がするのである。つまりただ単に酒盛りに付き合えばそれで済むのかという問題なのだ。起きる時間から始まって食事に向かうタイミングや祖父との会話の一言半句に至るまでオリジナル周通りにやっておかないと、また微妙な狂いが生じてしまう可能性は充分にある。その狂いが再び祖父殺害という決定的齟齬に絶対に繋《つな》がらないとは断言できない。だからこそ必要なのである。リハーサルが。

しかしはたと気がついてみるとそういう意味では僕はいきなりミスを犯してしまっているではないか。〝リセット〟された直後の午前三時。よく考えてみればオリジナル周の〝日程〟では僕は階段に落ちているイアリングを拾ってなどいない。前周の失敗を悔やむ腹立たしさの余り僕は午前三時に眼が醒めるやいきなりイアリングを回収してしまったのだ。しかしその時は自分がやってはいけないことをしでかしているという自覚はまだなかった。ミスに気がついたのはオリジナル周と同じように行動するためにはもう一度寝直さなきゃいけないなと布団に戻った後である。人間失敗すると頭に血が昇ってしまったと思ったがもう遅い。いきなりの失点である。人間失敗すると頭に血が昇り失敗を繰り返してしまうものらしい。仕方がない。この齟齬が全体的に及ぼす影響が微小であることを祈りつつリハーサルを続行するしかない。

午前八時過ぎ。僕は台所へ降りてゆくと祖父と胡留乃《ことの》叔母さんとキヨ子さんの例の赤い折り紙を巡る会話を辛抱強く最後まで聞く。その後もう一度寝直すために屋根裏部屋へと戻る。〝日程〟ではここで眠り込む筈なのだが、今周これからの首尾が気になって気になってとても寝直しなどできない。布団の中で悶々として過ごす。昼前になるのを待って本館へ向かうことにした。

渡り廊下を歩きながらふと違和感に襲われる。何かが違う。何かが違っているという不安が胸に立ち込める。しかしダイニングに入るまでいったい何が違っているのか全然思い当たらなかった。

ダイニングは無人である。独りテーブルにつきながらここまでは〝日程〟通りの筈だよなと首を傾げる。いったい何が違っているというのだろ。よく判らん。そう思いながら冷えた御飯をひと口含んだ途端——

と。友理《ともり》さん……そうだ。ぶっと米粒をテーブルに吹き出しながら僕は焦りまくっい。〝日程〟では僕は渡り廊下で友理さんに出くわさなければいけない筈ではないか。そして不本意にもエッジアップの後継者に選ばれた場合は僕と結婚するといいですよ母に恨まれないようにするためになどという戯言《ざれごと》をほざいて彼女を困らせるあのひと幕。あのひと幕はどうなったのだ。どうして友理さんと渡り廊下で出くわさなかったのだ。

タイミングがずれたのだ……さーっと頭から血の気がナイアガラ瀑布のように雪崩《なだ》れ落ちる。自分としてはオリジナル周とほぼ同じ時刻に本館へやってきたつもりだった。しかし〝ほぼ〟同じでは駄目だったのだ。ほんの微妙に早いか遅いかで彼女と鉢合わせになる筈のタイミングがずれてしまった。その結果途中で誰にも会わずに真っ直ぐダイニングにやってきてしまったのだ。

ど。どうしよう。拾わない筈のイアリングを拾ってしまったりとミスに次ぐミスの連発である。これがまだ第八周目だからいいようなものの。最終周でもし失敗してそれが取り返しのつかない結末に繋がったりしたらと思うとぞっとする。これだからリハーサルは絶対に必要なのだ。どんなに用心深過ぎるのではないかと謗《そし》られようとも。

「お。キュータローじゃないか」祖父がダイニングへやってきた。独りだ。それはいい。それはいいのだが……「ちょうどいい。飯なんか後にして付き合え。ほれ」

お。おかしい。早速に日本酒の一升瓶を探し出してきた祖父にせき立てられながら僕はいよいよ本格的な恐慌状態に陥っていた。科白《せりふ》が違う。祖父が僕に言うべき科白が全然違っているではないか。こんな筈はない。こんな筈じゃないのだ。祖父が独りでいる僕を酒盛りに付き合わせる。そのこと自体はいい。基本路線は間違っていない。だけど祖父はそれに至るまでの僕と交わさなければいけない会話を見事に省略して一路母屋へと向かっている。因果律だ。〝日程〟の微妙な狂いが再びややこしい因果律を形成しつつある。

驚きはしかしそれでは終わらなかった。祖父と僕が渡り廊下を歩いていると背後から声をかけてきた者たちがいる。振り返るとルナ姉さんと富士高《ふじたか》兄さんではないか。「あの。お祖父さま」ルナ姉さん媚びるような上眼遣いである。ま。まさか……「ちょっとよろしいですか。あたくしたちお話があるんですけど」

「おう。ちょうどいい」がははと豪快に笑って祖父は一升瓶を振り回す。「おまえたちも付き合いなさい」

どうなってるんだよ。〝日程〟が本来あるべき筈の形からどんどんずれてゆくばかりの惨状に僕はほとほと泣きたくなった。ルナ姉さんと富士高兄さんが祖父に相談を持ちかけること自体はいい。先刻別館でふたりでいちゃいちゃしついでに自分たちが結婚して渕上《ふちがみ》家を継げば万事丸くおさまるという案をまとめてきたばかりなのだろう。それはいい。だけどどうして僕がいるのに遠慮しないのだ。ふたりとも。どうして機会を後日に改めようとしないのだ。このままでは酒盛りのメンバーが祖父と僕だけではなく四人になってしまうじゃないか。そんなの予定にはないぞ。ないったらない。

「それで？」屋根裏部屋に敷きっぱなしになっている布団の上で胡座《あぐら》をかくと早速祖父はコップ酒でぐびぐびやり始めた。僕たち三人にも形ばかり勧めるが、ほとんど自分で飲んでしまっている。「何だ。話というのは」

「あ。あのですね。実は」別館を出る時はルナ姉さんに乗せられて大いに積極的になっていた筈が実際に祖父を前にすると気後れしてしまっていたらしい。ルナ姉さんに肘でつっ突かれてようやく富士高兄さんは喋り始めていた。「俺とルナ。結婚しようかと思っているんです」

「ほう」いきなり怒り出すかと思ったら、意外や祖父は破顔している。「ほうほう。それで？」

「だから。つまり。その。お祖父さまに許していただけないものかと」

「そんなおまえ。わしが許すも許さんもなかろうが。ふたりが好き合っているのなら本人たちで決めればよいことだ。な」

「実はそれだけではないんです。その。つまり。結婚したあかつきに俺たちが渕上の名前を継ぐわけにはいかないでしょうか」

「ほう？」いきなり怒鳴り出すかと思ったら意外や祖父は興味深そうに身を乗り出したではないか。それともこれは嵐の前の静けさかしら。「というと。どういうことなのかな。何を考えているのかもっとはっきり言ってみなさい」

「はい。俺とルナが揃って渕上の名前を継げば一番いいと思うんです。対立しているウチの母と葉流名《はるな》叔母さんの両方とも顔が潰れずに済みます。これまで疎遠になりがちだった渕上家と大庭《おおば》家そして鐘ヶ江《かながえ》家が一致団結する良いきっかけにもなる。万事丸くおさまって。言ってみれば一石三鳥かと」

「ちょっと訊きたいんだが。おまえたちはいったいどの程度の仲なんだ。現在のところ」コップを干しながらにやにやとルナ姉さんを見やる。「どうなんだ。ん。世史夫《よしお》じゃなくてルナが言ってみなさい」

「あの。お祖父さま。俺は富士高です。世史夫じゃなくて」

「おお。そうかそうか。そういや青だなおまえは。そうかそうか。で？」

「どの程度と言われても。あの」ルナ姉さん頬を赤らめている。自分が愛されていることを実感している表情だ。前々周の大乱闘の際に富士高兄さんの顔面に座布団を叩きつけたあの般若のような形相の女性と同一人物とはとても思えない。「時々彼のアパートへ寄っているくらいです。お掃除したりお洗濯したり。お食事の用意をしたり」

「おお。そうかそうか。結構なことじゃ。それは結構なことじゃて。よろしいよろしい」祖父は上機嫌である。それとも単に酔っぱらっているだけなのだろうか。「いやあそうかそうか。誰かがそういうことを言ってこないかとひそかに期待はしていたのだが。世史夫とルナがなあ。いやいやいやいや」

「だから富士高ですってば。俺は」

「実はな。ここだけの話なんだが」兄さんの声が聞こえていないみたいに祖父は勝手に話を進める。「跡取り候補には男女ひとりずつふたりを指名するつもりでいたのだ。実は。そのふたりが結婚してくれたりしたら何かといいだろうなあと思いながら。例えば男の方は槌矢《つちや》を選んだとするだろ。ならばルナか舞《まい》かが奴と結婚すればいい。そうすれば曲がりなりにも自分の血が残せるわけだからな。女性が友理さんなら富士高か世史夫が」

「でも」思わず僕はそう口を挟む。「槌矢さんと友理さんが同時に選ばれたらどうなさるおつもりだったのです。その可能性もあったわけでしょ」

「いかにもその可能性はあった」具体的な選出方法を知らないルナ姉さんと富士高兄さんは、何を言っているんだそんなのお祖父さまの匙加減《さじかげん》でどうにでもなるじゃないかとでも言いたげな怪訝な顔になったが、祖父はそんなふたりに構わず僕の方に顔を向ける。「黒と黒だな。そうなる可能性は充分にあった。だがまあそうなったらそうなった時のことだ。心情としては自分の血筋を残したいという気持ちはむろんある。しかしそれにこだわるつもりもないということだ。自分の血が絶えるのならそれもよかろうと。運命だと」

「運命？」その単語の響きは今の僕には堪えられなかった。「まさか。ギャンブルの間違いではありませんか」

「まあそういうことだ。博打の大当たりによって水膨れした会社だからな。エッジアップは」やはり祖父はかなり酔っているらしい。具体的な選出方法を知っているのかと僕の口ぶりを咎《とが》める気配が微塵《みじん》もない。「ならばその行く末も博打で決めようと。まあそんなふうに思っておったわけだ」

しばらく沈黙が降りていた。ルナ姉さんと富士高兄さんはもの問いたげな表情で祖父と僕を見比べていたが何も言わない。僕も例の折り鶴による抽選方法を敢えて説明する気にはなれなかった。

「だが何もかもどうでもいいと思っているわけではない。やはり心残りはある。できることなら加実寿《かみじ》や葉流名と何とか仲直りする形で全てを解決できないものかと思ったこともある。しかしこちらから和解を申し出るのも癪《しゃく》だしな。だから加実寿か葉流名のどちらかの子供。あるいは両方の子供によって渕上家を継いでもらう方向にされげなく持ってゆく方法はないものかと考えた。その時ちょうど胡留乃の養子による跡取りの問題が浮上したわけだ。しかしだ。気持ちとしては加実寿か葉流名の子供に継がしたくても素直に候補を自分の孫たちだけに絞るのは面白くない。ギャンブルの要素が低くなるからな。昔の血が騒いだわけだ。そこで槌矢と友理さんもわざわざ候補に加えた。キュータローが言うように孫たちの名前が全然入らずに赤の他人であるふたりが揃って指名されてしまう可能性も充分にあった。だがわしはその時はその時だと思ったしそれに自分の運を信じてもいた。胡留乃と身投げしようと思い詰めていた時に買ったあの馬券と同じようにな」ぐいっと驚くほどの勢いのよさでコップ酒を干してしまう。「自分にとってこの賭けはきっと一番良い結果をもたらしてくれると。わしや皆の思惑を越えて。勝ち負けに関係なく出た結果が一番良い結果なのだと。そう信じていたからだ。だが」

酔っているのかそれともボケの症状が出ているのか、祖父は僕だけではなくルナ姉さんも富士高兄さんも折り鶴による選出方法を知っているものとして話し続ける。だがルナ姉さんも富士高兄さんも祖父の声に聞き入っていて無粋な質問で話の腰を折るような真似はしなかった。

「おまえたちのように互いに結婚の意思があり同時に渕上の名前を継ぐ意思がある孫たちが揃っているのにわざわざギャンブルをする必要はない。さっきも言ったようにわしは誰かがそれを提案してくれるのではないかと期待していた面がある。ルナと世史夫がその気なら遺言状はふたりを胡留乃の養子にするという内容にしておこう」ルナ姉さんと富士高兄さんはしばし絶句していた。自分たちの思惑通りにことが運んで嬉しいというよりも何だか余りにもスムーズに進み過ぎて現実のこととは信じられないという顔をしていた。

絶句していたといえば僕だって同様だ。話が違う。これでは話が全然違うではないか。こういう展開でルナ姉さんたちが祖父を殺害せざるを得ないはめに陥る余地がいったいどこにあるのだ。これでは絵に描いたような大団円ではないか。後継者問題を巡る話し合いの中で三人の間に感情的行き違いがあったのではなかったのか。それとも僕という異分子が同席しているため、話が本来あるべき形よりももっと穏便な方向へと自然に流れてしまったということなのか。

混乱を持て余している時だった。ぐっと鼾《いびき》のかき始めを寸止めしたみたいな奇妙な音が聞こえた。それが祖父から発せられたと気づいた時には祖父はもう前のめりに倒れ込んでいた。その瞬間祖父がどんな表情をしていたのか見届ける余裕すらない。

誰かを抱き止めようとして失敗したみたいに左腕を胸の下に敷き込みながら。右手で畳を掻きむしりながら。祖父は倒れた。倒れたと思ったら動かなくなった。

誰も声を発しなかった。ルナ姉さんも。富士高兄さんも。もちろん僕も。しかし祖父の手首に触れて脈をとってみる余裕が一番最初に戻っていたのは僕だった。もう何度も繰り返されてきたことなのだ。慣れてしまわない方がおかしい。

そして祖父は死んでいた。これまでとまったく同じように。

そして誰も死ななかったりする

「このままじゃまずいわ」虚脱状態からようやく我に返り慌ててひとを呼びにいこうとする富士高兄《ふじたか》さんと僕をルナ姉さんは妙に悠然と引き止めていた。「何とかしなきゃ」

「何とかって？」富士高兄さんの声は尖《とが》っていた。祖父の死体を前にして冷静でいられる恋人を責めているようでもある。「何を言ってるんだよおまえは」

「見て判らないの。この事態が」男どもが浮き足立てば立つほどルナ姉さんは落ち着いてゆくようだった。幼稚園児を諭《さと》す保母さんみたいにじっくりと嚙んで含めてくる。「死んでいるのよ。お祖父さまは」

「そんなこと見りゃ判るよ」富士高兄さんの声はますます裏返る。「だから一刻も早く一一九番に電話してだな」

「何馬鹿なこと言ってるのよ。科学者のくせに。死んでいるのに今さら何の役にも立たないでしょ。救急車を呼んでみたところで」

「だって。だっておまえ」冷静な指摘に嗤笑《ししょう》されたような気になったのか兄さんは憮然となる。「それじゃどうするっていうんだよ。おまえ。このまま放っておくのか」

「だからこのまま放っておくわけにはいかないと言っているのよ。みんなに知らせる前に何とかしておかなくちゃ」

「どういう意味だよ。もっと判るように言えよ」

「お祖父さまが死んでしまった。死因は心不全か何か。詳しいことは判らないけれどとにかく急死してしまった。その事実があたしたちにどういう意味をもたらすのかあなたほんとうに判らないの？」

「どういう意味をもたらすかって。ひとり減るってことだろ。親戚が」

「ちょっと。もっとしっかりしてよ」ほんとにこんな鈍いひとを自分の夫に選んでいいのかしらと悔やんでいるみたいにルナ姉さんは頭をかかえる。「後継者問題のことがあるでしょ。後継者問題のことが。エッジアップ・グループの。お祖父さまが死んだら会社はどうなるの」

「そりゃ胡留乃《ことの》叔母さんが継ぐさ」

「胡留乃叔母さんの後はどうなるの」

「そりゃさっき言ったように俺たちがだな結……あ」彼女が何を言わんとしているのかようやく理解できたらしい。富士高兄さんは浮かせていた腰を床に落として先刻祖父の急死に出くわした時とはまた違った種類の虚脱状態に陥っていた。「そ。そうか。さっきのあれは単なる口約束で……何の証拠もない。何の法的効力も。な。ない」

「そうよ。せっかくお祖父さまの同意が得られているというのに。いきなり本人が頓死してしまったためにすべてが無効になってしまったのよ。すべてが」

「じゃ。じゃあ」ショックの余り思考能力が麻痺してしまったらしい。すべてルナ姉さんの判断に縋《すが》らなければ自力では何もできないという意思表示のつもりだろうか。無防備な半泣きの表情になる。「どうしたらいいんだよ。それじゃ。いったいどうしたらいいんだよ」

「口約束が無効になっただけじゃなくてもうひとつややこしい問題があるでしょ」こんなに頼りにならないひとだとは思わなかったとでも婉曲に言いたげに溜め息をつく。「よく考えてごらんなさいな。お祖父さまが死んだということはどういうこと。もう新しい遺言状は書けないということなのよ」

「そりゃそうだ。死人の腕は動かない」

「だからそういうことじゃなくって」イライラしたみたいに兄さんの腕を叩く。「今年の分の遺言状をまだ書いていないのよ。お祖父さまは。新年会の後で書く筈が跡取りを誰にするか決めかねてまだ書いていない。ということは。ということはよ。現存する遺言状の中で一番新しいものが法的効力を持つということになるじゃない」

「一番新しいのって……つまり去年の？」

「そうよ。お祖父さまは新しい遺言状を書き終わるまで古いのを破棄したりはしていない筈。お祖父さまがここで死んでしまって新しい遺言状がもう一通も書けなくなった以上効力を発揮するのは去年のそれしか残っていないってことになるのよ」

「と。ということは。つ。つまり……」

「そうよ。つまりそういうことよ。去年の遺言状の中でお祖父さまがエッジアップの後継者として指名していたのは誰？」

あ、と僕は声を洩らしそうになっていた。富士高兄さんのことを笑っている場合ではない。ルナ姉さんに指摘されるまで僕もその事実の重要性にまったく思い当たってはいなかった。

「友理《ともり》さん……か」

「そうよ。友理よ。あの女」僕が思わず耳を塞《ふさ》ぎたくなるほどルナ姉さんの口調は憎々しげだった。もしここでその友理さんと一緒に後継者となるべく指名されていたのがこの僕だったと知ったとしたらルナ姉さんはどうしただろう。ひょっとしたら殴りかかってきたかもしれない。「あの女がすべてを相続することになるのよ。エッジアップの経営権も。渕上《ふちがみ》家の財産も。何もかも一切合財。みーんなあの女が持ってっちゃうのよ。お祖父さまとは何の血の繋がりもない赤の他人が全部。そしてあたしたちにはびた一文残らない」

「し。しかし」状況把握ができて富士高兄さんもようやく思考能力が甦《よみがえ》ってきたらしい。「仕方がないじゃないか。こうなってしまったんだから」もしかしたら兄さんは先刻祖父が言っていたように跡取りになった友理さんと結婚して渕上家に婿入りをする道が少なくとも俺には残されているぞと計画変更をもくろんでいたのかもしれない。ルナ姉さんをさっさと見限って。「成り行きだよこれも」

「成り行きのひと言で済ませる気なのあなたは」富士高兄さんがそんないじましい計算を巡らせていると勘ぐったわけでもないのだろうが、ルナ姉さんは兄さんを取って喰らわんばかりの形相になった。「何とかしようって気にならないの。男のくせに」

「何とかしようって。だって何ともしようがないじゃないか。俺に何ができるんだよ。まさか祖父さんを生き返らせろなんて言い出すつもりじゃあるまい？」

「あの女が相続権を失うようにすることは可能でしょ」

「何だって？」

「あの女が殺人者になれば遺産を相続する権利は自動的になくなるわ。そうなればあたしたち親族は民法で保障されている相続権に則《のっと》って遺産を分配してもらえる。そうでしょ？　だから仕立てあげるのよ。あの女を殺人者に」

「だ。だっておまえ。殺人者っておまえ。どうやってそんなこと。そんなことどうやってやれってんだよ。他人を殺人者に仕立てあげるなんてそんなことどうやって」

「必要な道具なら揃ってるでしょ。先ず死体ね。ほら。ここに転がっている」祖父の死体を今にも路傍の石並みに蹴飛ばしかねないぞんざいさだ。「あとはここに凶器を揃えてやればいいのよ」

「きょ。凶器っておまえな」

「何かでぶん殴っておけばいいのよ。お祖父さまの頭を。そしたらこれは他殺事件ってことに」

「阿呆かおまえは」押され気味だった富士高兄さんもようやく高飛車な態度で逆襲する余裕が出てきたようだ。「世界に名だたる日本の警察を舐《な》め切っとるなおまえは。科学捜査ってもんがあるんだよこの世の中には。監察医制度ってもんがあるんだよ日本には。いや待てよ。安槻《あつき》にはなかったっけ」今の議論にはどうでもいいことのような気もするのだが、兄さんは変に律儀に訂正する。科学者としての血が騒ぐのだろうか。「だけど医科大学がある。な。病死か他殺かって区別なんて司法解剖したら一発で判るんだよ。一発で。偽装なんかしたって無駄なんだよ。そんなことも知らないのか」

「判らないひとね。死因なんかどうでもいいのよ。死因なんかは」やはりルナ姉さんの方が役者が一枚上のようである。逆襲してくる兄さんを屁とも思っていないみたいに睨み返す。「解剖して結局は心不全でしたって結果になったって構わないのよ。だけど何かで殴打した痕跡があったら警察だって調べないわけにはいかないでしょ。殴打が直接の死因とはならなくても立派な傷害事件になる。運がよければ殴打が原因で心不全を引き起こしたってことで傷害致死になるかもしれないし悪くても殺人未遂で起訴に持っていけるかもしれない。とにかくお祖父さまに害意があったと証明された人間にその遺産が相続できるわけはない。そうやってあの女の相続権を剝奪する方向へ持っていけばいいのよ。簡単な話じゃない」

「だけど。凶器は」言いくるめられて富士高兄さん徐々にその気になりつつあるらしい。反発がお座なりになってきた。「凶器はどうするんだよ。その一升瓶でも使うのか」祖父がほとんど独りで空けてしまったカラ瓶を顎《あご》でしゃくる。

「馬鹿ね。そんなものじゃあの女に罪を被せることはできないでしょ」

「じゃ何を使うんだ」

「当然。あの女を連想させるもの。待合室に置いてあるでしょ」

「待合室?」

「胡蝶蘭よ。あの花瓶」

「て。おい。ちょっと待て。ありゃ胡留乃叔母さんのものだろ」

「そうよ。だけどあの女がプレゼントしたものでしょ。叔母さんに」

「だけど胡蝶蘭から真っ先に連想されるのが友理さんかな。やっぱり叔母さんの方だと思うけど」

「ほんとに鈍いのね。あなたって。よく考えてみなさいよ。あの花瓶に付いている指紋は誰のもの?」あ、と声を挙げる兄さんをサディスティックな微笑で嘲笑《あざわら》う。「そう。あの女よ。あの女の指紋しか付いていないのよ。まだ。叔母さんは自分の部屋に持っていっていないから。プレゼントした後そのままあの女本人が待合室に飾ったんだから。だから花瓶に指紋がつかないようにここへ持ってくればいい」

「そんなことどうやって」

「あるいは」ちょっとは自分の頭で考えなさいとでも言いたげにルナ姉さんは声を尖らせた。「持ってきた後で自分の指紋は拭《ふ》いておいてもいい。とにかくそういうことよ。判った? 判ったらさっさとあの花瓶をここへ持ってきなさい」

要するに〝歴代の犯人たち〟は皆ルナ姉さんと同じ思考を辿ったわけだ。そして同じ偽装を施した——舞《まい》姉さん以外は。ようやく事件の真相らしきものが見えてきて僕は疲労を覚えていた。祖父の死は殺人事件などではなかった……どうやらそういう結論になるらしい。

考えてみればこれまで祖父の死体は司法解剖されたことがまだ一度もないわけである。一見他殺に思えるという状況が毎度毎度呈示されていただけ。死亡推定時刻が何時頃とか死因は何であるとかを科学捜査が明らかにする前にいつもいつも〝リセット〟されて生き返ってしまっていたのだから。

祖父の本当の死因はもちろん僕にも判らないが多分脳溢血《のういっけつ》ではないかと思う。原因は酒だ。大酒が祖父の生命を縮めたのだ。それしか考えられない。何故ならオリジナル周にだって祖父は酒盛りをしている。その時に死ななかったのに何故二周目からは死んでしまったのかと言えばそれは酒の量の問題があったからだ。オリジナル周は僕もかなり飲まされた。厳密には定かではないものの一升瓶を祖父と半々くらいの割合ではないかと思う。医学的な詳細もむろん判らないが、とにかく半分の量では祖父は死ななかったのだ。しかし一升瓶を独りで空けてしまうと身体がもたなかった。そうとしか解釈のしようがない。

僕が酒盛りに付き合わなかったから祖父が死んでしまったという大前提はだから間違ってはいなかった。ただそれが殺人ではなく独りで飲んだせいで酒量が増えたことが原因による急死だったという相違である。

祖父の死そのものは事件ではなかったが、発見者たちが揃いも揃ってそれを事件に仕立て上げてしまったのだ。だから事態はこんなややこしい様相を呈していたのである。言うまでもなく理由は祖父がここで（つまり新しい遺言状を書いていない時点で）死んでしまったら去年の遺言状が効力を発揮してしまう。友理さんがエッジアップの跡取りと正式に決定し経営権も財産も全てかっさらっていってしまう。結果として親族の筈の自分たちには何も残らない。〝犯人〟たちはそれを恐れたのだ。

第二周。つまり祖父の死体が最初に発見された時のこと。祖父の死体に取り縋ろうとした葉流名《はるな》叔母さんをルナ姉さんが凄い勢いで叱り飛ばしていたことを憶い出す。警察が到着するまで現場の物に手を触れちゃダメじゃないのと。あの現場保存への執着ぶりは〝犯人〟にしては随分こだわり過ぎのようにも見えて不可解な気もしたのだが、今にして思えば突発的な祖父の死を何としてでも〝事件〟に仕立て上げなければという一念故だったわけだ。別の者たちにうっかり花瓶にでもさわられたひには、せっかく付着している友理の指紋が台無しになるじゃないのよとでも思っていたのであろう。

ルナ姉さんと富士高兄さんのコンビ以下世史夫《よしお》兄さん。母。そして槌矢《つちや》さん。全員が同じ思惑を抱いて何とか祖父の死を殺人事件か傷害事件に偽装し友理さんに罪をなすりつけることで彼女から相続権を剥奪しようと謀《はか》ったのだ。思い当たってみれば

〝犯人〟たちの共通点は祖父がまだ遺言状を書いていない事実をルナ姉さんから聞かされて知っていた者たちに限られている。

舞姉さんだけは罪を被せる相手に友理さんではなくルナ姉さんを選んだわけだから例外である。それは現場にルナ姉さんのイアリングを残していった事実からも明らかだ。愛する男を奪った妹に対する復讐のために。あるいはこれは嫌な想像だが舞姉さんの場合だけは本物の殺人事件だった可能性も考え得る。悲恋のショックで尋常の精神状態でなくなっていた舞姉さんに祖父がさらにコンプレックスを刺戟してしまうような心ない言葉を発した——以前にも漠然と思い描いていた仮説だが、案外それが当たっていたのかもしれない。衝動的な己れの犯行に慌てて偶然その時に持っていた妹のイアリングを利用することにした——もちろん全てが〝リセット〟されて歴史の裏側に封印されてしまっている今やどうでもいいことなのであるが。

「なかなか妙案に聞こえますけど」いくら尻を叩かれてもまだグズグズしている兄さんに業を煮やして自分で花瓶を取りにいこうとしたルナ姉さんを僕は呼び止めた。いくら〝リセット〟されるとはいえ眼の前で祖父の死体が損壊されるのを見るのは寝醒めが悪いものな。「ひとつ大事なことを忘れていませんか？　僕が警察に真実を喋《しゃべ》ったらどうなさるおつもりなんです？」

「え。キュ。キューちゃんてば。あなた」ようやく僕も同席していたことを憶い出したらしい。ルナ姉さんも普通の神経を持っていたんだなあと思わせるうろたえぶり。「あなた協力してくれないつもり？　あ。あたしたちに。まさか。そんなつもりじゃないでしょうね？　ね？　そんなつもりじゃないのよね。ね？」

「協力しませんよもちろん。そんな義理はありませんから」

「ぎ。義理ならあるでしょうが」度を失ったのかルナ姉さん僕の胸ぐらを摑んで揺する。「他人事じゃないのよこれは。判ってるの。え？　判ってるの。キューちゃん。あの女が何もかも手に入れたらあたしたち無一文になっちゃうのよ。もちろんキューちゃんだって困るのよ。そうでしょ。キューちゃんだって困っちゃうのよ」

「仕方ありません。それが成り行きというものですから」兄さんを横眼で見ながら先刻の彼の言い回しを真似る。「それから友理さんのことをあの女呼ばわりするのはやめていただけませんか」

「な。何なのよ何なのよ。キューちゃん。あなた」それまでどちらかと言えば泣き落としに近かったルナ姉さんいきなり眼を剝いて喚《わめ》き始めた。唇が耳まで裂けて眼球に黄色い筋が浮いている。「いったい何のつもり。あなたったらあんな女の味方なの？　え？　あんな女の味方なの？　どういうつもりなのよ。え。どういうつもりなのか言ってみなさい。きりきり説明してみなさいよ」

「仕方がありません」ごまかしが利きそうにもない剣幕だったのでやむなくそう言っ

た。「僕は友理さんのことが好きですから」

「は……？」

「どっちを選ぶんだと言われれば親兄弟を裏切ると答えるしかありません」

「あ。そ……そう。そうなの」急に憑《つ》きものが落ちたみたいにルナ姉さんは僕の胸ぐらを放していた。呆けた顔でぶつぶつと独《ひと》り言《ご》ちるように呟いている。「そ。そっか。そうなのか。キューちゃんたら。彼女のことが好きなのか。そうなのか。それなら仕方ないわよねえ。愛は何ものにも勝《まさ》るんだもの」

「お。おい。ルナ」マリア像に祈りを捧げている修道女みたいに陶然《とうぜん》となっているルナ姉さんの顔を兄さんは不安げに覗き込む。「おまえまさか。今度はキュータローの口を塞がなきゃいけないとか何とか。そんな物騒なことを考えているんじゃないだろうな？」

「あなた何だと思ってるのよあたしを」うっとりした表情から一変して眼を吊り上げる。「あたしは冷血無比の殺人鬼ですか。斧を振りたくってチェインソーをぶん回す。冗談こくんじゃない。さっき言ったこと忘れて。も全部。あたしちょっと魔がさしてたみたい。恐ろしいこと口走っちゃった。ごめんねえ」ルナ姉さんいきなり僕に抱きつくと僕のトレーナーでタオル代わりに顔面を拭《ぬぐ》っているみたいに頬ずりしてきた。「忘れてね。忘れて頂戴。本気じゃなかったの。あれって全然。あたしほんとはそんなに酷い女じゃないんだよ。ほんとなの。信じて。ね。お願い」

「おまえな」富士高兄さんさすがに呆れている。「何ちゅうことするの俺の眼の前で」

「だってだってえ。キューちゃんに嫌われたらあたし生きていけないよお」

「俺に嫌われることは考えとらんのか」

眼の前に偃臥《えんが》している祖父の死体も失念したかのようにルナ姉さんたちはしばらく白痴的躁状態に陥っていた。あるいは祖父の死を皆に知らせるのが怖くて、できる限り先延ばしにしたかったのかもしれない。祖父の死そのものももちろんだがその後に控えている展開を。自分たちにはもう何も残してもらえないのだという絶望を。

とにかくまぎらわしい偽装は施されることなく祖父の死は皆に報告された。第八周目にしてようやく〝殺人事件〟は回避されたわけである。一応。しかし祖父が死んだ事実に変わりはない。

「あれほど口を酸っぱくして言ってたのに。やっぱり隠れて飲んでたのね」祖父がどういう状況で死んだのか知るとはたして胡留乃叔母さんはそう嘆いていた。「ちゃんとあたしたちの注意を聞いてくれていればねえ。もうちょっと長生きできたでしょうに」

というこことは祖父に酒を飲ませさえしなければいいわけだ。もちろん高齢故いずれにしろ余命はそれほど長いとは言えないわけだが、よりによって正月に急死してしまうよりはいいだろう。それに遺言状のこともはっきりしておいてもらわないと後々面倒なことになりそうである。エッジアップの将来を友理さんと僕に押しつけられても困るし。よりによって一番やる気のないふたりに。

突然の祖父の死に渕上邸は騒然となった。そうこうしているうちに午前零時を過ぎる。一月二日は〝リセット〟されて僕は布団の中で眼を醒ます。いよいよ最終周である。こんなに長く感じられた〝反復落とし穴〟も初めてだ。

午前八時になるのを待って僕は屋根裏部屋から降りた。途中でイアリングを拾ってから台所へ顔を出す。祖父が喋っている元気な声が聞こえてきた。胡留乃叔母さんとキヨ子さん相手に例の赤い折り紙がなかった云々をやっている。

「恐れ入りますがお祖父さま」まだ会話は途中だったが僕はそう割り込んでいた。「お話したいことがあります」母屋に僕が泊まっていることを失念していたせいで驚いて眼を見張っている胡留乃叔母さんとキヨ子さんを交互に見比べる。「叔母さまとキヨ子さんにもお話しておきたいんですが」

「何だ。朝っぱらから」祖父は妙にしげしげと僕の顔を覗き込んでくる。「キュータローか。そういやおまえ大丈夫なのか？　昨日はだいぶ飲んでいたみたいだが」

「その飲むことについてなのですが」飲み過ぎで死んでしまうひとに飲み過ぎを心配されるというのもなかなか複雑である。「お祖父さま。唐突に聞こえることは充分に承知しておりますがここはひとつ僕の一生のお願いと思って」
「何だ何だ。えらく大仰に」
「ここはひとつお酒を嗜《たしな》むことをおやめになっていただけませんか」
「何。何を言い出すんだおまえ」胡留乃叔母さんとキヨ子さんの耳を憚《はばか》っているのか
祖父は珍しく及び腰になっている。「おやめになるも何もだな。わしゃそもそも。う
ん。わしゃあそもそもそんなに飲んどりゃせんぞ。飲んでません。ちゃんと身体を労《いたわ》
っておる。控えなきゃいかんのはおまえの方だろ」
「ごまかしても駄目ですよ。今日屋根裏部屋に隠れて酒盛りをするおつもりでしょ」
「げ。な。何をおまえ。何を根拠におまえそんな唐突な」
「叔母さまやキヨ子さんから隠れてお飲みになることはまかりなりません。でないと
僕にも覚悟がありますよ」
「そ。そんな怖い顔するなおまえ。自分が二日酔いなもんだから。もう。八つ当たり
しおって」拗《す》ねようか懐柔しようか迷っているみたいに身体をくねらせる。「い。い
いじゃないか。正月くらい」
「駄目です。それから僕がおやめになってくださいと言っているのはお正月のことだ
けじゃありません。今後一切おやめになってくださいと言っているんです」
「な。よ。よくおまえ。よくおまえそんな殺生なことが言えてしまいますね。そんな

あっさりと。ひとの楽しみを奪うようなこと」
「約束してくださいますね。今後一切駄目ですよ。一滴も口をつけてはいけません」
「お。おまえ。おまえな。いったい自分が誰に向かって何を言っているのか判ってお
るのか」
「胡留乃叔母さんとキヨ子さんにもお願い致します」理不尽な要求をつきつけられて
怒っている祖父を無視して僕はふたりに頭を下げた。「もしお祖父さまが約束を破っ
て酒に口をつけるようなことがあれば僕にお知らせください」
「な。ちょって待て。待たんか。わしゃ何も約束しとらんぞ。約束なんかしてない。
するもんか。馬鹿な。な。なんで」
「時にお祖父さま。河添《かわぞえ》社長はお元気でしょうか」仄《ほの》めかしを強調した僕の声音は自
分で聞いても寒けがするくらい嫌らしく響いた。「釣井真由《つるいまゆ》嬢はどうですか？　連絡
はないのでしょうか。ああ。お写真を見せていただけるというお話をお断りになった
そうですね。一度お顔を御覧になっておけばいいのに」
　すとんとまるで何かのスイッチでも入れたみたいな鮮やかさで沈黙が降りてきた。
祖父の眼球は今にも床へボールみたいに落っこちそうだった。顎が震えている。唇が
何度か動いた。だが声にはならない。それでも何度か喋ろうと試みていたがやはり言
葉にはならなかった。少し薬が効き過ぎたのだろうか？　僕は内心心配になった。酒

じゃなくてこちらの方のショックで死んだなんてことになったら洒落にならない。

「もちろん僕だけです知っているのは」慌ててそう言い添えた。どれだけ祖父に与えた衝撃が緩和されたかは判然としないが。「僕独りだけです。だからお祖父さま次第です。他の皆に話すかどうかは」

「何のお話？」具体的な事情は判らずとも何か深刻な事態が進行していると察したのだろう。胡留乃叔母さんが心配そうに僕たちを見比べた。「いったい何のお話なの？」

だが祖父はまだ口が利けそうにない。息苦しいのか肩が大きく上下していた。眼の焦点を合わせるのもひと苦労らしく僕を睨みつける眼が時々ぶれている。

「……約束する」長い長い沈黙の後ようやく祖父はそう呟いた。「約束する。もう酒は飲まん」

「お聞きになった通りです。叔母さま。キヨ子さん。この約束がずっと守られるように御一緒に見守っていてください」

「それだけか」何か問いたげな胡留乃叔母さんを遮るように祖父はそう訊いた。「言いたいことはそれだけなのか？」

「約束して欲しいことはそれだけでいいのかという意味なのでしょうか？　もしそうならお言葉に甘えてもうひとつ。胡留乃叔母さまの養子候補のリストから僕の名前を外してください。ついでに友理さんも。彼女もそれを希望していますので」

「判った。そうしよう」条件を聞くだけ聞いてしまうと気持ちが落ち着いたのか祖父は見る見る平常心を取り戻したようだった。微笑すら浮かべる余裕が出てきている。「すまんが。胡留乃。キヨ子さん。ちょっとわしらをふたりだけにしてくれんかな」

祖父が平静に戻って安心したのか胡留乃叔母さんもキヨ子さんもそれ以上もの問いたげな表情を向けてくることもなく素直に母屋から立ち去っていた。

「おまえの父親と」懺悔《ざんげ》をするというよりは長年の軛《くびき》から解放されたような表情を祖父は浮かべていた。いっそ晴れやかと呼んでも差し支えなさそうな。「鐘ヶ江《かながえ》には悪いことをしたと思っている」

「どうしてあんなことをなさったんですか。それほど母や葉流名叔母さまたちのことが憎かったんですか？」

「かもしれん。何をしてもいいんだみたいな気持ちがあったのかもしれん。考えてみれば恐ろしい話だ。我ながら。自分と胡留乃が受けた仕打ちを錦《にしき》の御旗《みはた》にしてどんな残酷なことをやっても許されるみたいな気持ちになっていたのやらもしれん。いや。そんなことを言っても詮《せん》ない話だ。いずれにしろ弁解の余地はない。許してくれ」

「それは父と叔父さんに言ってください」

「判っている。ほんとうに愚かしいことをした。自分でも信じられない」

「魔がさしたんですね」

「ん」

「誰にでもあることです。魔がさしてしまって」僕がその時思い浮かべていたのは前周のルナ姉さんの狂態だった。「たまたまその時にそれを止めてくれるひとが傍にいなくて。それが運命の別れ道になった。そういうことなのではないでしょうか」

「うむ」

「約束ですから僕はそのことを誰にも言いません。お祖父さまも後悔なさっている以上無理に御自分から皆に告白する必要もないと思います。ただその代わり僕への約束も守ってください」

「酒のことだな。判っている。もう飲まん。絶対に」

「死ぬまでですよ」

「嫌な言い方だが。うん。判った」

本館の方へ去ってゆく祖父の後ろ姿を見ながら僕が先ず思ったのは、これでやっと家へ帰れるという感慨だった。約束を守って酒に口をつけない限り祖父は今周——いや。もはや〝今日〟と言うべきだろう。これが一月二日の〝決定版〟になるのだから——死ぬことはないだろう。多分。むろん僕は神ではないので絶対確実と保証はできない。祖父の体調とか医学的なことも判らないからもしかしたら今日は死ななくても明日あっさり死んでしまうかもしれない。だが少なくとも今日はもう大丈夫だろう。

僕たちは今日は何事もなく自宅へと帰れるだろう。そう確信する。

その確信を裏づけるみたいに僕たちは昼過ぎに大広間へと集められていた。祖父は皆を前にしてそこでこう言った。約束通り遺言状の内容を今ここで発表しておくと。

その内容は聞かずとも僕は知っていた。〝日程〟通りルナ姉さんと富士高兄さんは結婚するから自分たちに渕上家を継がせてくれと直訴した筈である。祖父はそれに賛同している筈だから、内容は当然その決定に沿ったものになっているだろう。はたして結婚することを条件にルナ姉さんと富士高兄さんに渕上の姓を名乗らせエッジアップの全てを任せると祖父は宣言した。なお遺産については弁護士とも相談して皆に平等に分配する由と、失業中のウチの父と鐘ヶ江の叔父さんをエッジアップの経理担当で雇用したいというおまけつきであった。

皆の反応はさまざまだった。母と葉流名叔母さんは自分の子供が跡取りを独占できなかったという口惜しさの中にも自分に取りはぐれがなくて助かったという安堵の表情をありありと浮かべており、その両者が余りにも似ているものだから笑ってしまうほどだった。それに夫たちの再就職先がいきなり決まってよほど嬉しかったのだろう。仲違《なかたが》いしている筈の姉妹は互いに頬笑み合う余裕すらあった。世史夫兄さんや槌矢さんはもろに俺の方が適任なのによおと不満たらたらの様子である。ま仕方ないかと最後には納得していたようであるが。友理さんは特に表情を動かさなかったが自分が指名されずに済んでホッとしていることは僕には判った。

一番心配なのは言うまでもなく舞姉さんの反応だった。ひそかに恋慕している富士高兄さんが自分が何かにつけコンプレックスを抱いている妹と結婚するという決定にショックを受けないわけはなく暴れ出してもおかしくないので迅速に取り押さえるべくひそかに身構えてもいたのだが意外におとなしくしていた。思うに祖父の決定なら仕方がないという諦念が勝ったのであろう。同じショッキングなことを知らされても条件や状況が違うと人間の反応も変わってくるものらしい。

その後は宴会になった。懸案が落着したという反動だろうか。新年会とは打って変わって明るい飲み会になった。約束通り祖父は酒を一滴も飲まずにウーロン茶で通していたが、却って興が乗ったのか、カラオケセットを出してきて一曲披露《ひろう》するという御機嫌ぶり。これにお調子者の世史夫兄さんが乗って大はしゃぎ。葬式もかくやと思われた新年会とまったく同じ面子《メンツ》が揃っているなどとは信じられないほど心楽しいひと時となった。

短いが充実したひと時を過ごして宴会はお開きとなった。葉流名叔母さんとその娘たちは上機嫌で何度も何度も祖父や胡留乃叔母さんたちに挨拶しながら辞去する。僕たち大庭《おおば》家の一行も帰宅するべく世史夫兄さんの車に乗り込んだ。世史夫兄さんは調子に乗って飲み過ぎていたので母が代わりに運転することになる。

これで帰宅すれば（本物の）明日の朝は自宅で眼が醒めることになるわけだ。ようやく長い長い一月二日が終わりを告げるのだ。そう思っただけで疲労が身体の芯から込み上げてくる。もう何も思い煩うことはない。そう自分に言い聞かせながら僕はシートに凭《もた》れてリラックスしようとした。

しかし何故か腰の辺りが落ち着かない。何かを忘れているような気がしてならないのである。それも極めて重要なことを。だが何を忘れているというのだろう。

考え過ぎだ。そう思った。余りにも長い長い一月二日を（言わばたった独りで）過ごしてきたせいで神経過敏になっているのだ。そう自分に言い聞かせようとした。だが無駄だった。違和感は解消するどころかますます膨張してくる。何か変だ。何かが変だという警鐘が高鳴ってくる。

車が出発していた。玄関に見送りに出てきている祖父と胡留乃叔母さん。そしてキヨ子さん。手を振っているその姿を眺めているうちに僕は違和感の正体に思い当たっていた。そうだ。そういえば……

宗像《むなかた》さんはどこにいるのだ？

事件は逆襲する

眼が醒めてみると大庭《おおば》家の僕の部屋の中だった。見慣れた天井がようこそお帰りなさいと慈愛の頰笑みをもって見下ろしてくれている。ような気がする。自分のベッドの上で寝返りをうちながら、しばし〝本物の〟翌日になった実感に浸ることにした。終わったのだ。〝反復落とし穴〟に落っこちていた一月二日は本当に終わった。ようやく一月三日になったのだと。

そのうち不安が頭を擡《もた》げてくる。確かに一月二日は終わった。しかしはたして〝決定版〟はあれでよかったのだろうかと。渕上《ふちがみ》家を後にする時に珍しく見送りに出てきてくれていた祖父は確かに死んでいなかった。にこにこ笑いながら手を振っていた。だからあれでいい。全てはうまく〝修正〟できた。何も遺漏《いろう》はない。ない筈なのだが。

どうしても宗像《むなかた》さんのことが頭から離れてくれない。あの弁護士のことが気になって仕方がないのだ。一月二日のオリジナル周。帰宅するために車に乗ろうとした僕たちは玄関先で確かに宗像弁護士と顔を合わせている。あのグレイのスーツを着たひとだ。つまりあの日彼は渕上家を訪れていた筈なのである。実際祖父もそう言っていた。遺言状を取りにこさせたのだと。しかし書いていなかったから手ぶらで帰らせるのも何なので他の書類の整理を頼んだと。肝心の遺言状は未完成の上に余計な仕事を押しつけられたせいか（それとも普段からそういう顔つきなのか）宗像さんはむっつりとしていた。あの表情が今さらながらに鮮明に浮かんでくる。

つまり一月二日に宗像弁護士はほぼ一日じゅう渕上邸にいた筈なのだ。それなのに最終周。大広間で祖父がルナ姉さんと富士高《ふじたか》兄さんを跡取りに指名するという発表の席に宗像さんは姿を現さなかった。その後の宴会にもむろん一度も顔を見せていない。僕たちが渕上家を辞去する際にも全然顔を見ていない。これはいったいどういうことなのだろう？

宗像弁護士は間違いなく渕上邸にいた筈である。この事実は動かしようがない。だって彼が祖父に呼ばれて渕上邸を訪れるのは一月二日の本来的な〝日程〟なのだから。するとどういうことになるのか。宗像さんは僕たちが大広間で騒いでいる間じゅう独り寂しく黙々と祖父の書斎かどこかで単調なお仕事を続けていたということなのか。

しかしそれは変ではないか。宴会の方はともかく渕上家の跡取りを発表する場にすら姿を現さないなんて。むしろ誰が出席しなくても宗像さんだけは万難を排して駈けつけなければいけない筈である。それこそが彼の仕事の一部なのだから。それなのに宗像さんは姿を現さなかった。祖父や他の者たちもそれを訝る様子は全然なかった。いったいどうしてなのだろう。宴会にかまけて彼が来邸していることをうっかり忘れてしまっていたなんてことはあるまい。祖父独りだけならまだしも胡留乃《ことの》叔母さんやキヨ子さんだっていたんだから。しかし誰も忘れていなかったのだとしたら余計に面妖なことになってしまう。

何か手違いがあったのではないか。そう思わずにはいられない。不安でいても立ってもいられなくなり僕は階下へ降りていった。リビングでは母と父。そして富士高兄さんが何事か話し合っていた。時折笑い声が洩れる。父が笑っているのを見るのはひさしぶりだった。昨夜帰宅した母が祖父の会社に経理で雇ってもらえるようになったと報告した時は、まだ負け犬根性が捨て切れないのか憮然と唇を突き出すだけの父だったが、朝になって気持ちの切り換えができつつあるらしい。やはりあの世史夫《よしお》兄さんの父親である。

そういえばその世史夫兄さんの姿が見えないなと思いながら「世史夫兄さんは？」

「あら」まだ寝てるわよと母が答えるかと思いきや「会社へ行ったわよ。とっくに」

「え」まだ三ヶ日だというのに。「もうお仕事なのですか？」

「サラリーマンは辛いんだぞ」父は分別臭く僕と富士高兄さんを見比べた。ようやく息子たちに説教する余裕も出てきたらしい。大変結構なことではある。「おまえらも覚悟しとけよ。学生時代とは全然違うんだから。生活が」

神妙に頷いておいてから僕は電話をかけることにした。渕上家の番号を押すとキヨ子さんが出る。「どうも昨日までお世話になりまして」と型通りの挨拶をしておいてから「時に祖父は元気でおりますでしょうか？」

「ええ。もう出かけられましたけど」

「というとどちらへ？」

「あら。会社ですわもちろん。お嬢さまと一緒に」

「そうですか」どこも企業というのは正月すらゆっくり休めないんだなといたく同情しながら「あのそれで。祖父はこっそりときこしめすなんてことになっておりませんでしょうか？　その後」

「大丈夫ですよ」豪快な笑い声が受話器から響いてくる。キヨ子さんが声を挙げて笑ったのを聞いたのはこれが初めてのような気がした。「お嬢さまとあたしがしっかり監視しておりますから。どうか御安心あそばせ」

「恐縮です。どうかひとつよろしく」

電話を切って僕は首を傾げた。どうやら祖父は生きているらしい。昨夜僕たちが辞去した後で急死したなんて不意打ちの展開もなかったようである。それならまあいいか。僕はようやく肩の力を抜く気になった。

長く孤独な奮闘だったが何とかそれは報われたようだ。この九日（周）間と同様に孤独でささやかな満足感にしばし浸る。祖父が死んでは元に戻り。死んでは元に戻り。反復現象はぐるぐると円を描くかのように何度も何度も同じ事件を巡らせてくる。だが新しく巡ってきた周はその前周とまったく同じではない。少しずつ違っている。ズレがある。描かれる円は少しずつ軌道がずれてゆく螺旋《らせん》のようなものだ。その螺旋のある地点でいつも祖父の死に見舞われる。何とか修正しようとしてもやはり祖父は死んでしまう。その繰り返しだった。しかし螺旋を抜け出す直前に祖父の死は回避されたのだ。

その事実を誰も知らない。祖父が何度も死神に見舞われたことを知っているのは僕だけなのだ。僕以外の者たちにとっての一月二日と祖父は〝決定版〟の通りなのである。それ以外の一月二日は彼らにとって存在しない。平穏に渕上家の跡取りが決まるし祖父も死ぬことはない。何の波乱もなく幕を閉じる。そして他の普通の一日と同じように平穏に一月三日へと移行してゆく。だがその平穏な一月二日を〝作った〟のが他ならぬ僕であることを誰も知らない。祖父の死という突発的悲劇の一日にもなり得たかもしれないのを僕が回避させたのだ。だが誰もそれを知ることはない。だから僕は多少気が咎めながらも自画自賛するしかない。よくやったぞと。自己満足に浸らないと誰も褒《ほ》めてくれない。

その満足感も宗像弁護士のことがまだ多少気になるため、魚の小骨が喉に刺さっているみたいで今ひとつではあるが。ひょっとしたら宗像さんて人間嫌いで独り部屋に籠もって仕事をするのが異様に好きという変人だっただけなのかもしれないしなあ。そう思い直してみる。世の中にはいろんなタイプのひとがいるわけだし。そんなに深く考えることもないだろうと。

自分の部屋に戻ると僕はもう一度ベッドに横になった。〝反復落とし穴〟の疲労がまだ完全にとれていないような気がする。何しろ他の者たちよりも八周つまり合計百九十二時間も余計に過ごしたのだ。枕に頰をつけたかと思うやあっという間にとろとろとした夢の中へと引きずり込まれてゆく。

どれくらい眠っていただろうか。もしかしたらほんの数秒間だけだったかもしれない。短いながらも鮮烈な夢を見ていた。見慣れた場所。渕上邸のようだ。馴染みの顔また顔が陽炎のように集っている。この場所は。そうだ。大広間の隣りの――

あ、という自分の叫び声で僕は眼が醒めていた。慌てて起き上がろうとしてベッドから転げ落ちる。

宗像さんがいない……短い夢の中に出てきた光景に僕は戸惑っていた。何の光景かと言えば一月二日の第二周。屋根裏部屋で祖父の死体が最初に発見された時。警察が来た。そして関係者たちは全員待合室に集められた。発見者の葉流名《はるな》叔母さんから始まる事情聴取の順番を待つために。あの時……

あの時何か違和感を覚えて落ち着かなかったことを僕は憶い出した。何かが違う。何か重要なことを忘れている。それは待合室に集まっている者たちに関することのような気もするのだが定かではない。そんな腰の座りの悪い思いを持て余しながらも何がおかしいのかはついに思い当たらなかった。それが今ようやく判った。宗像さんだったのだ。

あの時……待合室に宗像さんの姿はなかった。宗像さんはどこにも見当たらなかった。しかしそれは変ではないか。どうして宗像さんがいないのだ。殺人事件が起こったというのに。しかも殺されたのは彼の雇い主である祖父なのだ。そんな大事件の最中に独りだけ書斎かどこかに籠もって黙々と書類整理の仕事を続けていられる筈がない。いくら人間嫌いで孤独が好きな性格だとしても。そんな馬鹿なことは絶対にあり得ない。たとえ自分はそうしていたいと思ったとしても警察が許すわけがないではないか。

それに……僕はもうひとつある場面を憶い出した。待合室に僕たちを集めた警官は一番頼りになりそうな相手と判断したのか友理《ともり》さんを選んでこう訊いていた。関係者はこれで全部かと。そして友理さんは逡巡なく頷いていた。きっぱりと。

つまり宗像さんはあの時間違いなく渕上邸にはいなかったことになる。どこにもいなかったのだ。しかしどうしてなのだ。どうしてそんな筈がある。宗像さんは渕上邸にいなければいけない筈ではないか。そのいなければいけない筈の人間が舞台からまるで煙のように消えてしまっている。どうしてなのだ。いったいどうして……

「キュータロー」混乱の余り檻の中の欲求不満の熊みたいにうろうろしているとドアがノックされて母が顔を覗かせた。「電話よ」

「もしもし?」階下に降りて受話器を取ってみると柔らかな女性の声が耳をくすぐっていた。「あたしです」

「あ」友理さんだった。ただでさえ混乱している上に頭に血が昇ったので一瞬自分の声が聞こえなくなってしまったほどである。「これは。ど。どうもどうも」

「今会社からなんですけど。ちょっと時間が空きましたので」

「これはこれは。お仕事ご苦労さまです」

「今晩何か御予定がありますか」

「今晩ですか？　ええと。　いや。別に。特にありません。テレビでも観て寝るだけです。明日もお休みですし」

「よかったらお食事でも御一緒しませんか。いろいろお話したいこともありますので」

「え。あ。そ。それはもちろん。喜んで。あの。はい。もちろん喜んで御一緒させていただきます」

夜七時に市内のフランス料理店で待ち合わせることを決めて電話を切った。友理さんが僕にいったい何の用だろうと不審にも思ったが彼女に会えるのはやはり嬉しい。ちゃんとした店だからネクタイしていかなきゃいけないよなあとか、女性に支払いをさせるのはまずいぞと胡留乃叔母さんに貰ったばかりの虎の子のお年玉を出してきたりとか、気分はすっかりデートのそれである。しかしよく考えてみれば彼女は立派な恋人がいる身なわけで……ま。まあいいや。深く考えるのはやめよう。うん。やめようやめよう。友理さんに会えるだけでいいもんね。

いつもは万事スローテンポなのにこんな時だけは気持ちがはやっていけない。店に着いてみたらまだ六時だった。まあいいか。一時間くらいあっという間だ。友理さんが予約してくれていたテーブルに案内されて待っていると何と彼女の方もそれから十分もしないうちに姿を現した。

「やっぱりいらしてたんですね。もう」友理さん椅子に腰を降ろしながら含み笑いを洩らす。「ヒサタロウさんの性格からしてきっと凄く早くお着きになっているんじゃないかなあと思っていたんですよ」

はっきり言って僕は上の空だった。友理さんに見とれていたからである。よく考えてみれば僕はこれまで黒のトレーナーにちゃんちゃんこという色気も素っ気もない恰好をした彼女しか見たことがなかったわけだ。それが今夜の彼女は濃いグリーンのツーピース。男ものみたいに襟ぐりの広い白のカッターシャツに縞のネクタイ。そのマニッシュな装いが却って彼女の女性らしさを強調していた。顎が外れてしまうくらい美しかった。

「すてきですね」ようやく声が出るようになるまで何分間かかっただろう。物凄《すご》く間抜けな阿呆面を長いこと晒していたような気がする。「とても素敵なお召しものですね」

「ありがとうございます。ヒサタロウさんも素敵ですよ。とっても。これまでトレーナー姿しか拝見したことがなかったから凄く新鮮です。とても」友理さん何を思ったのか言葉を切ってから苦笑を洩らした。「とても高校一年生には見えないわ」

「よく言われます。爺むさいと」

「あたし大学生かと思っていたんですよ。ずっと」

「は？」

「だから。ヒサタロウさんは大学生だとばかり思っていたんです。誰も教えてくれなかったし。あたしも訊こうとしなかったから。それに新年会の時。会長がヒサタロウさんに跡取りになる意思があるかどうかって質問された時のこと。憶えておられます？　あの時お母さまが大学を卒業するまで待ってもらえば大丈夫だみたいなことをおっしゃっていたでしょ。あの言い方が何ていうのか凄く性急な感じで。もうこの三月にでも大学を卒業できるみたいに聞こえてしまったんですね。だから。ああやっぱり大学生だったんだなって余計に勘違いして。それでずっと誤解したままだったんです」

「よくあることなんです。年齢よりもずっと老けて見られるのは」

「だから今日社長と雑談している時に本当の年齢をお聞きしてびっくりしてしまったの。だってどう見てもあたしと同じくらいか少し上くらいだとばかり」余りこの話題に拘泥していたら自分の年齢まで暴露する結果になり藪蛇《やぶへび》になるとでも思い直したのか言葉を切ると悪戯《いたずら》っぽく肩を竦めた。「でも。関係ないですよね。何歳かなんてこと。だってヒサタロウさんは素敵ですもの。そこら辺りの大人の男性よりもずっと」

何だか変だなと僕がようやく気がついたのは友理さんのお世辞に照れながらもオーダーを済ませた後であった。友理さんが何かひどく理屈に合わないことを口にしたような気がしたのである。しかし彼女がこれまでに言ったことといえば僕が実際の年齢よりも老けて見えるということくらいである。理屈に合わないとかいうほどの話題はまだ出てきていない筈だけどなあと訝っている間にオードブルがやってくる。

「あ」口に含んだ拍子に気がついた。「あ。あの」あんまり驚いたものだからオードブルの鴨スモークを全然噛《か》まずに嚥下《えんか》してしまっていた。「友理さん……あの今。な。何とおっしゃいましたか？」

「はい？」

「あ。あの。今。僕の名前を何と」

「名前？　ヒサタロウさんの名前がどうかなさいましたか」

「ヒサタロウ……って。おっしゃいましたよね。つまりその。キュータローではなくて。ヒサタロウと」

「だって」友理さん怪訝そうにナイフとフォークを置いた。「ヒサタロウさんがそうおっしゃったんじゃありませんか。キューターローじゃなくてヒサタロウが正しい読み方だと。だから正しい読み方で呼んでくださいと」

確かにそう頼んだ。もちろん僕はよく憶えている。

だけど友理さんが憶えていてはいけないのだ。憶えていられる筈がない。だってあの会話を彼女と交わしたのは一月二日のオリジナル周。とっくに〝リセット〟されている。〝あり得たかもしれない〟過去のひとつの可能性として歴史の裏側に封印されてしまっている。なのにどうして。どうして友理さんがそのことを憶えているのだ。そんな筈はない。そんな筈は絶対にない。何かが間違っている。何かがひどく間違っている。

デート気分なぞ吹っ飛んでしまっていた。照明を落としたレストランの店内の輪郭がぐにゃぐにゃ溶けた飴みたいに曲がり出す。眩暈《めまい》がして料理の味なんか全然判らない。そういえば……ふと僕はあることに思い当たっていた。

「あの」今日は友理さんに会えるという期待で頭が一杯でテレビも観ていなければ新聞も読んでいなかったなと。「つかぬことをお訊きしますけど」

「何でしょう」

「今日は。つまりその。今日の日付ですけど一月三日ですよね。確か。三日でしたよね今日は」

「いいえ」友理さんはあっさりと首を横に振っていた。「四日ですわ今日は。一月四日です。仕事始めの」

螺旋を抜ける時

　ふと我に返ると僕は友理《ともり》さん相手に説明をしていた。何についてかというと僕の〝体質〟である。〝反復落とし穴〟の特性や周期。そして渕上《ふちがみ》邸での新年会の直後にこれが起こった経緯。オリジナル周から最終周にかけての僕と犯人たちとの水面下での〝攻防〟や秘密にしておくと約束した筈の祖父の策略。その他これまで自分以外の人間にはどんなに近しい相手にも一度も打ち明けたことがなかった内容を詳細に亘《わた》って全て説明し続けているのだった。

　説明している途中で後悔した。さすがにこれはまずいと。こんな突拍子もない話を生真面目に喋っていたら気が狂っているんじゃないかと友理さんに思われてしまう。現実と空想の区別がついていない危ないひとだと敬遠されてしまう。そう焦った。しかし困惑している理性を置き去りにして舌は動くことをやめてくれない。とうとう最後まで全部説明してしまっていた。

「――もちろんこれは全部」瞬《また》きもせずに僕を凝視している友理さんに気づいて慌てて言い添える。「そうですね。つまりこれは全部僕の空想であると考えてください。他愛もない与太の類いだと。そのつもりで聞いてください。僕がこれから書こうとしているSF小説の内容とでも」

「でも」ようやく友理さんは眼を瞬いた。僕に眼を据えたまま上半身を乗り出してくる。「ダイニングで槌矢《つちや》さんとあたしが交わした会話なんてそのまんまですよ。エッジアップの後継者になったあかつきには妻になってくれと。確かに彼にそう言われました。だからこれは単なる空想譚ですからと言われても。はいそうですかと納得はできない」

「だけど」ということは〝決定版〟である最終周にも槌矢さんは朝食の席でしっかりと友理さんにあの求婚まがいの〝落選〟対策提案をしていたわけか。自分が必ず後継者に指名されるからと自信たっぷりに。そのすぐ何時間後かにルナ姉さんと富士高《ふじたか》兄さんが指名されることになるとも知らずに。「それはおふたりの会話をたまたま物陰で盗み聞いていただけでも知ることができるわけです。同じ日が反復されていてそれを僕だけが認識していたという証明にはならないでしょう」

「それはそうです。確かに馬鹿げた話ですもの。ヒサタロウさん以外のひとがそんなことを言っても何をたわけたことをと一蹴していたでしょうね。でも」それまで硬直した無表情だったのがふと微笑を浮かべる。友理さんにしては珍しく何かに挑戦でもしているみたいな不敵な感じだった。「もちろんヒサタロウさんだから信じるなどと言っているわけではありません。特定のひとが言うことだからという理由でどんなに支離滅裂な話でも無条件に信じるなんて愚かしいことだとあたしは思っていますから。だけど今のお話を聞いていてあたしなりに思いついたことがあるんです。もしかしたらヒサタロウさんが言ったことを論理的に証明できるかもしれないなと。そう思って」

「ろ。論理的に証明する？」僕が咄嗟《とっさ》に感じたことはこうだった。友理さんは冗談を言っているのだと。僕が説明した内容を突飛なおふざけと受け取っていてそれを彼女独特の機知で以《もっ》てさらに過激な冗談にアレンジして返そうとしているのだなと。「って。僕が反復現象に陥っていたことをですか。でもそんなことをどうやって」

「順番に整理しましょう。先ず。ヒサタロウさんが誤解している点を訂正しておきます。新年会の経緯は御存知の通りですが問題はその後。一月二日です。ヒサタロウさんは会長と一緒に屋根裏部屋で酒盛りをなさったとおっしゃいましたね。その後です。夕方になってお兄さまの車で自宅へ帰宅した。いえ。帰宅した筈だった。ところが翌朝眼が醒めてみると自宅ではなくやっぱり渕上邸の屋根裏部屋に寝ている。あ。これは例の反復現象が始まったのだなと当然ヒサタロウさんとしては思い込んでしまう。また同じ一月二日が始まったのだなと。ところがそれが勘違いだったのです」

「勘違い？」

「一月二日にヒサタロウさんたちは渕上邸を後にしてはいないのです」

「だ」いきなり反復現象の話を聞かされた友理さん以上に僕は呆気にとられていた筈である。「だって僕は。僕は確かに兄の車に乗せられて」

「そうです。確かに乗りました。そしてほんとうに帰るところでした。あと一歩のところで。でも車が実際に出発したところまで憶えておられますか？」

「いや……そう言われると。何しろぐでんぐでんに酔っぱらっていたから。シートに座ってすぐに眠り込んでしまったような気が」

「そうでしょ。実際その通りだった。ヒサタロウさんは眠っていたのです。そして今にも出発しようとしていたお兄さまの車を会長が呼び止められました」

「祖父が？」

「はい」

「どうしてです」

「もう一泊してゆくのなら明日の午後にでも誰を後継者に指名したかを発表してやる

ぞと言って」

「え……？」その時に僕を襲ったのは堅固だと信じていた地面が足元から崩れてゆく感覚だった。誰を後継者に指名したかを発表してやるぞ明日の午後にでも。明日の午後にでも……記憶の隅に引っかかっていたそれは些細な、しかし執拗な疑問の棘《とげ》。それが再び僕を刺戟し始めているのだ。確か遺言状の内容は祖父が死去するまで公開されない筈だった。少なくとも新年会の席では祖父はそう明言していた。それが急に変更されたとすればそれは僕が新年会を中座した一日の午後十一時以降でしかあり得ない。そして別館で盗み聞いたルナ姉さんと富士高兄さんの会話の中で兄さんは今日発表されると言っていた。〝今日〟……それはもちろん二日のことだ。それなのにその同じ二日の夕方に祖父はこう言って僕たちの車を止めたというのだろうか──「明日の午後に……ですって？」

「そう言われて皆さん興味を惹かれないわけがありません。なしくずしに全員がもう一泊してゆくことになりました。でも今にして思えば本当の理由は会長が遺言状をまだお書きになっていなかったからなのですね。普通に考えれば後継者候補たちが辞去して皆いなくなっても遺言状は書けそうなものだけど会長はその。少しボケておられるんでしょうね。社長がヒサタロウさんに説明していらしたように。候補者たち全員を自宅に集めておかないとこの色は誰でどの色は誰という具体的なイメージが湧いてくれない。親類が顔を揃える新年会の夜に遺言状を書くという例年の慣習にはそういう意味合いもあった。きっと皆が揃っていないと抽選をする気にならなかったんですね。ところが一日の夜は赤の折り紙すなわちヒサタロウさんの分が見当たらなくて抽選ができなかった。二日になって宗像《むなかた》さんがやってきます。当然遺言状はできていない。だけど会長も当初はこの日のうちに何とか書いてしまうつもりだったのではないでしょうか。折り紙の色が全部揃わなくても。だからこそ他のどうでもいい書類整理の仕事を押しつけてまでも宗像さんに待ってもらっていた。その日の夕方すなわちヒサタロウさんたちが辞去する前までに遺言状を作成して宗像さんに渡すつもりでいたからです」

「だけど」屋根裏部屋での酒盛りの際のやりとりを思い返してみる。「祖父はあの日のうちに書くつもりだみたいなことは言っていませんでしたよ全然。むしろもう諦めて後日に改めるみたいなことを僕には」

「それはもうお飲みになっていたからだと思います。ヒサタロウさんという連れを得てつい飲み始めてしまった。どうもこのまま酒が進んでしまいそうだから今日はもう書けないかもしれないと思って御自分に対してそう予防線を張ったんだと思います」

「それで結局……祖父は新年会の夜に続いて二日にも遺言状を書けなかった」

「はい。宗像さんも結局手ブラでお帰りになることになった。宗像さんをお帰しになったということは会長御自身も諦めていたのだと思います。作成は本当に後日に改めようと。だけどヒサタロウさんたちが帰ろうとしているのを見ているうちに気が変わった。やっぱり皆にもうひと晩泊まってもらおうと。そして早めに新しい遺言状を作成しておこうと」

「それで僕たちの車を止めたのですか」

「そうです。後継者発表という皆さんが興味を惹かれないではおれない口実を使って。眠っているヒサタロウさんは皆が車から降ろして屋根裏部屋へ運び普通の服からもう一度トレーナーに着替えさせました。といってもあたしはその現場を直接見たわけではありません。後からそう聞いたというだけの話ですけど」

「すると」ようやく真相が見えてきつつあるという実感とともに僕は啞然となっていた。何という稚拙で滑稽な勘違いを自分はしていたのだろうかと信じられぬ思いで。

「僕が眼を醒ました翌日。僕は一月二日の第二周目だとばかり思っていた。だけど本当はあれは一月三日になっていたのですか。既に」

「そういうことになります。ここで普通に次の日が一月四日になっていればヒサタロウさんも御自分の勘違いにすぐにお気づきになっていた筈です。ところが偶然にもこの一月三日が反復を始めてしまった。そのために勘違いが補強されてしまってヒサタロウさんはすっかり一月二日が繰り返されているとずっと思い込んでしまうことになったのです」

「しかし実際に繰り返されていました。本当は一月三日になっていたとおっしゃいますけど一月二日の翌日。つまり僕の主観では第二周目に母屋の台所へ降りていった。そこでその前日とまったく同じ会話を祖父と叔母とキヨ子さんは交わしていました。一語一句違《たが》えずにです。もしあれが本当に一月三日の出来事ならばどうして祖父たちは二日の朝とまったく同じ会話を交わしたりしていたのでしょう？」

「それは多分」言いにくそうに友理さんの声が淀んでいたがそれも一瞬のことですぐに毅然とした普段の冷静な口調に戻る。「ちょうど会長の症状が出ていたのでしょう」

「祖父の症状？　あ」指摘されてみればこれも単純なことだ。どうして自分で思い当たらなかったのか不思議なくらいに。「そ……そうか」

「そうです。新年会の夜にも遺言状が書けなかった。そして二日にもとうとう書けなかった。その繰り返しが会長の意識に微妙な影響を及ぼしたのでしょう。二日の朝にも三日の朝にも会長は同じことを社長とキヨ子さんに報告した。御自分が前日とまったく同じ科白を繰り返しているという自覚もなしに。もちろん会長の症状のことを知っている社長とキヨ子さんは素知らぬ顔でそれに付き合ったに違いありません」

第七周のことだ。母屋での赤い折り紙を巡る自分たちの会話を聞いていたのかと訊く胡留乃《ことの》叔母さんに僕はついもう何度も何度も聞いたと口走った。その時に叔母さんの表情が微妙にひきつっていたことを憶い出す。僕はむろん自分の反復現象が念頭にあったために反射的にそう洩らしてしまったわけだが、叔母さんにとってはそれは文字通り何度も祖父に付き合わされた会話だったわけである。

「しかし……しかしですよ。二日に僕たちをそんなふうに引き止めはしたものの祖父は本当に翌日つまり三日のうちに遺言状の内容を発表する気があったのでしょうか」

胡留乃叔母さんとキヨ子さんがダイニングで交わしていた会話を僕は憶い出した。叔母さんが祖父は本気で今日発表する気なのだろうかと訊くと、キヨ子さんは全然そのつもりがないわけではないだろうが多分また延期になるだろうと答えた。それに日記だ。あの日記のことがある。書斎で盗み見た一月三日の分（あれも祖父が間違っていたわけではなく正しい日付だったわけだ）。せっかく皆に（もうひと晩）泊まってもらったが遺言状の作成は四日以降に延期すると記してあった。つまり夜も明けていない三日の早朝の時点で祖父は早くも遺言状の作成を諦めていたことになる。それも当然だ。抽選に使う折り紙がなく三日までは店つまり文房具屋も開いていないのだから。「最初から書く気がないのなら当然発表もできるわけがありません。なのに祖父は何故わざわざ車に乗り込んでいた僕たちをもうひと晩引き止めたのでしょう」

「自分で決定することは早々と諦めていたのかもしれませんね」友理さんは小首を傾げるとこめかみに指を当てて考え込むポーズをとる。そんな仕種が彼女にしては珍しい少女のようなあどけなさを覗かせる。「赤い折り紙がなくてもとにかく抽選しておこうと一旦は決めたもののやっぱり色が全部揃わないとどうも落ち着かなくてやりにくかったんじゃないかしら。でもヒサタロウさんさっきおっしゃっていたじゃありませんか。会長がルナさんと富士高さんにあることを言っていたと。自分たちが結婚して渕上の名を継ぎたいと言うおふたりに会長は何とおっしゃられたか。誰かがそういう提案をしてくれるのを自分は心待ちにしていたと。そうおっしゃったのでしょう？」

「すると。本当に祖父は期待していたわけですか？　そういう展開を」

「あるいは単純に」そっと悪戯っぽくウインクして寄越す。「家族の方たちと一日でも長く一緒にいたかったということかもしれません」

奸計《かんけい》を以て父と叔父を失職にまで追い込んだあの祖父が身内に対してそんな殊勝な気持ちにはたしてなるものだろうかと咄嗟にはピンとこなかった。しかし友理さんの笑顔を見ているうちに案外そんな事情だったのかもしれないなという気にもなってくる。老齢になると肉体や精神がなかなか己れの思い通りになってくれないもどかしさ故に独善的な猜疑心が強くなる。だがそれと同時に孤独感も募るのだろう。計略によって父と叔父を陥れたのだって好意的に解釈すれば娘たちに対する嫌がらせなどではなく、最初から義理の息子たちを自分の会社で雇用したいという目的故だったのかもしれない。主要経営陣を親類で固めることで〝家族〟の絆《きずな》を深められるのだという自分なりのヴィジョンを描いていたのかもしれない。それは客観的に言えば愛情などではない。独善的で身勝手な蜜月志向だ。だが祖父に限らず、自分が無意識的に傷つけてしまう相手に温もりをも同時に求めてしまうといった矛盾を抱え込むのが人間の姿なのかもしれない。いや。今は祖父の内面を忖度《そんたく》している場合ではない。他に考えなければいけないことがある。

オリジナル周は一月二日ではなくて三日の方だった——僕にとっては思ってもみなかった真相だが、しかしそう判明してみると却って納得できる点が沢山あることも確かだ。先ず何と言っても祖父の死。オリジナル周には起こらなかった筈の事件がどうして第二周にいきなり起こるのか。僕が祖父の酒盛りに付き合わなかったため新しい因果律が形成されたとか何とか苦しい説明をつけてみたものの結局は大きな謎だった。

しかし一月二日の第二周だとばかり思っていた日が、実は一月三日だったとなれば不思議でも何でもない。三日の屋根裏部屋での酒盛りが祖父独りになってしまったのは予定外でも何でもなかった。僕が付き合うことを避けたために本来ふたりで飲む筈が独りになって〝日程〟が狂ったとばかり思い込んでいたのだが、実際は祖父が独りで酒を呷《あお》ることこそ三日の〝日程〟通りの行動だったのである。おそらく祖父はその前日の二日に僕と一緒に隠れて酒盛りをしたのが病みつきになってしまっていたのだろう。屋根裏部屋という〝隠れ家〟がすっかり気に入ってしまっていたわけである。ルナ姉さん富士高兄さんコンビを押さえると舞《まい》姉さん。舞姉さんを押さえると世史《よし》夫《お》兄さんという具合に祖父の死を殺人事件に偽装する〝犯人〟たちが後を絶たなかったのも当然のことだ。祖父の急死が後継者問題に絡む動機故に殺人事件に偽装されるというのがオリジナル周（つまり一月二日ではなく三日）の〝日程〟だったのだ。反復現象はその日程にでき得る限り忠実であろうと抑止力を働かせた。それだけのことだったのである。

祖父の死体が発見されて警察によって関係者たちが待合室に集められた際に覚えた違和感にしてもそうだ。後になって宗像さんの姿が見えなかったためのものと判明したが、違和感も何もあの場に宗像弁護士の姿がなかったのは至極当然のことだったのだ。だって宗像さんが渕上邸を訪れたのは二日のこと。あれはもう既に三日になっていたのだから。

となるとルナ姉さんが遺言状がまだ作成されていないと知ったのも実際はやはり二日の午後のことだったのだ。別に祖父の日記を読む機会があったわけではない。屋根裏部屋での僕たちの酒盛りを盗み聞きしたのだ。

盗み聞きをするきっかけになったのは多分祖父が僕と母屋の方へ向かうのを偶然見

かけたことだろう。そういえばあの時に黄色い影が視界を横切ったような気がしたのだがあれはルナ姉さんのトレーナーの色だったのだ。胡留乃叔母さんに対する引け目から祖父が声をひそめていたため、何か面白い内緒話でもするつもりかと興味を惹かれて屋根裏部屋までこっそり後をつけてきていたのだろう。

そして遺言状がまだ作成されていないことを知る。当然新しいのが出来上がるまでは古い遺言状は破棄されないというくだりもしっかりと聞き取っていたのだろう（当然舞姉さんや世史夫兄さんたちへの報告にもその事実は含まれていた筈である）。だからこそ祖父が急死する現場に遭遇した時に去年の遺言状が効力を発揮してしまうという事実にもすぐに思い当たったわけだ。

別館でルナ姉さんが富士高兄さんにそのことを教えているのを盗み聞いた時には随分情報が早いと驚いたりもしていたのだが、実際には報告した時は既に三日になっていたのだからむしろ遅いくらいのものだ。世史夫兄さんや舞姉さんたちに報告したのはおそらく二日の夜。僕がぐでんぐでんになって眠り込んでいる間に有志だけで別口の飲み会をやっていたのだろう（その報告現場の一件を舞姉さんから聞いた時に、僕はそれが一日の新年会の続きかと勘違いしていたのだ）。その時に富士高兄さんはたまたま出席しておらず一日遅れで知ることになるわけである。

当然ルナ姉さんがイアリングを落としたのも二日の午後のことだ。祖父との会話を盗み聞きしていたら僕が屋根裏部屋から出てきそうになったので慌てて階段を駈け降りて身を隠した。その際に何かの拍子に外れて階段の縁に引っかかってしまったのだろう。彼女がイアリングを落としたのは一日の午後十一時から二日の午前三時までの間であると特定した論理そのものは間違ってはいなかったのだが、反復しているのが二日だという前提がそもそも間違っていたのだ。三日だったら何の不思議もない。考えてみればルナ姉さんがそんな夜中に僕の部屋に夜這いみたいな真似をして訪れる筈がないものな。

朝、顔を合わせる皆がみんなやけに僕の二日酔いを心配してくれたわけもそれで判った。新年会の時に自分はそんなに皆がびびってしまうほど飲んでたのかしらと合点がいかなかったのだが、皆が心配していたのは二日の分だったのだ。祖父の酒盛りに付き合わされ車に乗ろうとする時には骨のない軟体動物みたいにぐでんぐでんになっていたのだから、そりゃ心配するわな。新年会の席では自分だって僕に酒を勧めた筈の胡留乃叔母さんが後で叱っておかなくちゃと怒っていた相手は自分を含めた不特定多数ではなく祖父だったというわけだ。

第八周に渡り廊下で出くわす筈だった友理さんに会わなかった原因も時間帯がずれていたからなどではない。友理さんに出くわしたのは二日のこと。あの第八周は二日ではなく三日のことだったのだ。だからダイニングに独りでいた僕を酒盛りに誘う祖父の科白が違っても至極当然のことなのだ。誘うに至るやりとりはそもそも二日のものであってあれはもう三日になっていたのだから。全てはオリジナル周が一日ズレていたことに端を発した僕の勘違いだったわけである。

「ヒサタロウさんの勘違いを助長してしまった要因がもうひとつあります。それはあたしたちが着ていた服です。もしああいったトレーナー着用を会長から義務づけられていなかったとしたら二日から三日に移行した時点で誰もが違う服装に着替えていた筈でしょ？　特に女性陣はルナさんとかお洒落な方が多いですから、翌日どころか同じ日に何度もお召し替えをしたとしてもおかしくない。ヒサタロウさんにだってひと眼で判った筈なんです。あれ。反復現象が始まっているにしては皆全然違う服を着ているじゃないかって」

「な」理路整然と論証する友理さんに僕はいささか圧倒されていた。〝反復落とし穴〟のシステムを既にして僕よりもずっと深く理解しているような感じである。「なるほど」

「会長の気まぐれや症状。そしてあたしたちが着せられていたトレーナー。それらの偶然が重なってヒサタロウさんの勘違いを補強してしまっていたのです」

「それは判りました。ええ。それは判ったんですけど」不審に思っていた点をひとつずつ検証してもらって全てを納得しかけていた僕は大詰めにきてはたと困惑してしまった。一番大きな謎に思い当たったからである。「それは判りましたけど……でも」

「でも？」

「反復現象の繰り返しは都合八回しか起こらない筈なんです。オリジナル周を含めて全部で九周しかない。もし。もしですよ。既に一月三日になっているのに僕がそれを一月二日の第二周目だと勘違いしていたとしたらその後一周ずつズレていっている筈ですよね。ということは」自分で喋りながら混乱しそうになったのでしばらく頭をかかえて順序を整理する。「……僕はちゃんと数えてました。第二周。第三周。そして第四周と順番に。そして〝昨日〟が九番目。つまり最終周だった。間違いありません。絶対に数え間違えていない。物心ついてからもう何度もこの反復現象を経験しているのです。絶対に数え間違えるなんてことはあり得ません」

「そうでしょうね」そんなにムキにならなくても大丈夫ですよとでも慰めているみたいな優しげな笑顔を友理さんは絶やさずに僕を見つめている。「その通りだと思います。そしてそれこそがヒサタロウさんが言っていることが嘘ではないことを論理的に証明する鍵なのです」

「え。え。何ですって？　あの。今ただでさえ混乱しているもので。これ以上ややこしいことをおっしゃらないでいただけませんか。え。ええと。もし。もしですよ。僕が本物の一月三日を二日の第二周目と勘違いしていたのだとしたら。最終周が終わったと思ったらもう一度〝反復〟が起こって驚く。そうですよね。ひとつズレているんですから。僕の主観としては〝反復〟が一回余分に起こったように見える。そして……そしてようやくそもそもスタートの時点で自分が勘違いしていたのだということに気づく――こういう形になる筈ですよ。そうでしょ？　こういう形で気がつかなければいけない」

「まったくその通りです」

「でも……」友理さんは全然動じる気配がない。僕は徐々に不安になってきた。「でもそれなら僕は今朝祖父の家で眼を醒まさなければいけない筈です。数え間違いでない以上〝今日〟が本物の最終周なんだ。それなのに。それなのに僕は今朝ちゃんと自宅で眼が醒めました。そして友理さんから電話をいただいて。こうして一緒に食事をしている。ということは……ということは反復はもう終わっている？」

「そうです。終わっているのです。ヒサタロウさん。あなたは今戸惑っています。どういうことなのか判らないと。もしかしたら生まれて初めて反復現象が九周から八周に減ってしまったのではないかと。すなわち自分の〝体質〟が変化したのではないかと。そんな可能性すら疑っています。そうでしょ？」

「ええ」そうだ。僕はあさましいくらいの勢いでその仮説に飛びついていた。「それしか考えようがありません」

「もちろんそれもあり得ないことではないでしょう。あたしたちにとっては未知の不思議な現象ですものね。その原理や法則性が解明されていない以上絶対にあり得ないとは言えません。でもあたしは違うと思うんです」性急に何でもいいから結論に飛びつこうとするのをやんわりと窘《たしな》めるように友理さんは僕の眼を覗き込んできた。「ちゃんと合理的に解釈できるではありませんか。別に無理に反復回数が一回減ったんじゃないだろうかなんて考えなくても」

「え。え？　ど。どういうことです？」

「判りませんか?」

「判りません。友理さんには判っていらっしゃるのですか?」

「お話を伺っていて思いついたことがあります。ただ問題の性質上それを証明しろと言われても無理なので。ただの想像じゃないかと言われればそれまでになってしまいそうですけれど。でも多分それが当たっていると思います」

「想像でもかまいません。ぜひ教えてください」

「もちろんお教えしますけど。条件があるんです。言ってもよろしいかしら」

「もちろんです。どうぞ」

「ここへ来た時最初に言いましたね。あたしヒサタロウさんの年齢についてすっかり誤解していたと。だから愚かしいことを言うとお思いになるかもしれないけれどあたしそんなに待たなくてもいいだろうとばかり思い込んでいたんです。いただいたお話が現実のこととなるまでに」

いただいたお話――それがあの二日の昼頃に渡り廊下で彼女と交わした会話を意味するということに思い当たるまで自分の尻を蹴飛ばしたくなるくらい長い時間を要してしまった。あのひと時は結局〝リセット〟されてはいないんだと今さらながらに思い当たる。無効になってはいない。まだ〝有効〟なのだと。

「あの……それじゃあ槌矢さんのお話を断った時におっしゃっていたアレは」

「心に決めた男性がいるってことですか？　もちろんヒサタロウさんのことです」くすくすといかにも可笑しそうに笑う。「人間の運命って判らないものですね。もし二日のあの時にああいうふうにおっしゃっていただいていなかったとしたらあたし。あたし槌矢さんに妻になれと言われた時に心が動いていたんじゃないかと思うんですね。絶対そうだという意味じゃなくて。何かそんな気がするという程度のことなんだけど。でもヒサタロウさんのことで三日にはもう頭が一杯だったから槌矢さんの申し出なんか、へーんだ、って洟《はな》も引っかけない感じで」

「き」何をどう言って反応していいのか他に思い当たらなかった。「際どいタイミングだったのですね」

「で。今日のそもそもの用件に入るんですけど。さっきも言ったようにあたしそんなに待たなくてもいいと思ってたの。ヒサタロウさんはどうせ来年辺りには大学を卒業するんだろうしなんて勝手に決めつけていたから。でも高校一年生となると全然話が別でしょ。やっぱり学業優先だし。あたし何年待てばいいのかなあって急に弱気になってしまったんです。最低でも六、七年。そんなに待てるかしらって。三十過ぎちゃうし。それに大学へ行けば若い女の子も沢山いるだろうし。ヒサタロウさんの気持ちも変わるかもしれない。だからこの際どこまで真面目に考えていいのか話し合っておこうと思ったんです。そしたらいきなり反復現象だの何だのと話がSFしちゃったでしょ。これってあれはなかったことにしてくれっていう遠回しな別れ話なのかなって最初は勘ぐってしまったくらい」

「だって別れ話も何も」僕はいささか呆れてしまった。「僕たちまだ何にも始まっていないじゃありませんか」

「全部自分に絡めて話を聞いてしまうものなんですよ女って。特に色恋沙汰に関しては。だけどよく考えてみればヒサタロウさんみたいに率直なひとがそんな婉曲なこと言うわけないし。やっぱりこれは本当のことなんだろうなと。そう思ったの。だけど信じる気になったのはそれだけじゃない。ヒサタロウさんが戸惑っていることが一番の理由」

「戸惑っている……？」

「どうして今日が一月四日なのか。そう戸惑っていますよね。その事実こそが反復現象が実際に起こっているのを論理的に証明しているんです。だってもし反復現象がまったくの法螺《ほら》なのだとしたら、ヒサタロウさんは一月三日が一昨日と今日の間にちゃんと存在していたことを知った上でその法螺を吹いたことになる。実際にはそんな現象が自分の身に起こっていないヒサタロウさんにとって架空の設定をより巧妙にするためには一月三日がどこかに消えてしまったという細部なんてむしろ邪魔なパーツの筈。いえ。そもそもそういう発想自体が頭に浮かんでこない筈なんです。反復現象のシステムを順序立てて説明してそれで終わり。何か手違いがあったのだと戸惑って見せる必要性はまったくありません」

この論証のどこが論理的なのだろう。友理さんには申し訳ないが正直首を傾げざるを得ない。僕の戸惑いが本物であるという前提に立てば確かに詭弁ながらも一応成立するかもしれない。しかし僕が戸惑いを演技しているという仮説が挿入されれば一発で破綻してしまうではないか。架空の設定をよりリアルにするために意図的に矛盾を混ぜ込むというのは詐欺の常套手段なのだから。

「前置きが長くなってしまいましたが。ここで条件を言います。どうして一月三日が消えてしまったのか。それをお教えする代わりにヒサタロウさん」

「はい？」

「あたしを信用していただけますか？　あたしがあなたの話を全部信じているというまさにその事実を信じていただけますか？　支離滅裂な話だけどとにかくあなたが話すことだから半信半疑でも一応聞いておこうかなんていう曖昧で不誠実な姿勢ではなくて。本当に心の底からあなたの話を信じているとそう信じていただけますか？　あなたの話を信じているからこそあなたの疑問をあたしは解明できたのだと？」

だが僕は彼女の多少の非論理性などこの際どうでもよくなってしまっていた。理知的に検証してくれてはいるが、どうせ反復現象の話は手の込んだ冗談として受け取られそして受け流されようとしているのだという危惧と諦観をちゃんと彼女が見抜いていたという事実に後ろめたさ混じりの喜びを覚えていたからである。やはりこのひとは僕が思っていた通りの女性であると。そう感動してしまったからである。僕が思っていた通り。いやそれ以上に聡明でそして美しい女性であると。

「単純なことなんです」僕がゆっくり頷くのを見届けると友理さんは満足げに椅子に凭れていた。「ずっと一月二日が反復されているとばかり思っていた。やっと反復が終わってさあ三日だと思ったら実際には三日を飛び越えて四日になっていた。実際に反復現象がスタートしたのは三日だったからです。スタートが一周ズレていたからです。普通なら最終周だと思っていたら次の日に本物の最終周がやってきて驚いてしまうところです。それなのに反復はちゃんと終わった。辻褄が合ってしまったのです。

スタートはズレていたのにどうしてそんなことになってしまったのか？　答えは他に考えられません。ヒサタロウさんが一周分見落としをしたからなのです」

「いや。待ってください。だからさっきも言ったようにですね。僕は絶対に数え間違えなんかしていないと」

「ええ。数え間違えてはいません。ヒサタロウさんはちゃんと数えていた。でも数えることができない周が一回だけあったのです」

「数えることが……できない？」

「その周に限ってヒサタロウさんは数を数えることはおろか他の何をすることもできなかったのです。何も」

「何もできなかったって……それはどうしてですか？」

「それはヒサタロウさんが死んでいたからなんです」

「え」思わず両耳の上に両拳を当ててしまうという珍妙なポーズを取ってしまった。隣りのテーブルの客が笑ったようだったが気にしている場合ではない。「何で。え。な。何ですって？」

「死んでいたんです。ヒサタロウさんは」

「死んで。死んでいたって。あの。そんなだって。僕は。僕はこうしてちゃんと。その。生きておりますが」

「御本人がそんなこと言っていては困るわ。反復現象が起こっている間はたとえどんなことが起こっても〝リセット〟されて元へ戻るんでしょ？　会長が長い長い一月三日の間に何度も死んでいるのに結局は今生きているのと同じ理屈じゃありませんか」

「で。でも。でも僕はいったいいつ。いつ。いつ死んだと言うんです？」

「ヒントは第七周にあります。その周にいったい何が起こりましたか？」

「第七？　え。ええと。全員を足止めするために胡留乃叔母さんに頼んで宴会をやってもらおうとした時ですね。全員を大広間に集めてこれで大丈夫だと思って安心していたら肝心の祖父が事故を起こしてしまって」我知らず声が掠《かす》れていた。「母屋の階段から……転落して」

「そうなのです」友理さんは頷いてみせた。「それとまったく同じことがヒサタロウさんにも起こったのです。ヒサタロウさんの主観における一月二日の第三周。つまり実際の日付は一月三日の第二周ですね。犯人が舞さんの時です。その直後に起こった〝リセット〟でヒサタロウさんは屋根裏部屋で眼を醒ましました。そして夢うつつの中で階段に既にイアリングが落ちているかどうか確かめようかと迷っていた」自分はそんな些細なことまで彼女に説明していたのかとむしろそちらの方に感心してしまう。「だけど結局眠気が勝ってそのまま眠ってしまった。ヒサタロウさんは自分ではそう思い込んでいた。でも実際にはヒサタロウさんは階段に出てきていたのです。イアリングを探すために。ところが完全に眼が醒めてしまう前に誤って問題のイアリングを踏んづけてしまった。ヒサタロウさんは階段から転落し頭を打って死んでしまいます。あたしにはもちろんその周の記憶がありませんけど……なくて幸いですわ。だってヒサタロウさんの死体を眼の前にしてたらあたし。あたし皆さんの前で凄まじい醜態を晒していた筈ですから。余りのショックに半狂乱になって」

友理さんの瞳がその時微かに潤んでいるような気がした。その双眸《そうぼう》を見つめながら僕はあの夜に見た〝夢〟を憶い出していた。確か……そう。確か高い所から落下するという内容だったと。

「とにかくそうしてヒサタロウさんは一日じゅう死んでいました。でもやがて午前零時がきて〝リセット〟される。再びヒサタロウさんは屋根裏部屋で眼を醒ましました。そしてそれを前々周の続きと勘違いしたのです。寝ぼけていたために。一度階段に出たような気がするけれどもあれは夢だったんだなと」夢の中で落下して〝着地〟のショックで眼が醒めた。そう思っていた。だがあれは夢ではなかったのだ。「結局は眠気が勝って眠り込んでしまったのだなと。だけど実はその前周に一日じゅう死んでいた。そのことに御自分ではまったく気がつかなかったためにヒサタロウさんの主観にとって空白の一周ができてしまった。こういうことだったのではないかと思います。今さら証明することは不可能ですけど」

＜時間経過＞

○客観的時間経過	●主人公の主観
二日	二日（第一周）
三日（第一周）	〃（第二周）
〃（第二周）	〃（第三周）
〃（第三周）	
☆この周に主人公は一日中死んでいる	
〃（第四周）	〃（第四周）
〃（第五周）	〃（第五周）
〃（第六周）	〃（第六周）
〃（第七周）	〃（第七周）
〃（第八周）	〃（第八周）
〃（第九周）	〃（第九周）
一月四日	一月三日

時の螺旋は終わらない

この物語に関してもう語るべき事柄は残っていない。友理《ともり》さんと僕がその後どうなったかについては定石通り皆さまの御想像にお任せしようと締めて幕を降ろしたいところなのだが、実は笑えない後日談が勃発したので最後に記しておく。

その年の四月。僕は高等部二年に進級していた。富士高《ふじたか》兒さんは博士号取得を断念し大学院を中退した。正式に胡留乃《ことの》叔母さんと養子縁組をしてエッジアップ・グループの後継者となるべく修業を始めるためである。養子縁組に当たっては会社の役員たちや仕事上付き合いが欠かせない地元の政財界の重鎮たちなど多数のお歴々を招き、安槻《あつき》で一番大きなホテルでどーんと盛大なお披露目をした。その席で祖父は会長職から退く表明までしたのである。酒もやめたし後は曾孫でも待ちながら盆栽でもいじろうかとすっかり枯れた心境になっていたらしい。

　実際曾孫の顔ももうすぐ見ることができるところまでいっていたのである。大庭《おおば》富士高から正式に渕上《ふちがみ》富士高となった兄さん（今や正確には従兄弟という続柄になるわけだが）のもとヘルナ姉さんがお嫁にいけば。何もかも順風満帆。万々歳だった筈がいきなり予想もしなかった大波乱に僕たちは巻き込まれることになる。

　富士高兄さんとルナ姉さんが原因は判らないが公《おおやけ》の婚約発表を前に大喧嘩をしてしまったらしいのである。あんな野蛮人とはやっていけないとルナ姉さんは泣き喚き、慌てて窘《たしな》めようとする葉流名《はるな》叔母さんを振り切って家出するという事態にまで発展してしまった。

　怒ったのは祖父である。富士高に継がせるというのはルナと結婚することが条件だった筈だと。もしその約束を反古《ほご》にするつもりならわしにも考えがあるぞと。全然融通を利かせる意思がないことを通達したのである。もしかしたら〝症状〟が進んでいて通常よりも頑迷になっていたのかもしれない。

　これに慌てたのが母である。とにかく自分の息子に渕上の姓を与えてしまえばもうこっちのもんだと高をくっていたらしい。別にルナと結婚させなくても縁談なら腐るほどあると。ところがルナと結婚しないのなら養子縁組の件も白紙に戻すと宣言されたからたまらない。葉流名叔母さんと結託してルナ姉さんの説得にこれ努めるはめになる。だが家に連れ戻されてもルナ姉さんは依怙地《いこじ》になってしまって富士高兄さんと結婚するのは絶対嫌だと言い張るのである。もう顔も見たくないとまで言う。

この事態に乗じたのが舞《まい》姉さんである。それなら自分が富士高さんと結婚してもいいなんて名乗りを挙げたものだから余計に混乱に拍車をかけた。要するに大庭家の息子と鐘ヶ江《かながえ》家の娘が一緒になれば文句ないんでしょという理屈である。ことの本質を衝いていたせいだろう。そう提案されて祖父も少し心が動いたようだ。

しかし承知しないのが富士高兄さんだ。なんで俺があんな愛想のかけらもないブスと結婚しなきゃいけないんだようと駄々を捏《こ》ねまくるものだから事態はちっとも解決の方向に進展しない。ルナと同じくらいかそれ以上の美人じゃなきゃやだいやだいということらしいが自分の立場が判ってるのかな。

例によって世史夫《よしお》兄さんはしゃしゃり出てくる。ねーねー兄貴の養子縁組が白紙に戻るんなら俺に渕上姓をくれないかなあなんてお気楽に申し出たのである。俺だったらルナちゃんとでも舞ちゃんとでもオッケーよと頭痛がするような軽薄さでもって。

母と葉流名叔母さんは必死である。せっかくここまでこぎ着けたのに子供たちの我儘《わがまま》で自分たちの薔薇色の老後が頓挫させられてはたまらない。いっそのこと世史夫を富士高とすげ替えようかとふたりで真剣に話し合ったらしい。ところがルナ姉さんばかりか舞姉さんも世史夫兄さんと結婚するのだけは嫌だとごねる。姉妹揃って軽い男は大嫌いということらしい。救いは女性たちにどんなにひどい罵詈《ばり》を投げつけられてフラれても世史夫兄さんが不死鳥の如く絶対にめげない性格であることくらいか。

結局ルナ姉さんを説得するしかないという結論に全員舞い戻ってくるのである。だが今回曲げた臍《へそ》はなかなか元に戻らない曲がり方をしていたらしい。察するに富士高兄さんとルナ姉さんはそれまで余り喧嘩をしたことがなかったようなのだ。恋愛中は熱烈に愛し合うが一旦大喧嘩をしたら一気に破局へと突っ走るというタイプのカップルだったようである。そういう兆候を僕だけは反復現象の中で何度か垣間見ていたためにそれほど意外でもなかったわけだが。

まあ富士高兄さんを渕上家の跡取りとして公にお披露目してしまっている以上それほど深刻な事態にまでは発展しないだろうと僕はいささか高をくっていた。時間はかかるかもしれないがいずれは落ち着くところへ落ち着くだろうと。自分には関係ない話と対岸の火事視していたきらいもある。ところがとんだ方向から飛び火してきた。

母と葉流名叔母さんにステレオでやいのやいの言われてルナ姉さんもいい加減うんざりしたのだろう。富士高兄さんとも世史夫兄さんとも結婚するのは嫌だがキューちゃんとだったらいいなんて滅茶苦茶を言い出したのである。そんな言い種どう考えたって腹立ちまぎれの自棄糞《やけくそ》だと判りそうなものなのに、溺れる者は藁《わら》をも摑むのか母と葉流名叔母さんは本気で僕を説得し始めるありさま。ルナ姉さんも富士高兄さんへの徹底的な面当《つらあ》てのつもりかスーツケースをかかえて僕を無理矢理連れ出しまでした。本人はかけおちのつもりだったらしいが潜伏場所は自宅から徒歩で十分のビジネスホテルというお粗末さ。ところが彼女の書き置きを見た母と葉流名叔母さんは拉致《らち》だ誘拐だと騒ぎ立てて双方別々に警察に通報してしまったために、内輪の揉め事の筈が新聞沙汰にまで発展し三家とも末代まで残る大恥をかいてしまった。いささか余談めくが安槻署の平塚《ひらつか》という刑事に再会したのはこの時である。むろん〝リセット〟された祖父の事件のことなぞ何も憶えていない向こうにしてみれば僕たちとは〝初対面〟だったわけであるが。

とにかくそんなゴタゴタが延々と続いた。実を言うとまだ解決していないのである。ルナ姉さんと富士高兄さんの仲直りは当分できそうにもない雰囲気だ。しかも収拾がつきそうにない展開に嫌気がさしたのか、富士高兄さんが昔付き合っていたOLとヨリを戻そうとしていたという事実が発覚するに至り、いよいよ事態は泥沼の様相を呈してきている。

このままの状態で次の新年会に突入してしまいそうな雰囲気なのである。僕は今非常に心配している。業を煮やした祖父が再び古い遺言状は破棄して新しいのを書くなんて言い出すんじゃないかと。富士高兄さんとルナ姉さんの件は御破算だと。それだけではない。また跡継ぎや財産の問題を巡ってややこしい事件が起きるのではないかと。そして再び偶然にも事件が起きたその日が〝反復落とし穴〟に落っこちたりするのではないかと。そう不安になってしまうのである。

あとがき

同じ日が何度も何度も繰り返されているのに周囲の者たちは誰ひとりその状況を認識しておらず主人公だけがその反復現象に翻弄されてしまう、という設定を世界で最初に考えついたのが誰なのか寡聞にして知らないのですが、私がこのアイデアを鮮烈に印象づけられたのは米映画『恋はデジャ・ブ』（原題“Groundhog Day”）によってでした。

もちろんこの設定が『恋はデジャ・ブ』のオリジナルという可能性もあるのですが、どうやら同じアイデアを使ったまったく別のＳＦ映画も存在しているようですし、それに古今東西の幻想小説に一度ならず登場していてもおかしくないと思えるような一種の〝既視感覚〟を具えた発想でもあります。

『恋はデジャ・ブ』を観た私が先ず抱いたのは、この設定を使った本格ミステリ作品がこれまでに存在したかどうか、という疑問でした。もしかしたらもうとっくに誰かが「反復世界に於《お》ける殺人事件」というドラマを構築しているかもしれない、そう思いました。面白いことは面白いけれど、それほど斬新な応用でもないだろうし、とっくに前例があるのだろう、と。

にもかかわらず本作品を書こうと思い立った理由は、もしかしたら前例がないかもしれないという一縷《いちる》の希望に縋ったということもあるのですが、何よりもこの「反復世界に於ける殺人事件」という設定に魅せられてしまったからです。前作『完全無欠の名探偵』がやはりファンタスィ的と言いますか、SF的背景を具えた物語だったため、今度は普通の〝まっとうな〟本格推理を書こうとあんなに心に固く誓っていた筈なのに、やっぱりなりふり構わず、またこんなのを書いてしまいました。それだけこの設定が私にとっては魅力的だったということなのだと思います。

作者が設定に魅惑された度合いが作品の出来にどの程度反映されているのかは判りませんが、読者の皆さまに少しでも楽しんで読んでいただければ、こんなに幸せなことはありません。

末筆ながら、執筆にあたってお世話になりました講談社文芸図書第三出版部の宇山日出臣氏、担当の佐々木健夫氏、そしてシノプシスの段階で貴重なアドヴァイスをいただいた秋元直樹氏にこの場を借りて深くお礼申し上げます。

一九九五年　九月　高知市にて

西澤保彦

文庫版あとがき

「新書版あとがき」を見ると「やっぱりなりふり構わず、またこんなのを書いてしまいました」とあります。〝こんなの〟とは、いうまでもなく、SF的設定をロジックパズラーに導入する手法のことです。『七回死んだ男』を上梓したのは一九九五年十月で、いまから丸三年前ですが、その段階では、さすがの私も、自分がそれ以降〝こんなの〟ばっかり書き散らかすアチャラカ・パズラー作家（ⓒ西上心太）の道を辿ることになろうとは、まだ夢にも思っていませんでした。最近では、〝SF新本格の雄〟（ⓒ香山二三郎）などという、分不相応な〝称号〟まで冠せられていますが、すべては本作品『七回死んだ男』から始まったのです。

既に多くの方々がご指摘されていることですが、作家・西澤保彦のカラー、そして路線はすべて『七回死んだ男』によって方向づけられたといっても過言ではありません。もともとSF作家になりたかったくらいSFが好きな私にとって、SF的設定をルール化してロジックパズラーを展開するという手法は、性に合う、というのでしょうか、〝天職〟だとすら言えるかもしれません。あるいは、評論家の大森望さんがいみじくも指摘されたように、現代ではストレートに使いにくくなってしまった〝判りやすい〟ＳＦのスタンダード・ガジェットを敢えて使うための方便としてパズラーを採用した、という見方もできるでしょう。

ともかく、拙作の中では世評が一番高かったという意味においても、そして某賞の候補に選んでいただいたという意味においても、『七回死んだ男』は、私にとって記念碑的な作品となりました。西澤保彦の代表作といえば未だに『七回死んだ男』を推す向きが多いのも、ある意味、当然といえましょう。

しかし『七回死んだ男』は、作家・西澤保彦の特色を濃厚に打ち出すのと同時に、その〝限界〟をも露呈してしまったのです。

ＳＦ的設定をルール化するという手法は、本来的に量産が効かない性質のものだと、私は思います。それは、アイデアが枯渇するとか、そういった問題以前に、ＳＦ新本格とは本質的に〝変化球〟だからです。

私は、ことあるごとに、自分が書いているものはＳＦではない、本格ミステリだと強調している。それは決してＳＦを卑下しているのではなく、『七回死んだ男』に代表されるＳＦ新本格には、ＳＦマインドがない、と言っているのです。あくまでも堂々の本格ミステリとして読んでもらいたいと、そう願っているからです。

しかし、ＳＦ新本格が本格ミステリの〝直球〟ではない、少なくとも、そうとは呼びがたいことも、また事実です。いみじくも、以前、読者の方からいただいたお便りが、すべてを物語っています――「どうして、そんなに〝変化球〟ばかり書くのですか？　〝直球〟があってこその〝変化球〟ではないのですか？」

ＳＦ新本格とは量産が効かないと前述した理由は、まさにここにあります。アイデアがいくらあっても、一作家が多作しては意味がないのです。ひとりの作家が生涯において一作か、あるいは二作、とにかく、ここぞという時にものにしてこそ〝変化球〟としてのアクセントもつくし、また存在価値も出てくるのですから。

私は一九九八年八月現在、十五冊の単行本を上梓していますが、うち、ＳＦ新本格系に分類される作品は八冊。実に半分以上の著作がＳＦ新本格系です。しかも、この九月、そして十月に新作を刊行する予定なのですが、その両方がＳＦ新本格系で、予定通りに刊行されれば、全著作十七冊のうち実に十冊がＳＦ新本格作品ということになります。我ながら異常な数だと言わざるを得ません。

誤解のないようお断りしておきますが、私はＳＦ新本格小説を書く作業が、とても好きです。さきほど言ったように、〝天職〟として、愛してさえいます。

しかし同時に、多作することの〝異常性〟も自覚している。このまま突き進んでいって、はたしていいんだろうか……そんな不安にかられることが、全然ないといえば嘘になるでしょう。それに、みっともないことを承知で敢えて泣き言をいえば、ＳＦ

新本格は、どこまでいっても〝イロモノ〟だというイメージもある。(これまで発表している自作は、すべて本格ミステリだと私自身は思っている。先人たちの偉業である、ロジックパズラーの伝統や技術、その方法論を極めてオーソドックスな形で継承しているという自負があるからです。しかし、SF的設定のせいかどうかはともかく、どうもそういうイメージはあまりないらしい。むしろ西澤保彦は、デビュー四年目にして早くも使い古されつつある〝新勢力〟の一員だという認識の方が強いようで、〝イロモノ〟とは、そういう意味です）

『七回死んだ男』は作家・西澤保彦の特色を濃厚に打ち出すのと同時に、その〝限界〟をも露呈してしまったと言ったのは、要するにそういう意味なのです。なるほど、『七回死んだ男』は少し毛色の変わった、気軽に読む分には楽しめる作品なのかもしれない、しかし他の〝まっとう〟な小説群と同次元で論じられるべき代物ではない——好評をいただく一方で、そういう門前払い的な〝評価〟を下される事態は避けられなかった。

『七回死んだ男』は私の三番目の書き下ろし作品であり、皮肉なことに拙作の中では世評が一番高かった作品でした。そして、十五冊も著作を発表していながら、私は未だに『七回死んだ男』を越える作品をものにしていない（少なくとも、していないと思われている）のです。その〝代表作〟すら、現在のミステリ・シーンに於いて、他の作家たちの作品群とはレベルがちがいすぎて同列に論じるにも値しないのだとすれば、西澤保彦という作家は何を書いても無駄だ、ということなのかもしれません。なにしろ、そこが〝限界〟なのだから。

しかし、だからこそ、私はＳＦ新本格作品を書き続ける。

そう結論すると唐突でしょうか？　何やら矛盾しているように聞こえるでしょうか？　でも、それが私の偽らざる心情なのです。無駄だと言われると、やりたくなるのです。

評論家の千街晶之さんが指摘されたように、私は、もしも「おまえの作品は、ここが駄目なんだ」と言われたら、その駄目な要素を逆に次回作で前面に押し出して書きまくってしまうという（詳しくは原書房『ニューウエイヴ・ミステリ読本』の、西澤保彦インタビューをご参照ください）、なんとも可愛くない性格をしています。

ＳＦ新本格は多作しても意味がない、そんなものを書き続けること自体に〝限界〟がある——その事実があるからこそ、却って燃えてしまうのです。アイデアが続く限り、いや、たとえアイデアが枯渇しようと、嘘八百をでっち上げてでも書いてやろう、そう思うのです。なぜなのか自分でも判りませんが、そういう依怙地さが、私の創作意欲を支えているということなのでしょう。

もちろん、そういった依怙地さだけで突き進む道は、いずれは行き詰まる。それは、改めて〝多作の異常性〟を説くまでもなく、自明の理です。しかし、行き詰まった時にこそ新しいものが生まれる、というのも、また真理だと私は思っています。既にあちこちで書いたり喋ったりしていることですが、『七回死んだ男』という作品自体が、新作原稿が没になって切羽詰まった挙げ句に生まれた代替原稿だったのですから。

既に〝限界〟を鼻面にぶら下げているSF新本格とともに、書けるところまで書き続け、私は行き詰まりたいと思います。そして、新しい〝西澤保彦〟を展開したいと思っています。願わくば、限界の果てに再び摑んだものは、やっぱりSF新本格系の路線であった、という展開を個人的には期待したりしていますが、こればかりは、その時になってみないと判りません。読者の皆さま方に、長い目で、この試行錯誤を見守っていただければ幸いです。

ただ、はっきりお断りしておきますが、拙作に関して「そこがおまえの〝限界〟なんだから、何を書いても無駄だ」などと直截な表現で批判をされた方は、いません。これは単に私のヒガミです。実情は、多くの方々が、拙作に対して身に余る評価をしてくださっています。ありがたいことです。それなのに、どうして私はこんなに性格が捩じ曲がっているのでしょう。己れの被害妄想を糧《かて》にして仕事をするタイプだから、むりやり（？）僻《ひが》んでいる面もあるんじゃないかという気もしますけれど。

いつになく、くどくどと繰り言のような「あとがき」になってしまいましたが、それだけ『七回死んだ男』は、私にとって、発表当時だけではなく、歳月が経つとともに、いろんなことを考えさせてくれる、重要な作品だということなのでしょう。

ところで『七回死んだ男』に関して、読者の方々が一番戸惑われたのは、「なぜ、これが〝安槻《あつき》もの〟なのか？」という疑問だったようです。安槻とは、匠千暁《たくみちあき》という学生探偵を主人公にしたシリーズの舞台となる架空の町なのですが、『七回死んだ男』もその安槻を舞台にしており、『解体諸因』で匠千暁と一緒に事件を解決する平塚総一郎刑事もゲスト出演しています。いったい西澤は何の意図があって、こんな演出をしたのか？　という議論が、ひと頃、読者の方々の間で交わされたと後になって聞こえてきましたが、実は当初、私は自作の舞台をすべて安槻にしようという、漠然とした〝計画〟を持っていたのです。その構想は第四作にして早々と崩れてしまいましたし、先日刊行したばかりの『スコッチ・ゲーム』（角川書店）で匠千暁シリーズが五冊目を数えたいまとなっては、『七回死んだ男』の舞台を安槻に選んだのは、もしかしたら失敗だったのかもしれません。

ところで、平塚総一郎刑事が本作品にゲスト出演したのとは逆に、本作品のキャラクター、大庭世史夫が匠千暁シリーズの方に、こっそりゲスト出演しています。『仔羊たちの聖夜』（角川書店）という作品がそれで、渕上翁が経営するレストランも、さりげなく登場します。世史夫くんは、やっぱりフラれる役どころなのですが(笑)、興味のある方は、ぜひご一読を。

そういえば、ある女性読者の方から「世史夫さんが、ちょっと可哀相。なんとか幸せになって欲しいです」というお便りをいただきました。私も個人的に、こういう〝めげない〟キャラが好きなので、とても嬉しいコメントでした。ありがとうございました。

末筆ながら、文庫化に当たって解説をお引き受けくださった北上次郎氏、そして講談社文庫出版局の松本和彦氏に、この場を借りて深くお礼申し上げます。

西澤保彦

一九九八年　八月　高知市にて

新装版あとがき

文庫版刊行からほぼ二十年ぶりに、じっくりと拙作『七回死んだ男』を読み返してみました。いやまあ、ほんとに、いろいろ感慨深かったです。新人の青臭い気負い方を微笑《ほほえ》ましく感じるやら、現在の自分がこのような作品をものすることはもはや絶対に叶わない、などと強い羨望にかられるやらで。得難い経験でした。

ただ、ページを捲《めく》るたびにいちいち引っかかって、我ながら落ち着かない気分にさせられる問題がひとつ、ありました。それは、またいったいなぜ、こんなにも極端に読点の少ない書き方をわざわざしたりしたんだろうオレは？　ということ。

自分なりに理解するところでは、それは多分、筒井康隆さんの影響でしょう。わたしは筒井さんに憧れるあまり、そのスタイリッシュでソフィスティケイテッドな文体の本質の深い考察もおろそかに、安易で表層的な模倣に走った。ただ闇雲に読点の数を減らし、極限まで削り落としてゆくのが、いわゆる練れた文章だ、みたいなかんちがいをしていたのではないか。そんな気がします。

実は恐ろしいことにノベルス版、つまり親本の『七回死んだ男』の初稿は全編を通じて読点が、ひとつもありませんでした。現在流通しているテクストにはちらほらと、というか、もうしわけ程度に読点がいくつか入っていますが、それらはすべて、ゲラ刷りの段階で当時の担当さんが「いくらなんでもこれでは読みにくすぎるので、最低限ここところと、それからあそことあそこには、必ず読点を入れておいてください」と指定してくださったものばかりなのです。もちろん素直に従いましたが、内心では少しばかり不本意な気持ちがあったのも事実です……って。いやはや、かつてのわたしは、いったい全体なにを、それほどこだわっていたのでしょう？

今回はいい機会だから、新装版にはもうちょっと読点を増やしておこうかな、そうも考えました。しかしこれが、なかなかどうして容易ではない。なぜかというと、昔の文章に一旦手を入れ始めると、きりがなくなるからです。読点だけいくつか追加する、それだけならばたしかに、さほどの手間ではありません。しかし問題は「いまの自分が読み返すといちいち引っかかって落ち着かない気分にさせられる」のは、なにも読点に限らない、ということ。例えば改行のリズム、ひとつをとってもそうです。えええ。これ、ずーっと改行なしで続くの？　なんで？　ここは絶対、ひと呼吸おくだろフツー、とかなんとか、昔の自分の書きぐせが際限なく邪魔くさい。

言葉の表記の仕方の相違も重要です。漢字にするのか、それともひらいて平仮名にするのか。漢字にするとしたら、どの字を選ぶのか。いくつか例を挙げると『七回死んだ男』では「御存知」となっている言葉を、わたしは現在「ご存じ」と書きます。「眼醒まし」は「目覚まし」で「憶い出」は「想い出」、とまあこういう具合です。「大変結構」や「所謂《いわゆる》」など、漢字で表記できるものはなるべく漢字で書くようにしていましたが、現在では敢えて平仮名にひらくことが多い。

かように、三十五歳のときの自分が書いた作品を、五十六歳の視点から完璧に自己満足できるよう改稿しようとすると、必然的にその作業は無限増殖します。仮に苦労して気になる点をすべて現在の自分が気に入るように修正できたとしても、最終的にはその作品はかなりの高確率で、まったく別物に変貌していることでしょう。だったら、中途半端に改稿するよりは、いっそなにも手を入れないほうがいい、と。もちろん、これはいろんな考え方があるでしょうけれど、少なくともわたしはそう判断したという次第です。

なので今回は、内容や文字遣いに関しては文庫版とほぼ同じです。が、この新装版で初めて『七回死んだ男』のことを知ったという方々もいらっしゃるかと存じます。ケータイもパソコンもなかったレトロな時代設定と、そしてわたしの拙い若書きを、読者諸氏に少しでも楽しんでお読みいただけることを切に願っております。

末筆ながら、新装版の解説をお引き受けくださった蔓葉信博氏、講談社文庫出版部の担当、岡本浩睦氏にこの場を借りて深くお礼もうしあげます。

二〇一七年　八月　高知市にて

西澤保彦

解説

北上次郎

西澤保彦は私が偏愛《へんあい》する作家である。すべての著作を新刊時に読むという作家は何人かいるが、西澤保彦もその一人で、デビュー作の『解体諸因《かいたいしょいん》』から全作、新刊が出ると聞くやすぐさま新刊書店に走っている。それは西澤保彦がきわめつけの「ヘンな作家」だからだ。こんな「ヘンな作家」、見たことない。

いまさら言うまでもないが、この作家は、死者が復活する『死者《ししゃ》は黄泉《よみ》が得《え》る』、互いの人格が入れ替わる『人格転移《じんかくてんい》の殺人《さつじん》』、テレポーテーション能力を持った男を主人公にする『瞬間移動死体《しゅんかんいどうしたい》』など、SF的シチュエーションを導入した物語をわんさか書いている。

この「SF的シチュエーションを導入した物語」であることが、まずポイントの一。北村薫『スキップ』、大沢在昌『天使の牙』など、この手の物語が好きな読者にはまずそれだけでこたえられない。SF的シチュエーションを導入しながらもSFにならず、エンターテインメントになっていることがこの手の物語の特徴だが、つまりそうすることで、物語がリアリティの呪縛から解放されて自由になるのだ。それまで見たこともなかった風景が現出するのだ。それこそが、「SF的シチュエーションを導入した物語」の新鮮さといっていい。

もちろん、西澤保彦は「ロジックパズラー」にこだわる作家なので、そのSF的シチュエーションは、新たな謎作りのために導入される。その核に向かって、まっしぐらに進んでいく。たとえば、『瞬間移動死体』を例に取れば、主人公にはテレポーテーション能力が与えられているが、そこにはさまざまな条件が付与されている。その一は、テレポートするためには一定量のアルコールを摂取しなければならないこと。この主人公は下戸なので、大変な苦痛を我慢しなければせっかくの能力を使えないことになる。戻ってくるときにもアルコールを摂取しなければテレポートできないから、行った先に酒がなければ戻ってもこれない。つまり、なにもない砂漠の真ん中にテレポートしたら、そこに酒が奇跡的にないかぎり、戻ってこれないのである。それでは酒を手に持ってテレポートすればどこに飛んでも必ず帰ってこれるではないかと思われるかもしれないが、この能力にはまだ制約があり、自分の体しかテレポートできない。手に持ったものはもちろん、服もテレポートできず、主人公は生まれたままの自分の体しか移動させられないのだ。ということは、銀行の金庫にテレポートしても、札束を持って帰れず、しかも金庫の中にアルコールがないかぎり、そこから戻ってくることも出来ないことになる。第三の制約は、主人公がA地点からB地点にテレポートすると、本来B地点にあったものが主人公と入れ替わりにA地点に移動すること。そういうさまざまな条件をつけて、『瞬間移動死体』は始まるのである。超能力にしてはヘンな制約がありすぎて大変不便な能力といっていいが、それを殺人に利用したらどうなるのか、という物語が展開していくのである。

ね、すごく「ヘン」でしょ。テレパシーを扱った『実況中死《じっきょうちゅうし》』の登場人物の言葉を借りれば、「テレパシーが存在することで登場人物たちの言動にどういう影響があるかとか、そういう世界設定のフレームワークさえきちんとやっておけば、充分ロジックパズラーの体裁は整えられる」という考えがその基本にあることは言うまでもない。「SF作家になりたかったくらいSFが好き」（『七回死んだ男』文庫版あとがき）な西澤保彦がこの手の物語を書き始めた内的動機については、『死者は黄泉が得る』のあとがきを参照したい。その間の事情を著者は次のように率直に書いている。

> 私にとって、もし〈聖典〉と呼べるものがあるとすれば、それは山口雅也さんの『生ける屍の死』です。この「死者が甦る世界に於ける殺人事件の謎を解く」という、前代未聞の本格ミステリを読んだ時の衝撃と感動は、生涯忘れられませ

ん。何よりも驚かされたのは、死者が甦る世界という、何をどう考えてもこれは、SF的結末しか迎えようがないのではないかと思われる物語が、ちゃんと論理によって謎が解かれる本格パズラーとして成立している、という事実でした。

西澤保彦の諸作は、巷《ちまた》では「SF新本格」とか、「アチャラカ・パズラー」(ⓒ西上心太)とか言われているが、この著者がきわめつけの「ヘンな作家」(誤解されるといけないのでお断りしておくが、これは褒め言葉だ。私はヘンな小説が大好きなのである)なのは、この手の物語を次々に書いていることだ。それが何よりもすごい。『七回死んだ男』の文庫版あとがきで、SF新本格は変化球であること、それなのに何作も書き続けていること、しょせんはイロモノであること、等々、西澤保彦は複雑な心境を語っているが、このあとがきに気になる箇所があるので、まずそれについて書いておく。

行きがかり上、話は『七回死んだ男』に移っていくが、これは西澤保彦の最高傑作である。ところが、本書は好評をもって迎えられたものの、「他のまっとうな小説群と同次元で論じられるべき代物ではないという門前払い的評価を下される事態は避けられなかった」と著者は書いているのだ。このくだりで、えっと驚いてしまった。さらに、本書は著者の代表作とみなされているが、「その〔代表作〕すら、現在のミステリ・シーンに於いて、他の作家たちの作品群とはレベルがちがいすぎて同列に論じるにも値しないのだとすれば、西澤保彦という作家は何を書いても無駄だ、ということなのかもしれません」と続いているので、またまたのけぞってしまった。このあとがきをお読みになればおわかりいただけるが、もちろん著者はそのあとで、それでも私はSF新本格を書き続けると宣言しているのだが、もし、「門前払い的評価」を下す事態と、「他の作家たちの作品群とはレベルがちがいすぎて同列に論じるにも値しない」というムードが本当にあるとするなら（私には信じられないが）、私が断然、この『七回死んだ男』の肩を持つ。

たしかに、西澤保彦の作品の中には、強引すぎる設定や展開の物語がないわけではない。すべての作品が傑作である作家など存在するわけではないから、それはそれで仕方がない。しかし、この『七回死んだ男』は間違いもなく傑作といっていい（『瞬間移動死体』も好きですが）。

『七回死んだ男』は例によって、特異な設定で幕を開ける。主人公の大庭久太郎は、自分の意図と関係なく、時間の「反復落とし穴」に入るとの設定である。この設定は物語の最初に紹介されることなので、ここでその時間の「反復落とし穴」を説明してもいいだろう。どういうことかというと、その「反復落とし穴」に入ると、そこからはい上がってくるまで何度も同じ一日が繰り返されるのだ。その一日の単位は、夜中の十二時から次の夜中の十二時まで。それが九回繰り返されて、ようやく本当の次の日が始まる。その間、同じ一日が繰り返されていることを知っているのは主人公だけ。二周目、三周目に何が起きても、次の周にはリセットされ、九周目に起きたことだけが本当の次の日に引き継がれる。これが時間の「反復落とし穴」の基本設定である。

問題は、これが主人公の能力でなく、体質であること。つまり、彼にはいつその「反復落とし穴」に落ちるか、皆目わからないのだ。平均して月に三、四回起こるので、主観的には人の倍の時間を生きることになり、主人公の大庭久太郎が高校一年のわりに老成しているのはそのためで、平たく言ってしまうと彼はちょっとうんざりしている。

どうしてそんなことになったのか、と言ってはいけない。『瞬間移動死体』のテレポーテーションと同様に、あるいは北村薫『スキップ』同様に、これはこの手の物語の決められたルールなのだ。その原因を追及することが眼目ではなく、そういうSF的シチュエーションを導入したら、どういう物語が成立するか、という壮大な面白さの実験なのである。

『七回死んだ男』は、そういう特殊体質を持った主人公の祖父が何者かに殺されるところから始まる。それがちょうど時間の「反復落とし穴」に落ちたところだったので、主人公が犯人探しに乗り出すことになる。その絶妙な設定が本書の最大の美点といっていい。

つまり、同じ日が繰り返されるということは、次の周に犯人を見つけ、隔離するなり見張っていれば殺人は起こらないことになる。たとえその試みが失敗しても、リセットされるわけだから、また次の周までに別の犯人を見つければいい。チャンスは何度もある。同じ日が繰り返されて祖父は何度も殺されることになるが、最後の九周のときまでにその殺人を防げば、本当の「翌日」が来たときも祖父は無事ということになる。というわけで、素人探偵の推理が始まっていく。『七回死んだ男』はそういう奇想天外な話だ。

本書にいたく興奮したのは、いわゆる名探偵ものにずっと違和感を抱いていたからに他ならない。いまでもそういう名探偵がいるのかどうか知らないが、一昔前の名探偵は次々に被害者が出ているというのに何もせず(何もしないわけではないが、ようするに解決できず)、最後の最後にようやく真犯人を指名して、おれは最初から犯人がわかっていたんだよ、とかなんとかぬかすのである。お前なあ、最初から犯人がわかっていたならこんなに被害者が出る前に犯人をみつけろよ、と言いたくなっても不思議ではない。名探偵であればあるほど、その矛盾が際立つ。物語に探偵が登場してから殺される人数を探偵別に調べたことがあるが、そのときの結論は金田一耕助がいちばんすごく、本当にこの男が名探偵なのかと疑ったことがあるが、これは一昔前の名探偵ものに宿命的につきまとう矛盾だったと思う。したがって、被害者が全部出揃ってから名探偵を登場させるケースも出てくる。事件の起きたときに探偵は別の場所にいて、依頼されて現場にやってきて名推理を披露するというわけだ。これなら目の前の事件を防がなかったわけではないから、不自然にならない。名探偵をあまり早く物語らせると不自然さが際立つので、そういう設定にすることもないではない。

ところが『七回死んだ男』は、その不自然さをSF的シチュエーションを導入することで実に巧みに回避してしまったのだ。素人探偵の推理が外れて、祖父が殺されても、またやり直しが出来るのである。この発想はすごい、推理が失敗しても被害者は増えず、常に被害者は一人だけ。しかも、希望は最後まで残されている。九周目までに真犯人を見つければ、祖父は殺されずにすむのだ。まことに巧みな設定といっていい。

つい先日、この二十年間のベスト・ミステリ100冊を選ぶという某週刊誌の座談会に出席したが、その中で幾多の名作に並んでこの『七回死んだ男』を選んだくらいの快作である。誰が何と言おうとも「他のまっとうな小説群と同次元で論じられるべき」作品である。「現在のミステリ・シーンに於いて、他の作家たちの作品群」と比べても遜色《そんしょく》のない傑作である。けっして「門前払い的評価を下される」作品では断じてない。ええと、これ以上はもうくどいか。

とにかく、本書を未読の方はすぐさま読まれたい。おそらくあなたの知らなかった愉しさが待っているはずだ。すごいぞ。

新装版解説

蔓葉《つるば》信博

二〇一七年の今年は、綾辻行人『十角館の殺人』を起点とした新本格ミステリ三〇周年にあたる。そのため、年始から新本格作家による記念トークイベントやサイン会が開催され、また入手の難しかった新本格作品の再刊行が続き、新聞・雑誌などで新本格にまつわる特集記事が掲載されている。本書『七回死んだ男』もその一環として、この度新装版として刊行されることになった。

「新本格」という言葉自体は、ジャンル内評価を定める批評文によって生まれたものではなく、一九八八年に講談社ノベルスより刊行の綾辻行人『水車館の殺人』の短い宣伝コピーに書かれたものでしかなかった。しかし、その前後から講談社ノベルスを中心に不可解な事件を探偵役が推理でもって解き明かすという古典的スタイルを現代に蘇らせる作品が増え、次第に新本格ミステリという用語は定着し、今に至る。

新本格ミステリの勃興期、素人であるはずの名探偵が活躍することや、現実には起こりそうもない密室殺人などの不自然さを批判する向きがあった。当時は、社会派風のミステリや等身大の現実を描くミステリを評価することが主流だったからだ。ところが一部から不自然さを補う創意工夫は未熟とされる一方で、『十角館の殺人』をはじめとした作品はその不自然さこそが魅力として、広く読者に受け入れられるようになる。素人名探偵の活躍やありえそうもない密室殺人の驚きを読者は積極的に楽しむようになるにつれ、より本格ミステリの不自然さも過剰になっていく。超自然的な力で死者が蘇る世界での殺人事件、超例外的な人体切断に支えられたトリック、憑《つ》き物を落として事件を解決する名探偵。それら過剰な不自然さと、学生が探偵役だったり、常軌を逸した建築物が舞台であったりなどといった不自然さとは完全に一線を画すものだが、その過剰さとは裏腹に不自然さを補う創意工夫の発展により、多くの作品が好意的に受け入れられていたのだ。これまで不自然さと書いてきたが、見方を変えれば、現実を顧みずに自由に虚構の翼を広げた作品と言える。物語は必ずしも現実と瓜二つの似姿でなくてもよい。独自の小宇宙なのだ。本格ミステリとしてのロジックが読者と共有しうる小宇宙のルールに律せられていればよいのである。私見では、その不自然さの楽しさ、いや虚構的小宇宙として本格ミステリの楽しみを広くミステリファンに知らしめたのは、本書『七回死んだ男』と考えているのだ。

　本書の最大の魅力は、過去へと戻ることのできる超常的な能力を持った少年が、何度も死に続ける老人の謎を追い求めるコメディ的展開と、それが見事に本格ミステリとして成立し、さらに一人の女性を射止めるキュートなラブロマンスになっていることだ。少年としては落ち着いた性格の主人公は、生まれてしばらくして、自分がある特定の日だけを九回過ごしていることに気がつく。少年が名付けたところの〝反復落とし穴〟にはまりこむこの現象は、他の人にはない自分だけの特別な体験だった。その〝反復落とし穴〟の日を自由に選ぶことはできないものの、普通の人より多くの時間を、それも同じ日を多角的に体験できることから、見た目以上の精神年齢を有するようになったのだ（ちなみに本作のモチーフとなったという映画「恋はデジャ・ブ」も同じ日を繰り返すことで精神的成長を遂げる男が主人公のラブコメディである）。そんな彼がたまたま親族が一堂に会する新年会に参加しているその日に、〝反復落とし穴〟の日がやってきてしまう。一日目は祖父と一緒になって深酒をしたり、少年的には一大事件がありつつも、それでもいつもの日常の延長線であった。ところが前日と同じような朝のやりとりを見聞きし、〝反復落とし穴〟の二日目だと考えるに至る。ならば二日酔いになるほどの深酒は避けたいと一日目と違う行動を選んだその結果、なんと祖父の死体を発見してしまう。死体のそばには花瓶が転がっていて、それでもって親族の誰かが祖父の命を奪ったようなのだ。基本的に〝反復落とし穴〟では、その一日目にあった出来事が基準であり、その日になかった出来事は少年の行動に起因するのである。つまり、少年の何らかの行動が祖父の死を招いたのだ。そのため祖父の死を防ごうと、少年は三日目から犯人を探して、凶行を未然に防ごうとするのだが、なぜかまたもや祖父は帰らぬ人となる。そして四日目も、五日目も知恵を絞り、あの手この手で祖父を救おうとするのだが、これが絶妙にうまくいかない。いざとなれば最終日の九日目に、一日目と同様に祖父と同じように酒を酌《く》み交わしさえすれば、その後の出来事も同じとなり、祖父を救うことができる。とはいえ、なんとか二日酔いは避けたいからと、親族のやりとりを観察しながら、その日の場合の犯人候補を絞り込み、防げたかと思いきや別の犯人候補が現れる。一昔前に、タンスの上段の引き出しを収めるとなぜか中段の引き出しが飛び出てきて、それを押し戻すと最下段の引き出しが今度は飛び出し、それをしゃがんで押し戻すと一番上の引き出しがピッタリ額にぶち当たるといったコントがあったが、それと同じリズムと絶妙さが続く。やはり、ギャグは繰り返しが基本なのである。そして、最終的には九日目で〝反復落とし穴〟は終わるので一件落着かと思いきや、あに図らんや、ここからが本番なのである。そう、本書は本格ミステリなのである。どのような謎と解決が待っているかは、ぜひお読みいただきたいところだ。

　ところで本書にあるようなSF的設定を活かした新本格ミステリといえば、死者が蘇る世界の殺人事件という驚天動地のアイデアを結実させた山口雅也『生ける屍の死』をまずは挙げたいところだ。それ以前にもアイザック・アシモフ『鋼鉄都市』、J・P・ホーガン『星を継ぐもの』、ランドル・ギャレット『魔術師が多すぎる』など、SF的設定を用いて謎解きへと誘う本格ミステリはいくつか点在した。本書のアイデアもそれらに勝《まさ》るとも劣らないものだが、こと新本格ミステリのシーンにおいて、本書が果たした役割は別にある。新本格ミステリがある種のブームとなった九〇年代半ばにSF本格ミステリのシリーズものを集中刊行し、その存在を広く認知させることに成功したサブジャンルの代表作としてあることだ。

デビュー作の『解体諸因』は一九九五年一月に刊行されたのだが、同年六月には相対した人物が勝手に心中を語りだす特殊能力の持ち主を名探偵とした『完全無欠の名探偵』を、続く一〇月に本書を刊行。翌年七月には自我が他人の身体へと移る装置によって巻き起こった連続殺人を描く『人格転移の殺人』、さらに一九九七年は『死者は黄泉が得る』『瞬間移動死体』『複製症候群』と三作のSF新本格を発表する。この三年間における、イメージしやすいSF的設定と本格ミステリとが見事に融合したSF新本格の連続刊行により、多くの読者に例外的な存在であるはずのSF本格ミステリにある種の定番ラインナップ的なイメージを与えることができたと思われる。さらには一九九四年刊行の松尾由美『バルーン・タウンの殺人』や山口雅也『日本殺人事件』、一九九五年刊行の京極夏彦『魍魎《もうりょう》の匣《はこ》』、一九九六年刊行の清涼院流水『コズミック』といったそれぞれ方向性の異なるSF本格ミステリや、いわゆる理系というイメージをミステリシーンに知らしめた『すべてがFになる』（一九九六年）の役割も見逃せないだろう。そして一九九七年からは雑誌「メフィスト」にて短編「念力密室！」が掲載開始。神麻嗣子《かんおみつぎこ》を主人公とする「チョーモンイン」シリーズは、刊行著作としては一九九八年刊行の『幻惑密室』『実況中死』、翌年刊行の『念力密室！』と続くことになる。こうしたSF本格ミステリが定期的に刊行され続けていることで、それぞれのSF的設定の内容やサイエンスとしてのリアリティ、本格ミステリのパーツとしての重要度などが異なるがゆえに、ミステリ内のサブジャンルとしての厚みを生んだと考えることもできよう。惜しむらくは何かしらの気の利いたサブジャンル的名称が定着すれば見通しがよくなったかもしれない。「SFミステリ」という形式を的確に説明する用語があるゆえに、宣伝コピーを超える言葉は生まれなかったのだろう。

こうしたわかりやすいSF的設定を用いた本格ミステリは、「メフィスト」の姉妹誌として立ち上がった「ファウスト」を中心として活躍する舞城王太郎や北山猛邦などの諸作や、二〇〇〇年代のライトノベルブームの中のミステリ作品などに受け継がれ、また二〇〇四年の桜坂洋『All You Need Is Kill』あたりからループものSFに注目が集まるも、SF的設定と本格ミステリのバランスは九〇年代のものとくらべ変化していった。それはSFと謳《うた》わずともそうしたイメージがミステリファンに浸透してしまったこともあれば、本格ミステリというジャンル自体が広がったことでパズラー的な側面が相対的に減じていることもあるだろう。もちろん著者による『いつか、ふたりは二匹』(二〇〇四年)や『こぼれおちる刻の汀』(二〇一〇年)、『下戸は勘定に入れません』(二〇一四年)など、緩急の違いはあれどSF的設定と本格ミステリとの結合で読者に驚きを与えてくれる作品はその後も刊行されている。しかし、残念ながらムーヴメントやブームとはひとつの作品だけで招くことができるようなものではない。

ところが現在、空前のライトミステリブームが続いている。平行世界を舞台としたり、異星人との邂逅をテーマとしたり、吸血鬼やフランケンシュタインの実在する世界の殺人事件ものなど、広義のSF的設定を有するミステリ作品は多く、またミステリとされていないにしろ、複雑なタイムトラベル設定を使って読者に驚きをもたらすライトノベル作品もあり、なかにはSF的設定が本格ミステリのパズルとして見事に結合しているものも少なくない。それもそれぞれ新たな解釈と輝きを持っている。誰も指摘していないと思うが、SF新本格のリブートは始まっているのではなかろうか。またミステリというわけではないが、近年ヒットした映画「君の名は。」や少女漫画「orange」のようにSF的設定と恋愛ものの相性は抜群なのである。そのような時期に、ＳＦとしてのわかりやすさ、本格ミステリとＳＦ的設定との絶妙なバランス、ドタバタラブコメとしてのスパイスが効いている本書の新装版刊行は実にすばらしいタイミングと言える。すでにさまざまなシチュエーションで入門書とも代表作としても語られてきたのは、当時のミステリシーンの求めに応えるだけの力量を持っていたからだ。「タック＆タカチ」シリーズや、「腕貫探偵」シリーズなど、ＳＦ作品ではないミステリでファンになった読者はもちろんのこと、ミステリジャンルにこれから飛び込みたいという初心者の方にも、自信を持っておすすめできる一作であることは間違いない。その実力をあらためて本書で確認いただきたい。

本書は、一九九五年一〇月に講談社ノベルスより刊行され、
九八年一〇月に文庫化された『七回死んだ男』の新装版です。

|著者|西澤保彦　1960年高知県生まれ。米エカード大学創作法専修卒業。'95年に『解体諸因』でデビュー。本格ミステリとSFの融合をはじめ、多彩な作風で次々と話題作を発表する。「腕貫探偵シリーズ」「匠千暁シリーズ」「森奈津子シリーズ」などの人気シリーズのほか、『聯愁《れんしゅう》殺《さつ》』『神のロジック　次は誰の番ですか？』『スリーピング事故物件』『沈黙の目撃者』など、多数の著書がある。

新装版《しんそうばん》　七回死《ななかいし》んだ男《おとこ》

西澤保彦《にしざわやすひこ》

© Yasuhiko Nishizawa 2017

2017年9月14日第1刷発行
2025年3月4日第10刷発行

発行者――篠木和久
発行所――株式会社　講談社
東京都文京区音羽2-12-21　〒112-8001
電話　出版（03）5395-3510
販売（03）5395-5817
業務（03）5395-3615

Printed in Japan

講談社文庫
定価はカバーに表示してあります

KODANSHA

デザイン―菊地信義
本文データ制作―講談社デジタル製作
印刷――株式会社KPSプロダクツ
製本――株式会社KPSプロダクツ

落丁本・乱丁本は購入書店名を明記のうえ、小社業務あてにお送りください。送料は小社負担にてお取替えします。なお、この本の内容についてのお問い合わせは講談社文庫あてにお願いいたします。
本書のコピー、スキャン、デジタル化等の無断複製は著作権法上での例外を除き禁じられています。本書を代行業者等の第三者に依頼してスキャンやデジタル化することはたとえ個人や家庭内の利用でも著作権法違反です。

ISBN978-4-06-293766-5

講談社文庫刊行の辞

二十一世紀の到来を目睫に望みながら、われわれはいま、人類史上かつて例を見ない巨大な転換期をむかえようとしている。

世界も、日本も、激動の予兆に対する期待とおののきを内に蔵して、未知の時代に歩み入ろうとしている。このときにあたり、創業の人野間清治の「ナショナル・エデュケイター」への志を現代に甦らせようと意図して、われわれはここに古今の文芸作品はいうまでもなく、ひろく人文・社会・自然の諸科学から東西の名著を網羅する、新しい綜合文庫の発刊を決意した。

激動の転換期はまた断絶の時代である。われわれは戦後二十五年間の出版文化のありかたへの深い反省をこめて、この断絶の時代にあえて人間的な持続を求めようとする。いたずらに浮薄な商業主義のあだ花を追い求めることなく、長期にわたって良書に生命をあたえようとつとめるところにしか、今後の出版文化の真の繁栄はあり得ないと信じるからである。

同時にわれわれはこの綜合文庫の刊行を通じて、人文・社会・自然の諸科学が、結局人間の学にほかならないことを立証しようと願っている。かつて知識とは、「汝自身を知る」ことにつきていた。現代社会の瑣末な情報の氾濫のなかから、力強い知識の源泉を掘り起し、技術文明のただなかに、生きた人間の姿を復活させること。それこそわれわれの切なる希求である。

われわれは権威に盲従せず、俗流に媚びることなく、渾然一体となって日本の「草の根」をかたちづくる若く新しい世代の人々に、心をこめてこの新しい綜合文庫をおくり届けたい。それは知識の泉であるとともに感受性のふるさとであり、もっとも有機的に組織され、社会に開かれた万人のための大学をめざしている。大方の支援と協力を衷心より切望してやまない。

一九七一年七月

野間省一

講談社文庫　目録

講談社文庫　目録

講談社文庫　目録

浜口倫太郎　廃校先生
浜口倫太郎　AI崩壊
原田伊織　明治維新という過ち〈日本を滅ぼした吉田松陰と長州テロリスト〉
原田伊織　列強の侵略を防いだ幕臣たち〈続・明治維新という過ち〉
原田伊織　〈明治維新という過ち・完結編〉虚像の西郷隆盛　虚構の明治150年
原田伊織　三流の維新　一流の江戸〈明治は「徳川近代」の模倣に過ぎない〉
葉真中《はまなか》顕《あき》　ブラック・ドッグ
原雄一　宿命〈國松警察庁長官を狙撃した男・捜査完結〉
濱野京子　with you《ウィズユー》
橋爪駿輝　スクロール
パリュスあや子　隣人X
平岩弓枝　花嫁の日
平岩弓枝　はやぶさ新八御用旅(一)〈東海道五十三次〉
平岩弓枝　はやぶさ新八御用旅(二)〈中仙道六十九次〉
平岩弓枝　はやぶさ新八御用旅(三)〈日光例幣使道の殺人〉
平岩弓枝　はやぶさ新八御用旅(四)〈北前船の事件〉
平岩弓枝　はやぶさ新八御用旅(五)〈諏訪の妖狐〉
平岩弓枝　はやぶさ新八御用旅(六)〈紅花染め秘帳〉
平岩弓枝　新装版　はやぶさ新八御用帳(一)〈大奥の恋人〉
平岩弓枝　新装版　はやぶさ新八御用帳(二)〈江戸の海賊〉
平岩弓枝　新装版　はやぶさ新八御用帳(三)〈又右衛門の女房〉
平岩弓枝　新装版　はやぶさ新八御用帳(四)〈鬼勘の娘〉
平岩弓枝　新装版　はやぶさ新八御用帳(五)〈御守殿おたき〉
平岩弓枝　新装版　はやぶさ新八御用帳(六)〈春月の雛〉
平岩弓枝　新装版　はやぶさ新八御用帳(七)〈寒椿の寺〉
平岩弓枝　新装版　はやぶさ新八御用帳(八)〈春怨　根津権現〉
平岩弓枝　新装版　はやぶさ新八御用帳(九)〈王子稲荷の女〉
平岩弓枝　新装版　はやぶさ新八御用帳(十)〈幽霊屋敷の女〉
東野圭吾　放課後
東野圭吾　卒業
東野圭吾　学生街の殺人
東野圭吾　魔球
東野圭吾　眠りの森
東野圭吾　宿命
東野圭吾　変身
東野圭吾　天使の耳
東野圭吾　ある閉ざされた雪の山荘で
東野圭吾　同級生
東野圭吾　名探偵の呪縛
東野圭吾　むかし僕が死んだ家
東野圭吾　虹を操る少年
東野圭吾　パラレルワールド・ラブストーリー
東野圭吾　天空の蜂
東野圭吾　名探偵の掟
東野圭吾　悪意
東野圭吾　嘘をもうひとつだけ
東野圭吾　赤い指
東野圭吾　流星の絆
東野圭吾　新装版　浪花少年探偵団
東野圭吾　新装版　しのぶセンセにサヨナラ
東野圭吾　新参者
東野圭吾　麒麟の翼
東野圭吾　パラドックス13
東野圭吾　祈りの幕が下りる時
東野圭吾　危険なビーナス
東野圭吾　時《トキ》生《オ》〈新装版〉
東野圭吾　希望の糸

2024年12月13日現在